앨리 스미스 Ali Smith

앨리 스미스는 스코틀랜드 인버네스에서 태어나 현재 잉글랜드의 케임브리지에 살고 있다. 스미스는 18권의 책을 썼으며, 이 작품들은 40개 언어로 번역 출간되었다. 스미스의 소설들은 맨부커상과 베일리스 여성 문학상 최종 후보에 각각 네 차례와 두 차례 올랐으며, 2015년에 『둘 다 되는 법(How to be both)』이 베일리스 여성 문학상을 수상했다. 이 소설은 골드스미스상과 코스타상을 수상하기도 했다. 계절 4부작 중 마지막 작품인 『여름』으로 2021년 가장 뛰어난 정치 소설에 수여하는 오웰상을 수상했다. 2022년 앨리 스미스는 오스트리아에서 수여하는 유럽 문학상을 수상했다.

봄

# 봄

앨리 스미스
김재성 옮김

민음사

SPRING
by Ali Smith



Korean translation edition is published by arrangement with
Ali Smith c/o The Wylie Agency (UK), Ltd.

오빠 고든 스미스에게

오빠 앤드루 스미스에게

친구 세라 대니얼에게

그리고 오 가장 활짝 핀 그대! 세라 우드에게

이방인 같아요. 그런데 들고 있는 것은 끝만 푸른, 시든 나뭇가지고요.
거기에 '이 희망 속에서 나는 살아간다.(in hac spe vivo.)'라고 붙여 놓았네요.

**— 윌리엄 셰익스피어**

그러나 그들, 무한의 죽음 속으로 들어간 사자들이 하나의 비유를 일깨운다면,
보라, 그들은 아마도 앙상한 개암나무 가지에 맺혀 있는
꽃차례를 가리킬지도 모른다,
아니면 이른 봄 검은 대지에 내리는 비를 생각하게 하리라.

**— 라이너 마리아 릴케**

우리는 시작해야만 한다, 그게 바로 요지다.
트럼프 이후, 우리는 시작해야만 한다.

**— 알랭 바디우**

나는 벌써 봄의 징후들을 찾고 있어.

**— 캐서린 맨스필드**

해[年]가 아이처럼 뻗어 나가 빛에 눈을 비볐다.

**— 조지 매케이 브라운**

차례

1 · 11

2 · 157

3 · 295

감사의 말 · 447

1

**이제 우리는 사실 따위는 원치 않는다.** 우리가 원하는 건 어리둥절함이다. 우리가 원하는 건 반복이다. 우리가 원하는 건 반복이다. 우리가 원하는 건 권력을 쥔 자들이 진실은 진실이 아니다라고 말하는 것이다. 우리가 원하는 건 선출된 국회 의원들이 그녀는 배에 뜨거운 칼이 꽂혀 비틀릴 것이라고, 또는 당신 목을 매달 밧줄을 가져오라고 말하는 것이다. 하원 의원들이 반대 당 의원들에게 자살하라고 외치는 것이다. 권력자들이 다른 권력자들을 가리켜 토막을 쳐 비닐봉지에 넣어 냉장고에 쑤셔 박아야 한다고 말하는 것이다. 우리가 원하는 것은 이슬람 여인들이 신문 칼럼의 조롱거리가 되는 것이고, 그걸 비웃는 것이고, 그 웃음소리가 그녀들이 가는 곳마다 뒤따르는 것이다. 우리는 우리가 외지인이라고 부르는 사람들이 외지인으로 느끼기를 원한다. 우리가 불허하면 그들은 아무 권리도 없다는 걸 분명히 할 필요가 있다. 우리가 원하는 건 격분과 공격과 혼란이다. 우리가 필요로 하는 건 생각과 지식이 엘리트주의라고 말하는 것이고, 뒤처졌다고 느끼는 사람들이 박탈감을 느끼는 것이다. 우리가 필요로 하는 건 사람들이 느끼는 것이다. 우리가 필요로 하는 건 공황이다. 우리는 잠재의식적인 공황을 원하고 의식적인 공황도 원한다. 우리는 감정을 필요로 하고, 독선과 분노를 원한다. 우리는 온갖 애국적인 것들을 필요로 한다. 우리가 원하는 건 알코올 중독 임산부가 매일 아스피린을 복용할 때의 위험과 같은 케케묵은 스캔들이지만 거기에는 절대 절대 절대 안 된다는 긴박함이 더해져야 한다. 우리에겐 #linedrawn(이 선은 넘지 말 것) 해시태그가 필요하다. 우리는 원하는 것을 주지 않으면 일어나 떠나길 원한다. 우리는 격노를 원한다. 분개를 원한다. 가장 격앙된 어휘를 원한다. 반유대주의자는 좋고 나치는 훌륭하며 소아 성애증 환자라면 정말로 최고다. 변태 외국인 불법 역시 마찬가지다. 우리는 본능적인 반응을 원한다. 우리는 '어린이 이주자' 연령 검사, 국민 98퍼센트가 추방 요구, 이주 행렬을 막기 위한 무장 항공기, 얼마나 더 수용해야 한단 말인가, 빗장을 닫아걸고 아내를 감추어라를 원한다. 우리는 무관용을 원한다. 우리에게 뉴스는 꼭 휴대 전화 크기여야 한다. 우리는 주류 언론을 무시해야 한다. 우리는 인터뷰하는 사람을 건너뛰고 카메라를 향해 바로 말해야 한다. 우리는 아주 명료하고 강력하고 의심의 여지 없는 메시지를 전달해야 한다. 우리는 폭풍처럼 뉴스를 소비해야 한다. 더 많은 뉴스를 폭풍처럼 소비해야 하니 다음 뉴스가 냉큼 나오려면 손가락을 재빨리 치워야 한다. 우리는 고문 같은 이미지들을 원한다. 우리는 그들에게 접근해야 하고, 우리가 접근해 백인 아닌 누구에게든 린치*라는 걸 행사할 수 있다고 그들이 생각하게 해야 한다. 우리는 연중무휴로 흑인/여성 국회 의원,

* 정당한 법적 절차를 거치지 않고 잔인한 폭력을 가하는 일.

아니 공적 위치에서 우리가 싫어하는 어떤 일이든 하는 모든 여성, 아니 공적 위치에서 우리 맘에 들지 않는 일을 하는 모든 사람을 대상으로 강간 위협과 살해 위협을 하길 원한다. 우리는 그녀가/그가/그들이 어찌 감히 그럴 수 있지를 원한다. 우리는 내부에 적이 있음을 암시해야 한다. 우리는 공공의 적을 필요로 한다. 우리는 그들의 판사들이 공공의 적이라 불리기를 원한다. 그들의 언론인들이 공공의 적이라 불리기를 원한다. 우리가 공공의 적이라 부르기로 작정한 사람들이 공공의 적이라 불리기를 원한다. 그들이 어떻게 우리의 입을 틀어막고 있는지 최대한 많은 텔레비전과 라디오 프로그램에서 요란하게 반복적으로 주장하기를 원한다. 우리는 모든 낡은 것들을 마치 새것인 양 말해야 한다. 뉴스는 우리가 말하는 대로여야 한다. 언어도 우리가 주장하는 의미대로여야 한다. 우리는 말하면서 동시에 우리가 말하는 바를 부정해야 한다. 언어는 무엇을 의미하는지가 중요하지 않아야 한다. 우리는 영국(Britain), 아니 잉글랜드/미국/이탈리아/프랑스/독일/헝가리/폴란드/브라질(원하시는 나라 이름을 삽입하세요.) 우선주의라는 상투적 슬로건을 필요로 한다. 우리는 다크웹 머니 알고리즘 소셜 미디어를 필요로 한다. 우리는 이게 다 언론의 자유를 위한 거라고 말해야 한다. 우리는 봇(bot)들이 필요하다. 클리셰(cliché)가 필요하다. 우리는 희망을 제시해야 한다. 이제 새로운 시대가 왔고 구시대는 죽었고 그들의 시간은 지났으며 이제는 우리의 시간이라고 말해야 한다. 그렇게 말할 때 우리는 얼굴 가득 미소를 띠어야 하고, 카메라에 대고 하하하 호탕하게 웃어야 한다. 목이 떨어져라 웃는 남자여, 공장의 업무 종료 사이렌을 들어라. 공장은 죽었고 이제 우리가 새 공장의 사이렌이다. 우리야말로 이 나라가 줄곧 필요로 했으며 당신들이 필요로 하고 원하는 바다.

우리가 원하는 건 필요로 하는 것이다.

우리가 필요로 하는 건 원하는 것이다.

**또 철이 돌아왔나 보네?**(어깨를 으쓱한다.)

아무것도 내 몸에 닿지 않는다. 그저 물과 흙일 뿐이다. 넌 단지 골분과 물일 따름이야. 괜찮다. 사실 내겐 그게 더 도움이 된다.

나는 낙엽 아래 묻혀 있던 어린아이다. 낙엽은 썩는 법. 그래서 이렇게 내가 나타나지.

혹은 눈 속의 크로커스를 상상해 보라. 크로커스 둘레에서 동그라미를 이루며 녹는 부분이 보이는가? 그것이 땅속으로 들어가는 문이다. 나는 구근의 초록이고 씨

앗이 갈라 터지는 순간이며 꽃잎의 펼쳐짐인가 하면 마치 불붙은 듯한 초록으로 나뭇가지 끝을 칠하는 솔이다.

쓰레기와 플라스틱들 틈새로 솟아오르는 초목들은 이르건 늦건, 어쨌든 온다. 초목들은 사람들 발밑에서, 열악한 작업장에서 착취당하고, 나가서 쇼핑을 하고, 책상 앞에 앉아 컴퓨터 모니터를 보며 일하거나 수술 대기실에서 휴대 전화 화면을 스크롤하고, 구호를 외치며 시위하는 사람들 발밑에서 어떻게든 꿈틀거린다. 도시건 시골이건, 어디건 상관없다. 빛이 바뀌고, 꽃들은 시체 구덩이 옆에서도 고개를 끄덕인다. 사람들이 사는, 멍하니 혹은 행복하게 또는 슬픈 기분으로 술을 마시고 각자의 신에게 기도하는 모든 장소와 대형 슈퍼마켓, 그리고 아무 일도 일어나지 않는 듯 화단과 관목 숲을 씽씽 지나치는 고속 도로 옆도 마찬가지다. 실은 온갖 일이 일어나고 있다. 무단 투기한 쓰레기 위로 꽃 무리가 넘실거린다. 경계를 가로질러, 여권을 가진 사람들과 돈 있는 사람들과 아무것도 없는 사람들 주위에서, 헛간과 운하와 교회당과 공항과 공동묘지들 저편에서 빛이 바뀐다. 무엇을 파묻건, 무엇을 파헤쳐 우리의 역사라 부르거나 팔아 돈과 바꾸건, 어쨌거나 빛은 바뀐다.

진실은 일종의 어쨌거나이다.

겨울은 내게 아무것도 아니다.

내가 힘을 모를 것 같은가? 내가 처음부터 초록이었을 것 같은가?

그랬다.

내 기후에 손을 댄다면 나는 당신들의 삶을 망가뜨릴 것이다. 당신들의 삶 따위는 내게 아무것도 아니다. 12월에 땅속에서 수선화를 뽑아낼 것이다. 4월에 눈을 내려 당신의 문 앞을 가로막고, 나무를 쓰러뜨려 당신의 지붕이 갈라져 뚫리게 할 것이다. 당신의 집을 물바다로 만들 것이다.

하지만 나는 바로 당신의 수액이 활기를 되찾는 이유가 될 것이다. 당신의 정맥에 빛을 공급해 줄 것이다.

지금 당신이 밟고 있는 땅 밑에 무엇이 있는가?

당신의 집 주춧돌 밑에는 무엇이 있는가?

무엇이 당신의 문들을 뒤틀리게 하는가?

무엇이 당신의 세계에 신선한 색깔을 부여하는가? 무엇이 새를 노래하게 하는가? 무엇이 알 속의 부리를 형성시키는가?

무엇이 저 틈으로 가늘고 가는 초록 새싹을 돋아나게 해 암석이 갈라지게 하는가?

**2018년 10월 화요일 아침 11시 9분,** 대부분의 사람들에게 1970년대에 호평받았던 여러 편의, 음, 그러니까 무엇보다도 두어 편의 「오늘의 연극」 작품으로, 그리고 또 그 후로 긴 세월에 걸쳐 손댔던 다른 많은 것들로도(웬만큼 살았다면 누구든 그의 작품을 뭐라도 봤을 테니) 기억될 텔레비전 연출자 겸 영화감독 리처드 리스가 스코틀랜드 북부 어딘가의 기차역 플랫폼에 서 있다.

그는 왜 여기 있는 걸까?

잘못된 질문이다. 뭔가 이야기가 있다는 암시를 주

기 때문이다. 이야기는 없다. 이야기라면 이제 그는 질렸다. 그는 이야기에서, 좀 더 구체적으로 말하면 캐서린 맨스필드, 라이너 마리아 릴케, 어제 아침에 본 대영 도서관 앞 포도 위의 노숙자 여인, 그리고 다른 무엇보다도 친구의 죽음과 관련한 이야기에서 자신을 제거하는 중이다.

그가 당신이 들어 본 적이 있거나 없을 영화감독이라는, 앞서 말한 모든 내용을 지워 없애라.

그는 그냥 역에 서 있는 남자다.

역은 지금까지는 정지 상태다. 연착 사태로 인해 역으로 들어오고 역을 빠져나가는 기차들이 없었다. 적어도 그가 그 플랫폼에 서 있는 동안은 그랬다는 것인데, 어쩌면 역이 그에게 제구실을 하고 있는지도 모르겠다.

플랫폼에는 다른 사람이 하나도 없다. 반대편 플랫폼도 마찬가지다.

여기 어딘가에 사람들이, 사무실에서 일하거나 역을 돌보는 사람들이 있을 것이다. 이런 곳들을 직접 돌보고 보수를 받는 사람들이 아직도 분명 있을 것이다. 어딘가에서 화면을 보고 있는 누군가가 있을 것이다. 하지만 실제로 보이는 사람은 한 명도 없었다. 게스트 하우스를 나와 번화가를 걸어오면서 본 사람이라곤 역사 앞 커피 트럭의 열린 해치 안에서 바쁘게 움직이던 누군가가 전부다. 시트로엥 밴 안에서 손님도 없이 오가던 그 누군가.

그렇다고 그가 누군가를 찾고 있는 것은 아니다. 그렇지 않고, 중요한 누군가가 그를 찾고 있는 것도 아니다.

도대체 리처드는 어디 가 있는 거야?

그의 휴대 전화는 커피가 반쯤 남은 뚜껑 닫은 커피 텀블러에 담겨 런던에, 그러니까 유스턴 로드의 프레타 망제 식당 쓰레기통에 처박혀 있다.

아니, 있었다. 지금은 어디쯤 가 있을지 전혀 모른다. 쓰레기 처리장. 매립지.

좋다.

안녕하세요, 리처드 씨. 저예요. 마틴 터프가 곧 올 텐데 혹시 언제쯤 도착하실 것 같으세요? 안녕하세요, 또 저예요, 리처드 씨, 마틴이 방금 사무실에 도착했어요. 혹시 전화 주셔서 언제쯤 오실 건지 알려 주실 수 있으세요? 리처드 씨, 저예요. 전화 좀 주실래요? 안녕하세요, 리처드 씨. 또 저예요. 마틴이 오늘 밤까지만 런던에 있을 예정이라 오늘 아침 회의를 다시 잡으려고 해요, 다음 주에나 다시 돌아올 거거든요. 그러니까 전화 주셔서 오늘 오후 괜찮은지 좀 알려 주세요. 고맙습니다, 리처드 씨. 전화 주시면 감사하겠어요. 안녕하세요, 리처드 씨. 부재중에 제가 오후 4시로 회의를 잡았어요. 메시지 받으시면 잘 받았다고 확인 좀 해 주시겠어요?

싫다.

그는 팔짱을 낀 손으로 외투가 펄럭이지 않게(춥다, 단추가 없다, 잃어버렸다.) 붙잡고 서서 발밑 플랫폼 아스팔트에 섞인 흰 쪼가리들을 바라보고 있다.

그는 심호흡을 한다.

한껏 들이쉰 숨 끝에 폐가 찌릿 아프다.

그는 도시 뒤편의 산들을 올려다본다. 참으로 대단하다. 정말 황량하고 펍진하다. 그야말로 산 그 자체를 대변하는 산들이다.

그는 런던에 있는 집을 생각한다. 지금 런던 날씨가 화창하다면 블라인드 틈새로 들어온 햇빛 속에서 먼지 입자들이 흔들리고 있을 것이다.

나 좀 봐, 자신의 부재를 이야기로 만들고 있군.

자신의 먼지를 이야기로 만들고 있어.

그만둬. 그는 역 기둥에 기대어 서 있는 남자다. 그뿐이다.

빅토리아 양식 기둥이다. 기둥의 철 세공 부분은 흰색과 파란색으로 칠해져 있다.

잠시 후 그는 플랫폼 위 밖이 비치는 지붕 아래서 한 발짝 물러나 역사 쪽으로 다가서며 바람을 피한다.

저 산꼭대기 위로 비구름 같은 것이 널린 모습이 마치 베일을 쓴 것처럼 보인다. 반대편, 그러니까 남쪽의 구름은 벽, 뒤에 불이 켜진 벽처럼 보인다. 산 위, 북쪽, 북서쪽 구름은 연무다.

바로 그것이 그가 여기서 내린 이유다. 기차가 이 역을 향해 들어올 때 보인 저 산들은 하도 깨끗해서 뭐랄까, 말끔히 씻어 낸 듯이 보였다. 아무것도 요구하지 않고 스스로를 있는 그대로 수용하는 것 같은 데가 있었다. 그것은 그냥 거기 있었다.

감상주의자.

자기 신화화에 빠진 인간.

그의 머리 위에서 자동 안내 방송이 현재 역에 도착하거나 역을 출발하는 기차가 없다는 사실에 대해 사과의 말을 내보낸다.

거의 아무런 일도 일어나지 않고 있다. 자동 안내 방송과 하늘을 가로질러 나는 몇 마리 새들과 이른 가을 낙엽의 부석거림과 바람에 흩날리는 잡초며 잔디 따위를 제외하면.

역에 선 한 남자가 자신을 둘러싼 먼 산들을 바라본다.

오늘 그 산들은 거대한 손이 선을 그은 뒤 그 아래에 색을 칠해 넣은 것처럼 보인다. 잠든 채 기다리는 무엇처럼 보인다. 먼 옛날 전설 속 해수(海獸)의 등처럼 보인다.

산에 대한 이야기.

이야기들을 회피하는 나의 이야기.

염병할 기차에서 내린 나의 이야기.

그가 고개를 가로젓는다.

그는 철로 플랫폼 위의 남자였다. 이야기는 없었다.

사실, 있다. 언제나 우라지게도 있다.

왜 그는 역 플랫폼 위에 있었을까? 기차를 기다리고 있었던 걸까?

아니다.

어딘가 가는 중이었을까? 무슨 이유로? 기차에서 내리는 누군가를 만날 예정이었을까?

아니다.

기차를 기다리는 게 아니라면, 이 남자는 왜 애당초 철로 플랫폼에 있었을까?

그냥 그랬다, 됐나?

왜? 그리고, 이 루저(loser)야, 왜 너는 스스로에 대해 과거 시제를 쓰지?

루저, 맞네. 정확해. 뭔가를 잃어버렸잖아(lost). 뭔가를.

그게 뭐지? 정확히 뭐냐고?

글쎄, 어떻게 묘사해야 할지 나도 모르겠어.

한번 해 봐.

(한숨) 못 해.

해 보라니까. 자, 어서. 명색이 미스터 드라마 아니야? 어떻게 생겼는데?

좋아. 그래, 그러니까 누군가를, 아니 무언가를, 어떤 힘이랄까 하는 걸, 그것이 널 제압한 후 사과 씨 제거기를 들고 머리끝에서 발끝까지 뚫고 지나가는 걸 상상해 봐. 당신은 아무 일도 없는 것처럼 여전히 서 있지만 사실은 무슨 일이 일어난 거고, 일어난 그 일은 우리가 빈껍데기 인간이라는 것, 한때 속이 있었던 곳에 이제 구멍만 남았다는 것이야. 그거면 될까?

자기 탐닉주의자. 쓸모없는 쓰레기. 「톰과 제리」 만화의 한 장면 같군. 뭐, 자신의 공허에 대해서 동정이라도 원해? 자신의, 뭐? 잃어버린 우라질 생산성에 대해서?

이봐, 난 그저 내가 느끼는 바를 언어로 표현하려 할 뿐이야, 묘사하기 어려운 느낌을…….

내게 너 자신을 이야기로 꾸며 말하지 마, 이 등신 같은…….

그가 사랑할 수 있었던, 정말로 사랑에 빠질 수 있었던, 영혼의 차원에서 이를테면 단순한 레몬 한 알과 같은 것에 즐거이 매혹될 수 있었던 시간. 아무 레몬이어도 됐다. 우묵한 그릇에 담긴 것이든, 시장 노점에 놓인 것이든, 다른 레몬들하고 그물망 안에 담겨 슈퍼마켓에서 팔리기를 기다리는 것이든 상관없었다. 그런 것들로 기쁨이 차오르던 시절이 그에게도 있었다.

그러나 이제 그러한 단순함이 그도 모르는 틈에 아주 작아지고 멀어져, 그는 험한 바다로 나아가는 낡은 원양 여객선 갑판 위에서, 단순한 레몬 한 알과 같은 것에 안정된 기쁨을 느끼던 시절처럼 사라져 버린, 완전히 자취를 감춰 버린, 더는 보이지 않는 뭍을 향해 미친 듯이 손을 흔들어 대는 신세가 되고 말았다.

이제는 없어.

루저.

**패디를 처음 만났을 때를 생각해 보면** 가장 먼저 떠오르는 건 거의 오십 년 전 초콜릿 한 조각에 난 잇자국의 흑백 이미지이다. 초콜릿은 너무 오래되어 그가 봤을 때 아예 허예져 있었으며 잇자국이 찍힌 부분은 특히 그랬다. 비어트릭스 포터의 잇자국이었다. 비어트릭스 포터는 언젠가 초콜릿을 한입 베어 문 다음 내려놓고는 헛간에 남겨 놓은 그 초콜릿을 잊어버렸다. 에드워드풍 옷을 차려입은 착하거나 못되거나 어리석은, 오리에게 아첨하는 여우와 도토리를 너무 많이 먹어 나무줄기 구멍에서 빠져나오지 못하는 다람쥐 같은 사랑스러운 영국 동물들이 나오는 책을 쓰고 삽화를 그리던 헛간이었다. 그녀는 2차 세계 대전 전에 생산된 초콜릿 바를 베어 물었고, 그녀의 잇자국은 그 헛간에서 그녀보다 오래, 그녀가 죽은 천구백 몇 년 이후로도 수십 년을 살아남았다.

리처드의 첫 일자리 중 하나는 조감독 조수였고, 이것이 그가 처음 참여한 패디의 대본 작품이었다.

작업은 대체로 지루했음에도 그녀의 대본 덕에 사려 깊은 영화가 나왔다. 게다가 대본에 초콜릿 잇자국 사진에 관한 장면들이 포함되어 있어서 결국 그 사진들을 쓰지 않을 수 없었다.

첫 단독 작업을 제의받고 그는 아는 사람에게서 주소를 얻어 그녀에게 연락을 했다. 그는 '행드맨'에서 그녀에게 위스키를 샀다. 이제 겨우 스물한 살이었던 그가 술집에서 누군가에게, 그것도 여자에게, 게다가 그녀처럼 매력적인 연상의 여자에게 위스키를 산 건 처음이었다.

—내가 아일랜드인이라선가요?

—뛰어나서죠.

—사실 그렇긴 하죠. 정확히 짚었어요, 일을 아주, 아주 잘하니까. 그런데 당신은요, 당신도 뛰어난가요? 나는 아주 뛰어난 사람들하고만 일하고 싶은데.

—아직 모르겠어요. 아마 아닐 거예요. 나는 그냥 이기적인 편이에요. 하지만 당신은 확실히 뛰어나요, 초콜릿 잇자국, 그걸 집어넣었잖아요.

—맞아, 보는 눈이 있군요. 그건 인정할게요. 그리고 당신은 무척 젊어요. 그러니 아직 많은 게 가능해요. 그리고 내가 써넣은 것 때문에 그들이 당신의 사진들을 쓰지 않을 수 없었다, 그런 이유로 당신은 나와 일을 하고 싶다, 그런 건가요?

—솔직히 말할까요? 당신의 대본 덕에 이 일자리를 얻게 됐어요.

(그녀가 고개를 젓고 술집 입구 쪽을 바라본다.)

—그리고 또, 당신은 그 영화를 더 훌륭하게 만들어 주었어요. 당신이 쓴 대본에 의해 뭔가 진짜가 일어났어요.

—진짜, 라고요?

(말을 멈추고, 담배를 들어 숨을 들이마신 뒤 연기를 뱉어낸다.)

—좋아요.

—좋다고요? 정말요? 하실 거예요?

—좋아요, 함께 일할게요. 「오늘의 연극」이랬던가요? 좋아요. 단, 우리가 그 이상의 뭔가도, 좀 더 의외의 적절한 뭔가도 한다는 조건하에.

—의외라니, 어떻게요?

—이 시대를 살아남는 방법들이 있어요, 더블딕 씨*. 그 중 하나는 이야기가 되어 나오는 형태라고 난 생각해요.

---

* 리처드의 애칭 딕을 가지고 한 말장난.

**어제 아침,** 추도식 날로부터 꼭 한 달이 지난 날(추도식 전에 이미 화장을 한 터였다. 그도 언제인지는 모른다. 가까운 가족들만 참석했었다.), 유스턴 로드를 산책하던 그는 대영도서관 앞을 지나다가 벽에 기대앉은 한 여자를 본다. 삼십 대, 젊게 보면 이십 대일 수도 있고, 담요들이 널려 있고 상자에서 찢어 낸 정사각형 마분지에 돈을 구걸하는 글자들이 쓰여 있다.

아니, 돈이 아니다. 그 위의 글자들은 제발(please)과 저를(me)과 도와주세요(help)이다.

그날 아침만 해도 시내를 걸어오며 무수히 많은 노숙자들을 지나쳤다. 노숙자는 근래 다시 무수히 많아진 단어다. 그와 같은 오랜 좌파라면 이런 결과가 초래된다는 걸 안다. 토리당이 들어서면 사람들은 다시 거리로 내몰린다.

그런데 무슨 이유에선지 그녀가 그의 눈에 띈다. 담요들은 지저분하다. 두 발은 헐벗은 채 포장도로에 드러나 있다. 그녀의 목소리도 들린다. 아침 8시 십오 분 전, 그녀는 상냥함이 느껴지는 목소리로, 누구를 향해서도 아닌 — 아니, 누구를 향해서도 아닌 건 아니고 그녀 자신을 향해 — 노래를 하나 부르고 있다. 이런 노래다.

백만 명의 사람들이
거-리를 달려가고 있어
오 아무것도 없어 아무것도 아무것도
오 아무것도 없어 아무것도 아무것도
오 아무것도 없어

리처드는 계속 걷는다. 계속 걷기를 멈추고 보니 킹

스크로스 역 앞을 막 지났다. 그는 그곳이 본래 목적지였던 듯 몸을 돌려 그 안으로 들어간다.

중앙 홀 한가운데 거대한 현충일 양귀비 기념물이 있고 그 아래쪽으로 가판대가 하나 있다. 조리 도구와 연장 모양을 한 초콜릿을 팔고 있다. 망치, 드라이버, 펜치, 식사 도구, 컵 등등이 있다. 초콜릿 컵, 초콜릿 컵 받침, 초콜릿 티스푼은 물론 초콜릿 모카 포트까지 살 수 있다.(모카 포트는 비싸다.) 이 초콜릿 상품들은 실물과 놀랄 만큼 닮았고 노점은 사람들로 꽉 찼다. 정장 차림 남자가 주방 수도꼭지 모양의 은박 초콜릿을 사고 있다. 그걸 그에게 파는 여자가 상자에 먼저 밀짚을 깔고 조심스레 담는다.

리처드는 검표기에 교통 카드를 넣는다. 여기서 기차로 갈 수 있는 가장 먼 곳의 이름을 입력한다.

그는 기차에 오른다.

기차 안에서 한나절을 보낸다.

기차가 종착역에 닿기 한 시간쯤 전, 그는 차창 밖으로 어떤 하늘 아래 어떤 산을 보게 될 테고 대신 그곳에서 내리기로 마음먹을 것이다. 마음 내키는 대로, 차표에 인쇄되지 않은 곳에서 내리는 그를 어찌 막을 수 있겠는가?

오 아무것도 아무것도 아무것도 막지 못한다.

그가 기차에 오르기 전 런던의 킹스크로스 역 스피커들은 머리 위에서 마치 로봇 아나운서처럼 '킹 거시(King Gussie)'라고 안내한다.(꼭 퍼시 같은 리듬으로 말한단 말이지, 들을 때마다 그는 생각했다.)

도착해서 그가 문을 노크하는 게스트하우스의 사람들은 '킨-유-시'라고 발음한다. 그들은 미심쩍어 할 것이다. 어떤 사람이기에 전화로 미리 예약하지 않은 걸까? 어떤 사람이기에 전화기조차 가지고 있지 않을까?

그는 게스트하우스의 낯선 침대 끝에 앉을 것이다. 침대와 벽 사이에 몸을 끼우고 바닥에 주저앉을 것이다.

내일이 되면 그의 옷에는 밤을 지낼 객실의 방향제 냄새가 밸 것이다.

**11시 29분.** 역 스피커 시스템을 타고 자동 안내 음성이 사과 방송을 내보낸다. 에든버러 웨이벌리발 11시 8분 스콧레일 열차가 킹유시 남쪽에서 난 철로 사고로 인해, 인버네스행 11시 9분 스콧레일 열차가 킹유시 남쪽에서 난 철로 사고로 인해, 인버네스발 11시 35분 스콧레일 열차가 신호 문제(signalling problems)로 인해, 에든버러 웨이벌리행 11시 36분 스콧레일 열차가 신호 문제로 인해 도착 및 출발이 지연된다는 내용이다.

미덕 과시 문제(virtue signalling problems)라는구나.

리처드가 상상 속의 딸에게 말한다.

얼마간 중대한 의사 표현 불허(no-platforming)가 요구되겠는 걸요. 그의 상상 속 딸이 말한다.

(그의 상상 속 딸은 패디가 죽은 지금도 그와 함께 있다.)

특히 요즘 시류에 대해 잘 모를 때마다 그는 상상 속의 딸에게 묻는다. 예를 들면, #metoo 같은 것.

자신도 관련되어 있다는 뜻이에요. 그의 상상 속 딸이 그에게 말해 줬다. 아빠도요.

그리고 그녀는 웃었다.

해시태그가 뭐니? 그는 그녀에게 물었었다.

약 이십 년간 딸은 그의 머릿속에서 열한 살쯤이었다. 딸에게, 어쨌든 지금까지, 성인의 삶을 허락하지 않은 게 가부장적 처사임을, 옳지 못한 일임을 그도 잘 안다.(생각건대 그렇게 느끼거나, 할 수만 있다면 그럴 아버지가 절대로 자기만은 아니리라.)

해시태그는 해시 브라운과는 아주 다른 거예요. 그의 상상 속 딸이 말했다. 먹으려고 하지 마세요. 피우지도 말고요.*

---

* 해시브라운은 감자 요리, 해시시는 대마초의 일종이다.

세상 어딘가 있을(아직 세상에 있다고 치고) 진짜 딸을 떠올리며 그는 그게 정말 무슨 뜻인지 인터넷에서 찾아보았다.

진작 찾아봤어야 했는데. 그렇게 그는 생각했다.

그리고 보름쯤 잠을 이루지 못했다. 사귀던 여자들에게 멋대로 굴어도 괜찮다고 생각했던 여러 시절에 대해 걱정하느라 새벽 4시까지 뜬눈으로 누워 있었다. 다리도 참 많이 만졌다. 수작도 참 많이 걸었다. 대부분의 남자들보다 그는 운이 좋았다. 아무도 불평하지 않았다.

적어도, 그에게 대놓고는.

보름 후부터 다시 잠을 자기 시작했다. 너무 피곤해 그러지 않을 수가 없었다.

저 말이다, 나도 악당처럼 군 적이 있단다. 그는 머릿속에서 상상 속 딸에게 말했다.

어련하시겠어요. 그의 상상 속 딸이 말했다.

저 말이다, 나도 악당처럼 군 적이 있단다. 그가 머릿속에서 진짜 딸에게 말했다.

침묵.

**지난 3월.** 그녀가 죽기 다섯 달 전. 그는 그의 집과 그녀의 집 사이 수 마일에 달하는 포장도로 위의 진창을 헤쳐 나아간다. 그는 초인종을 누른다. 쌍둥이 중 하나가 그를 맞아들인다. 패디는 집 안쪽에 있다. 복도에서 그의 목소리가 들려오자 그녀가 외치기 시작한다.

내가 사랑해 마지않는 예술의 왕이 오신 거야?

그녀는 찻잔만 들어도 팔이 부러지지 않을까 싶을 만큼 말랐다. 하지만 정신만은 거센 질풍과도 같아서, 집 안에 들어오는 그를 향해 몰아닥친다. 머리가 너무 길다

느니, 셔츠는 어디서 얼룩이 졌냐느니, 무슨 미친놈 먹듯 밥을 먹었어? 바지 꼴 좀 봐, 장화도 없어? 엉망으로 얼룩진 셔츠 아래 그 애달프고 사랑스러운 가슴팍 좀 봐, 딕, 당신 도대체 뭐야, 설마 뭐 우라질 타이어의 페리클레스(Pericles of Tyre)라도 된 줄 알아? 하고 퍼부어 댄다.

지친 페리클레스(Pericles of Tired)겠지. 그가 대꾸한다. 눈보라를 헤치고 6마일을 걸어온 거야. 당신하고 선한 정치에 대해 토론하려고.

오, 그래, 당신이 지친 사람이야, 당신이? 순 제멋대로인 사기꾼 같으니. 죽어 가는 여자는 나야. 그녀가 말한다. 그 젖은 신발이나 벗어.

당신은 절대 안 죽을 거야, 패디. 그가 말한다.

아, 죽는다니까. 그녀가 말한다.

아냐, 안 죽는대도. 그가 말한다.

철 좀 들어. 그녀가 말한다. 이건 팬터마임이 아니야. 우린 다 죽을 거야. 죽지 않을 거라는 건 현대의 판타지이자 질병이야. 속아 넘어가지 마. 그리고 구멍 뚫린 배는 이제 내 차례니까, 당신 거 아니니까, 물러서시지.

우리는 모두 한 배를 타고 있어, 패드. 리처드가 말

한다.

내 비극 좀 그만 훔쳐. 그녀가 말한다. 신발은 라디에이터 위에 올려놓고. 양말을 벗어 발도 라디에이터에 좀 대 봐. 더멋, 수건 한 장 가져오고 주전자에 물 좀 데워라.

자유세계의 배. 그가 말한다. 그 배에 올라 석양의 수평선을 향하여 언제까지고 함께 항해하는 동료 선원이 될 거라고 우린 생각했었지.

모두 변했어, 완전하게 변했지. 그녀가 말한다. 그래서 신세계의 배는 요즘 형편이 좀 어떤가?

그가 하하 웃는다.

컴퓨터 게임의 배 꼴이지. 그가 말한다. 어뢰에 격침되도록 디지털 방식으로 설계돼 있는.

좌우간 인간의 재간이란. 그녀가 말한다. 인정해 주지 않을 수 없어. 늘 뭔가 때려 부술 새롭고 재미난 방법을 찾아낸다니까. 자유-자본-민주주의의 종말은 차치하고, 그대는 어떻게 지내시나? 뭐, 만나서 반갑긴 한데, 원하는 게 뭐야?

그는 마틴 터프의 신작을 맡게 되었다는 걸 막 알았

다고 그녀에게 전한다.

터프? 아, 맙소사! 그녀가 말한다.

내 말이. 리처드가 말한다.

신의 가호가 있기를 빌어 줄게. 그 정도의 도움은 필요할 테니. 그녀가 말한다. 그래서, 어떤 건데? 뭘 해야 하는 거야?

그는 우연히 1922년 스위스 소읍에서 함께 살게 되지만 제대로 만나지는 못하는 두 작가에 대한 장편 소설에 대해 들려준다.

캐서린 맨스필드? 그녀가 말한다. 정말? 확실해?

그렇다니까. 그가 말한다.

릴케하고 이웃이었다고? 그녀가 말한다. 그리고 그게 사실이라는 거지?

소설 뒤의 감사의 말에 사실이라고 확언하고 있던데. 그가 말한다.

어떤 종류의 소설이야? 그녀가 말한다. 작가는 누구고?

순수 문학. 그가 말한다. 넬라, 아니 벨라 누군가 하는 작가의 두 번째 소설이래. 말이 되게 많아. 일어나는 사건은 별로 없고.

그런데 그런 작업이 얼간이(twerp)한테 돌아갔다?* 그녀가 말한다.

베스트셀러야. 온갖 문학상 최종 후보에도 올랐더군. 그가 말한다.

내가 그쪽 방면으로는 소식이 좀 어두워 놔서. 그녀가 말한다. 쓸 만해?

페이퍼백 광고 문구를 보면 평화와 고요의 전원시, 지난 날들로부터의 선물, 빠져들다, 탐닉하다, 브렉시트 시대로부터의 도피, 뭐 그런 것들이야. 그가 말한다. 나는 뭐, 괜찮더라. 둘은 조용히 작가 생활을 하고 이따금 호텔 복도에서 서로 지나치기도 해. 한 명은 필생의 역작을 완성하는 중인데 물론 그녀 자신은 모르지. 병이 들었거든. 산중에 사는 남편하고 늘 싸우게 되자 거기서 벗어나기 위해서 내려와 호텔에서 좀 소심해 뵈는 친구랑 살아. 다른 작가는, 근데 발음이 어떻게 되지?

릴케. 패디가 말한다.

---

* 대화에 등장하는 이름인 터프(Terp)와 발음이 비슷한 단어를 사용한 농담.

그는 바로 전해에 필생의 역작을 완성했어. 리처드가 말한다. 그래서 지쳐 있지. 기거하던 고성에 수리 공사가 시작되어 그게 끝날 때까지 마을의 같은 호텔에서 살게 되지. 공사가 끝나고 돌아가야 할 때가 되고, 그래서 짐말처럼 온갖 가방들을 등에 진 친구와 함께 그녀가 호텔에 도착할 때 그는 호텔을 떠나. 하지만 호텔 밥이 좋아서 거의 매일 저녁밥을 먹으러 호텔에 오는 거야. 스키 휴양지인데 여름철이라 호텔도 마을도 한산해서, 이따금 같은 식당에서 이 두 작가만 꽤 가까운 거리에 앉기도 하지. 호텔 정원에서 서로 지나칠 때도 가끔 있고. 소설은 그들 위의, 그들 아래의 산들에 관해 상당히 길게 묘사하고 있어. 알프스의 장관을 배경으로 각자의 삶을 살아가는 그들의 모습, 그런 거겠다 싶어.

그래서 무슨 일이 일어나는데? 패디가 묻는다.

그게 줄거리의 전부야. 그가 말한다.

흠. 패디가 말한다.

계절이 바뀌지만 그들은 끝내 못 만나. 말, 클로시 모자와 조끼, 웃자란 잔디, 꽃, 소들이 목에 종을 달고 풀을 뜯는 목장. 시대극이야.

그녀가 고개를 젓는다.

하지만 터프라며. 그녀가 말한다. 끔찍할 텐데, 어떻게, 빠져나올 순 없어?

그가 셔츠 소매를 올려 해진 부분을 그녀에게 보여준다. 그리고 다른 쪽 소매를 올리는데 역시 해져 있다.

대본을 좀 보긴 한 거야? 그녀가 말한다.

봤지. 그가 말한다.

테러리스트들도 나와? 그녀가 말한다.

둘이 나란히 웃음을 터뜨린다. 두 사람은 작년에 언론이 일제히 격찬한 마틴 터프의 최신 드라마 「국가의 신임」을 아이플레이어*를 통해 함께 죽 몰아 봤었다. 일단의 이슬람 여성 테러리스트들이 영국 북부의 대저택에 바리케이드를 치고 몇몇 공인과 얼마 전 자격증을 취득한 '영국의 역사' 안내원을 인질로 잡은 상황을 경찰과 첩보 요원들이 해결하는 과정을 그린, 흥분과 폭발로 가득한 5부작 시리즈였다.

내 말 들어 봐, 패디. 테러리스트보다 지독한 것도

* BBC가 운영하는 온라인 TV 스트리밍 서비스.

있어. 리처드가 말한다.

그는 마틴 터프가 섹스 신 몇 가지를 이미 제출했는데, 이 소설의 각색 작업을 위촉한 영국 방송 위원회 사람들이랑 영화의 주요 자금원인 대형 온라인 소매업체 사람들이 굉장히 좋아하더라는 이야기를 해 준다.

섹스 신? 패디가 말한다.

그가 고개를 끄덕인다.

캐서린 맨스필드와 라이너 마리아 릴케의? 그녀가 말한다. 그러니까, 뭐랬지, 1922년에?

그의 고성에서, 그녀의 호텔 방에서, 그녀 친구가 머무르는 방을 포함한 여러 다른 호텔 방의 침대에서, 레즈비언 취향의 것도 좀 있어. 그리고 — 잠깐, 아직 안 끝났다고. — 주로 현악 사중주가 연주되는 호텔 정원의 작은 석굴에서, 호텔 복도 화분 뒤에서 커튼에 휘감긴 채, 그리고 호텔 당구대 위에서 당구공들을 요리조리 밀어 내면서. 코미디에 가까운 섹스지. 그가 말한다.

패디가 요란하게 웃는다.

코미디 섹스 때문에 웃는 것은 아니고. 그녀가 말한다. 터무니없을 뿐만 아니라 불가능한 일이어서 웃는 거야. 우선, 맨스필드는 1922년쯤엔 이미 심한 결핵을 앓고 있었어. 1923년 초에 그걸로 사망했고.

알아. 그가 말한다. 그녀의 심한 결핵 때문에 나도 여기가 아파.

그는 그녀의 앙상한 손을 잡아 자기 가슴에 갖다 댄다. 그녀가 그를 향해 미소 지으며 눈썹을 추어올린다.

'물고기들은 뛰어오르고'로군, 더블딕.*

소머타이즈, 그리고 삶은 평탄하네.** 둘이 함께 일하기 시작한 이래, 육 주간의 촬영 기간에 그의 낯빛이 그녀 표현에 의하면 아일랜드 초록색이 되고 그녀가 그걸 뱃멀미로 진단했던 「고통의 바다」 이래, 그가 만드는 것이 그 자신의 몸에 나타나기 시작하면 복된 결과로 이어진다는 것, 결과가 좋다는 것이 패디의 지론이었다.

그는 씩 웃으며 그녀의 손을 놓아준다.

당신 없이는 제대로 안 될 텐데. 그가 말한다.

---

* 조지 거슈윈의 오페라 「포기와 베스」 중 「서머타임」의 가사.

** 소머타이즈(somatize)는 '신체 증상화가 나타나다.'라는 뜻으로, 역시 Summertime, an' the livin is easy라는 「서머타임」의 가사를 이용한 말장난이다.

그럴 리가 있겠느냐고 말해 주고 싶은데 안 되네, 터프가 나 대신이라는데. 그녀가 말한다. 정말이지 짜증 돋우지 마. 이건 자기하고 꼭 하고 싶었을 작업이야. 캐서린 맨스필드. 맙소사, 캐서린 맨스필드가 주인공인 작품이라니. 게다가 릴케까지. 문학의 거성인 맨스필드와 릴케가 같은 시간, 같은 장소에. 굉장해.

관심이나 있다면. 리처드가 말한다.

아, 관심 있다마다. 그녀가 말한다. 맨스필드가 스위스에서 쓴 소설들은 그녀 최고의 작품들이야. 릴케는 비가를 완성하기 직전이었고 오르페우스 시들도 썼지.* 탁월한 두 재능이 삶과 죽음에 대해 이야기할 길을 찾으러 어둠 속으로 들어간 거지. 각자가 쓰던 형식들을 획기적으로 변화시킨 인물들이야. 거기, 같은 방에서 동시에. 그 생각만으로도. 사실이라면, 딕, 정말 엄청나. 정말로.

당신 말을 믿을게. 그가 말한다.

그녀가 고개를 흔든다.

릴케. 그녀가 말한다. 그리고 맨스필드.

---

* 「두이노의 비가」와 「오르페우스에게 바치는 소네트」를 가리킨다.

이제 리처드도 기억난다. 이제야 깨달았다. 캐서린 맨스필드는 패디가 여태껏 그에게 말해 준 수많은 여성 작가들 중 하나일 것이다. 그녀가 수십 년간 그에게 말해 왔으나 그가 한 번도 제대로 듣거나 그에 관해 별다른 걸 하지 않은 그런 작가들 중 하나일 것이다.

그는 즉석에서 지어낸 말을 그녀에게 한다. 그녀가 여러 해 동안 이야기한 맨스필드가 빅토리아 시대 작가이며 그래서 약간 새침하고 순수한 말라깽이 노처녀 유형일 거라고 짐작해 왔다고.

새침하고 순수하다고! 패디가 말한다. 맨스필드가!

그녀가 큰 소리로 웃는다.

캐서린 맨스필드 공원.* 그녀가 말한다.

뭐가 우스운지도 잘 모르면서 리처드도 따라 웃는다.

그녀는 모든 면에서 천생 모험가였어. 성적 모험가, 미학적 모험가, 사회적 모험가. 진정한 세계 여행가였지. 온갖 종류의 사랑으로 가득했던, 당시 기준으로 보면 아주 음란한 삶이었어. 그만큼 두려움이 없었다는 말이야.

---

* 빅토리아 시대 작가인 제인 오스틴의 소설 『맨스필드 파크(Mansfield Park)』와 연결 지어 말장난을 한 것.

그녀가 몇 번이나, 그것도 언제나 잘못된 사람들의 아이를 가졌는지, 다른 사람과의 사이에서 가진 아기에게 합법적인 신분을 주려고 사실상 모르는 사람과 결혼했다가 유산한 일도 있다는 사실은 다산의 신만이 알 거야. 그것도 책에 나와?

아니. 리처드가 말한다. 그런 건 안 나와.

1차 세계 대전 중에는 참전하여 싸우던 프랑스인 연인과 전선에서 하룻밤을 보냈지. '이모'가 보내온 거라며, 급히 와 달라는 내용의 엽서를 관리들에게 보여 준 거야. 그녀의 병사 연인이 보낸 거였지. 마르그리트 봉바르라고 서명이 되어 있는. '데이지 폭격'이라는 뜻이잖아! 그녀는 사회 혁명가를 자임했던 수많은 사람들을 충격에 빠뜨렸어. 울프, 벨, 블룸즈버리 회원 같은 이들도 그녀에 대면 교외 주민쯤으로 보였으니까.* 사람들은 그녀를 뉴질랜드 미개인, 식민지 출신 처녀 정도로 치부했어. 뭐, 이쯤이면 선구자 맞지.

---

* 20세기 초 런던과 케임브리지를 중심으로 활동하던 영국의 예술가, 지식인 모임인 블룸즈버리 그룹과 그 회원이었던 소설가 버지니아 울프와 그녀의 언니이자 화가인 버네사 벨을 가리킨다.

패디가 고개를 젓는다.

그런데 1922년 맨스필드에게는 가슴을 덮은 담요조차 한없이 무거웠어. 그녀가 말한다. 섹스야 말 다 했지. 내가 아는 바에 따르면, 1922년의 그녀는 슬프게도 너무 쇠약해져서 마차에서 호텔 정문까지 걸어갈 기력조차 없었어. 호텔들도 폐결핵이 아무래도 찜찜해서 기침해 대는 여자를 들일 수가 없었고. 스위스는 달랐을지도 모르겠군, 거기는 결핵 관광이 하나의 산업이었으니까.

산업이라니, 어떻게? 리처드가 말한다.

맑고 신선한 공기. 그녀가 말한다.

어떻게 그렇게 모든 것에 대한 모든 걸 다 알아, 패디? 그가 말한다.

뭐야. 패디가 말한다. 안다고 공격하면 안 되지. 나는 소멸하는 부류야. 사람들이 더는 의미 있다고 보지 않는, 그런 쓸모없는 무명씨지. 책. 지식. 수십 년간의 독서. 그게 다 무슨 소용이야? 나도 그쯤은 알아.

그래서 내가 이렇게 온 거잖아. 그가 말한다.

그렇겠지. 그녀가 말한다.

그녀는 테이블 가를 잡고 의자를 뒤로 민 다음 테이

블 옆을 잡고 몸을 일으킨다. 일어서자 현기증이 몰려들어 잠시 한숨 돌린다. 긴장한 그가 도우려는 듯 움직이는 모습이 보인다.

그러지 마. 그녀가 말한다.

그녀는 책이 빼곡히 꽂힌 복도를 바라본다.

내가 갖고 있던 릴케는 오래전 앰네스티 자선 가게로 승천한 것 같군. 그녀가 말한다. 죽기 한참 전부터 곱게 죽어 있던 남자. 이 병 속의 장미들을 보고 이른바 현실 세상에서 정신을 산란케 하는 것들은 잊으라고 그는 말했지. 그런데 천사와 장미도 한도가 있는 법이잖아. 한 여자가 감당할 수 있는 '표현의 수단으로서의 죽음이여 내게 들어오라, 그리고 내게서 당신에게 또 들어가라, 우리가 함께 죽음으로써 죽음을 정복하리라.' 같은 것도 마찬가지고. 죽어 가는 여자라면 더 그렇지. 하지만 이건 내가 불공평하게 구는 걸 거야.

그녀는 복도 입구로 걸어간다. 벽에 몸을 기댄 다음 책들에 기대더니 원하는 머리글자 쪽으로 서가를 따라 간다.

없어, 릴케는 하나도 안 남았네. 그녀가 말한다. 내

가 불공평하게 구는 거라고 그랬잖아. 하지만 맨스필드라면 얼마든지 있어.

그녀는 책 한 권을 뽑아 펼치고 책과 자신의 몸을 다른 책들에 기댄 다음 책장을 휙휙 넘겨 본다. 책을 탁 덮고 겨드랑이 밑에 끼운다. 책 두어 권을 더 뽑는다. 이때쯤 패디는 아직 두세 권의 양장본 책을 가슴에 품고 방 안을 가로질러 걸을 만큼의 기운은 남아 있다. 그녀는 책들을 그의 앞쪽 테이블 위에 떨어뜨린다. 그는 펼쳐진 채 떨어진 책에서 눈길이 간 대목을 읽는다.

이 지루한 편지를 쓰는 지금 폭풍이 몰아치고 있다. 소리가 하도 찬란하여 밖에 나가고 싶다.

하. 그가 말한다.

패디가 미소를 짓는다. 그리고 펼쳐진 페이지 위쪽에 찍힌 날짜를, 1922년이라고 쓰인 곳을 집게손가락으로 두어 번 두드린다. 그녀는 자리로 돌아가 몸을 구부리며 앉는다.

퍽 유용한 연도지. 그녀가 말한다. 1922년에 살아 있던 수많은 이들 중 5분의 1쯤이나 속해 있었을 게 뭘까?

그녀는 눈썹을 추어올리면서 리처드가 뭐라고 할지

기다린다. 그는 아무 말도 하지 않는다. 무슨 말을 해야 할지 전혀 모르겠다.

대영 제국. 그녀가 말한다. 그리고 내 기억이 옳다면, 이때쯤 무솔리니가 세력을 키우기 시작하지 않나? 이런 것들 중 뭐든 소설에 나와?

날 알면서 그래. 그가 말한다. 놓쳤을 수도 있어. 나는 세상에서 가장 주의력 깊은 독자가 아니니까.

좀 더 가까이로 좁히면 1922년은 마이클 콜린스가 암살당한 해야. 패디가 말한다.

그러네. 리처드는 마이클 콜린스가 누군지 기억을 더듬는다.

생각해 봐. 패디가 말한다. 아일랜드가 발칵 뒤집혔었어. 새로운 연합. 새로운 국경. 새로운, 케케묵은 아일랜드 내전. 새로운, 케케묵은 상황이 지금 또다시 유의미해졌다는 걸 부인할 수 있겠어?

그녀가 눈을 감는다.

터프에게 윌슨 이야기를 해 주는 것도 괜찮겠어. 그녀가 말한다. 암살이 하나 늘면 좋아할 거야. 헨리 윌슨 말이야. 누군지 알아?

음. 리처드가 말한다.

경기병, 보어 전쟁 사령관, 1차 세계 대전 참모 총장, 그리고 강경한 아일랜드 연합주의자였어. 공화당원들에게 집 앞에서 암살당한 사건은 이미 불붙은 퓨즈에 기름을 부은 격이었고, 그 퓨즈란 다름 아닌 아일랜드 내전의 퓨즈였지. 그런데 다 알던 거지? 또 뭐가 있을거나? (패디는 바야흐로 이륙하여 날고 있었다.) 1922년. 문학의 모든 기존 질서가 부서진 해였어. 산산조각이 났지. 마게이트의 모래 위에서.*

지당하신 말씀. 그가 멍한 얼굴로 말한다.

무슨 말을 하는 거냐면. 그녀가 말한다. 이게 다 한 상에 차려졌다 이거야, 그것도 이야기라는 선물로. 실존 인물들이 우연히 한곳에 모인다, 서로를 모르고, 만나지도 않는다. 서로를 지나친다. 옷깃이 스칠 만큼 가까운 거리에서. 그 자체로 굉장해. 그러나 전쟁 통에 하나는 형제를 잃고 다른 하나는 정신을 잃을 지경이 됐지. 그리고 그들이 쓰는 글은 모든 걸 뒤바꿔 놔. 틀을 깨부수는

---

* T. S. 엘리엇(T. S. Eliot, 1888~1965)이 1922년에 쓴 시 「황무지」 중한 구절.

거야. 현대의 작가들이지. 졸라와 디킨스 같은 사람들이 위대한 집 없는 작가이자 위대한 아웃라이어인 맨스필드와 릴케 같은 사람들에게 바통을 넘긴 거야. 그녀는 뉴질랜드 출신이었고, 그는, 뭐였지, 오스트리아인이었나? 체코인? 보헤미아인(Bohemian)?

책을 보니 상당히 보헤미안(bohemian)* 같던데? 리처드가 말한다.

그런 보헤미안이 아니라. 그녀가 말한다. 들어 봐. 대영 제국과 독일 제국이 두 개의 거대한 맷돌처럼 상대를 갈아 대는 와중에 수백만이 이미 죽었어. 그런데 이듬해에 다시 수백만을 갈아 마실 태세인 거야. 뭔가 나오겠는데, 더블딕? 정말 뭔가 나올 것 같아. 터프에게 말해. 지나가 버린 제국의 영화에 대한 향수. 그걸 써먹어.

알았어. 그가 말한다. 그럴게.

그 모든 것의 배후에는. 패디가 말한다. 산이 뜻하는 모든 게 있어.

무슨 소리야, 산이 뜻하는 거라니? 리처드가 말한다.

---

* 관습을 무시하고 자유분방한 생활을 하는 예술인을 가리키는 말.

스위스 마을의 그들에게 신의 가호가 있길! 그녀가 말한다. 신의 상어 이빨처럼 들쭉날쭉한 주변 산들로 인해 그들은 마치 커다란 입속 혀 위에 놓인 것 같았겠지. 이른바 중립 지역이라는 스위스였지만, 그곳 공기에도 스페인 독감처럼 제국주의 파시즘이 뿌려 대는 포자들이 흩날리고 있었어.

그래. 리처드가 말한다. 그랬지.

(제기랄. 그는 생각한다. 이 여자가 없으면 세상은 어찌 될까? 이 여자가 없으면 난 어찌 될까?)

그리고 이건 시작에 지나지 않아. 그녀가 말하고 있다. 더 있어. 아주, 아주 많이 더. 생각해 볼게. 메모도 좀 해 줄까, 더블딕?

리처드는 마치 누군가가 자기 몸 안에서 샤워헤드로 더운물을 틀어 주기라도 한 것처럼 육체적인 안도감으로 가득 찬다. 안도감이 새어 나온다고 할 지경이다. 그는 시선을 내려 옷을 확인해 본다. 새어 나오는 것은 없다. 그는 다시 시선을 든다.

고마워, 패디. 그가 말한다. 정말 당신밖에 없어.

하지만 다 해 줄 수는 없어. 그녀가 말한다.

그럼, 그럼, 그걸 기대할 순 없지. 그가 말한다.

그가 그녀에게 눈을 찡긋한다. 그녀는 심각한 표정으로 가만히 앉아 있다.

자기의 그 끝없는 요구란. 그녀가 말한다. 내가 죽어 무덤에 묻혀 있어도 사후 세계에 대한 에세이를 써 달라고, 작품 리서치해 달라고 할 사람이야, 자기는. 릴케는 어쩌고, 맨스필드는 또 어쩌고, 그러고도 너무 악필이라 못 알아보겠다고 불평을 해 대겠지.

패디. 그가 말한다.

이제 생각은 자기 스스로 해야 될 거야. 그녀가 말한다.

난 쓸모없는 놈이야, 패드. 그가 말한다. 당신도 잘 알잖아.

아니야, 자기는 언제나 목소리를 보는 재능이 있었어. 그녀가 말한다.

하. 그가 말한다.

(이러니 어찌 그가 그녀를 사랑하지 않을 수 있겠나.)

하지만 강해져야 해. 그녀가 말한다. 지금보다 더. 터프에게 넘지 말아야 될 선을 알려 줘야 할 거야.

그거 메모 부탁해, 패드. 그가 말한다.

언제든 옛날 메모 패드를 참조하면 돼. 그녀가 말한다.

그건 두 사람 사이의 오래된 농담이었다. 그들은 학생 아이들처럼 깔깔대고 웃었다. 좀 전에 문을 열어 줬던 쌍둥이 하나가 복도 아치 아래로 모습을 나타낸다.

리처드 아저씨, 그만 가 주시는 게 좋을 것 같아요. 그가 말한다. 엄마가 좀 피곤해 보여요.

가제는 정했어? 패디가 말한다.

쌍둥이 아이는 보이지도 않는 모양이다. 리처드도 아이 말을 무시한다.

소설 제목 그대로야. 그가 말한다. 많이 팔린 작품의 각색이니 당연히 재미있을 거라는 인상을 주려는 거지.

그래서 소설 제목은 뭔데? 그녀가 말한다.

'4월.' 리처드가 말한다.

아. 패디가 말한다. 그러시겠지. 책 제목 참 근사하군. 4월.

그녀가 눈을 감는다. 갑자기 정말이지 몹시 피곤해 보인다.

그는 아직 축축한 양말 한 짝을 신는다. 신발을 신지 않은 발로 일어선 후 라디에이터에서 신발을 집어 뒤꿈치 부분을 쥐고 든다.

그녀는 테이블 위에 놓인 주먹을 꽉 쥔다.

우리 봄의 수수한 꽃들, 내가 다시 보고 싶은 거야. 그녀가 말한다.

리처드는 젖은 신발 한 짝을 신는다. 발에 와 닿는 냉기에 몸이 절로 움츠러든다.

바로 이런 걸 두고 발이 차다고 하는 거로군.* 그가 말한다.

얼마든지 더 있어도 돼. 아직 눈을 감은 채로 그녀가 말한다. 점심 좀 챙겨 먹어. 냉장고에 음식 많아.

뭘 좀 만들어 줄까? 리처드가 말한다.

아, 아니야. 그녀가 말한다. 나 아무것도 못 먹어.

이미 다 준비돼 있어요, 감사해요, 리처드 아저씨. 쌍둥이 아이가 말한다.

그녀는 여전히 눈을 감고 있다. 그녀가 손을 들어

---

* get cold feet. '겁을 먹다.'라는 뜻이 있다.

테이블 위 허공을 휘젓는다.

얼마든지 있어도 괜찮아. 그녀가 말한다. 그리고 갈 때 저 책들 가지고 가. 서간집들도 다 포함해서. M 밑에 더 있거든. 서가에.

당신 책 안 가져가, 패디. 그가 말한다. 내가 당신 책을 가져가다니 말도 안 돼.

내가 또 읽을 일도 없을 텐데 뭐. 그녀가 말한다. 갖고 가.

**아직도 11시 29분.**

리처드는 숨을 들이쉰다. 아프다.

캐서린 맨스필드 탓이야.

시인 라이너 마리아 릴케의 백혈병까지 신체 증상화하게 될까 좀 겁이 난다.

전해지는 바에 따르면 릴케는 이집트에서 찾아온 아름다운 여인을 환영하는 뜻에서 자신이 돌보던 탑 둘레 장미 정원에 가서 장미 몇 송이를 꺾었다. 그런데 그것들 중 하나에 돋은 가시가 손인지 팔인지를 찔렀다. 그 작은 상처는 아물지 않았다. 팔이 감염되었다. 다른 팔도 부어올랐다. 그리고 그는 죽었다.

그는 장미에 대한 훌륭한 시를 많이 쓴 사람이었다. 릴케는 리처드가 많이 읽어 보기는커녕 사실 올해 전까지 들어 본 적도 없는 시인이었지만, 그조차 볼 수 있는 아이러니가 거기에 있다. 이제 인터넷에서 릴케를 조금 살펴본 터라 그는, 만일 패디하고 이야기를 하고 있다면, 도무지 이해할 수 없다고 말할 터였다. 어떻게 귓속에서 나무가 자랄 수 있단 말인가? 그럴 공간이 없는데.

그렇긴 해도 릴케라는 인간 자체는 퍽 매력적으로 느껴진다. 적어도 원작 소설이나 그가 찾아본 사이트들에 따르면 그런데, 이를테면 여자 손님이 방문하면 그 앞에 서서 격식을 갖춰 시를 낭독했다는 사실, 그리고 손님이 떠날 때면 역시 격식을 갖춰 읽어 주었던 그 시를 손수 필사하고 헌정함으로써 그것이 오롯이 자기만을 위해 쓴 시라고 생각하며 떠나게 했다는 사실 등이 흥미로웠다. 사실 그 시들은 수년 전에 쓴 것일 터였고, 그래서 릴케 사후에 그가 해묵은 시들을, 게다가 때로는 같은 시를 여러 명에게 재활용했음을 알고 크게 실망한 여자들이 꽤 있었다고 한다.

하지만 그런 매력적인 요소 덕분에 그에게 다양한 기회가 열렸고, 태생이 전혀 부유하지 않았던 시인 릴케로서는 후원자(patron)들과 여성 후원자(matron)들은 많을수록 좋았다.(여성 후원자라고 불러도 되나? 반페미니즘적인 것은 아닐까? 여자들이 불쾌해할까?) 그는 특히 부자들의 대저택과 고성에 손님으로 묵기를 좋아했다. 누군들 안 그러겠는가?

그런데, 그놈의 장미 가시. 여자들에게 헌정한 시들. 매력.

이야기는 이어지고, 기타 등등.

바로 이런 것들에서 리처드가 도망치고 있는 것은 아닐까?

리처드는 갑자기 역겨움을 느낀다.

정말 아픈 건지도 모른다.

(이게 백혈병 증상일까?)

그는 쓰레기통을 찾아 주위를 둘러본다. 이렇게 깨끗한 플랫폼에 토하고 싶지 않다.

그의 상상 속 딸이 귓속에서 말한다. 아마 아빠는

토하지 않을 거예요. 정말 그럴 거라면 아파도 되는 장소와 아닌 곳에 관해 생각할 틈이 없을 테니까. 그리고 귀는 나무가 자라기에 충분할 만큼 커요. 귓속의 나무. 핏속의 장미. 나만 해도 어디서 살고 있는지 한번 보세요.

그는 다시 시계를 본다.

11시 29분.

저 시계 고장 났나?

단 일 분이란 시간이 정말 이렇게 긴가?

고장 난 시계는 그의 몸속에 있는 것일까?

그는 역에서 나와 다른 현실들에서 그의 마음을 떼어 놓아줄 무언가를 찾으며 역전 공간을 걸어 본다.

저만치에 아마 전쟁 기념비일 높다란 석조물이 있다. 저기로 가서 측면에 쓰여 있을 죽은 자들의 이름을 읽어 보리라.

그런데 거기 죽은 자들의 이름은 없다.

대신 박아 놓은 현판에 금빛 글자로 이렇게 쓰여 있다.

매켄지 분수

탈로지의 세하 라르고 백작

피터 알렉산더 캐머런 매켄지
고향 마을에 헌납
세하 라르고 백작 부인 제막
1911년 7월 21일

물이 나오지 않는 오래된 음용 분수다.

그는 분수 둘레를 두어 번 돈다. 현판 글귀를 다시 읽는다. 참 이상하네. 스코틀랜드와 포르투갈의 만남이라? 포르투갈 맞나? 아니면 남미? 그는 확인해 보기 위해 더듬더듬 휴대 전화를 찾는다.

전화기가 없다.

그는 역 앞의 커피 트럭으로 건너간다.

에코세커피(Écossécoffee)
어서 드세요
한 잔의 친절

해치에는 아무도 없다. 그는 측면의 골이 진 강판을 두드린다.

한 여자가 앞 좌석 너머로 애벌레처럼 미끄러져 나타나더니 바닥에 머리를 찧는다. 일어서서 해치에 모습을 드러낸 그녀의 모습은 짜증스러워 보인다. 방금 잠에서 깬 듯 부스스하다. 침낭을 입고 있는 것 같다. 그녀는 그걸 가슴 쪽으로 바짝 당긴다.

네? 그녀가 말한다.

바쁜 날인가 봐요. 그가 말한다.

그녀가 멍하니 그를 쳐다본다.

내가 깨운 건가요? 그가 말한다.

제가 차 안에서 자는 여자라는 말씀이세요? 그녀가 말한다.

그의 얼굴이 붉어진다.

아니에요. 그가 말한다.

됐고요, 어떻게 도와드릴까요? 그녀가 말한다.

그녀는 그가 처음 생각했던 것만큼 젊지 않다. 눈 주위가 거무스름하고 얼굴은 좀 더 인생을 겪은 표시가 난다. 쉰쯤? 그녀는 나이 어림을 하는 그를 빈정대는 눈으로 본다.

근처 어디에 공공 도서관이 있는지 알려 주실 수 있

을까요? 그가 말한다. 저 분수가 고장 나서 다행이다 싶겠어요. 매상을 갉아먹히기 쉽잖아요. 측면 현판 글귀에 호기심이 일어서요. 아니, 세하 라르고가 대체 여기와 무슨 관련이 있을까 싶어서요.

도서관은 문 닫았어요. 여자가 말한다.

리처드는 서글픈 얼굴로 고개를 젓는다.

정말 한심한 시대로군요. 그가 말한다. 무슨 놈의 문화가 시민이 무지하기를 원할까요? 무슨 놈의 문화가 돈 없는 사람은 돈을 낼 수 있는 사람보다 정보와 지식에 접근할 기회를 적게 누리길 원할까요? SF 영화에 나오는 전체주의 사회 같아요. 1970년대라면 이걸 갖고 괜찮은 영화를 만들었을 텐데, 그때 내가 일 좀 하는 영화감독이었거든요. 지은 죄가 많아 놔선지 아직도 그렇지만요. 그런데 이제 세상이 완전히 달라졌어요. 지금 일어나는 일들이 앞으로 일어날 거라고 그때 누군가가 말했다면 아무도 안 믿었을 거예요. 정말이지, 이건 라그나로크*라니까요.

---

* 북유럽 신화에 나오는 세계 종말의 날.

아니고요. 킹유시예요. 그녀가 말한다.

그게 아니라. 리처드가 말한다. 세계의 종말이다, 그 말이에요. 도서관 폐쇄 말이에요.

폐쇄돼서 문 닫은 게 아니에요. 여자가 말한다. 화요일은 문을 닫아요.

오. 리처드가 말한다.

내일은 열어요. 여자가 말한다.

아. 리처드가 말한다.

또 뭐 다른 용건 있으세요? 여자가 말한다.

아니, 아니에요. 리처드가 말한다. 없습니다, 감사합니다. 혹시…….

여자가 눈썹을 추어올리며, 기다린다.

레몬 같은 건 없죠? 그가 말한다.

레모네이드요? 여자가 말한다.

아니, 레몬, 그냥 평범한 레몬 말이에요. 그가 말한다.

아뇨, 죄송한데 그런 건 없어요. 여자가 말한다.

음, 좋아요, 그럼 레모네이드로 주세요. 그가 말한다.

그런데 마침 레모네이드도 다 떨어졌네요. 여자가 말한다. 레모네이드는 재고를 갖춰 놓지 않거든요.

오. 좋아요. 그럼 에스프레소 한 잔 주세요. 리처드가 말한다.

죄송한데 오늘 차 안에 온수가 없어요. 여자가 말한다.

아. 음. 사과 주스, 사과 주스는 있나요? 그가 말한다.

아뇨. 여자가 말한다.

그렇군요. 리처드가 말한다. 그럼 생수 한 병 주세요.

여자가 웃음을 터뜨린다.

스코틀랜드에서 생수를 사려는 사람들을 보면 언제나 웃겨요. 그녀가 말한다.

그래도요. 리처드가 말한다.

언제나요. 여자가 말한다.*

아니면, 탄산수밖에 없다면 그거라도 주세요. 그가 말한다.

오. 저희는 물 안 팔아요. 여자가 말한다.

음, 그럼 뭐가 있죠? 그가 말한다.

사실 오늘은 차 안에 재고가 아무것도, 전혀 없어요.

---

* 리처드가 한 'still(그래도요.)'이라는 말에 '아직도'라는 뜻이 있어서 여자가 말장난을 한 것이다.

여자가 말한다.

그런데 왜 문을 열었죠? 그가 말한다.

그가 해치를 가리킨다.

바깥 공기가 좋잖아요. 여자가 말한다. 마음껏 즐기세요.

여자가 본래 자리로 돌아가려고 한다.

숭고하죠, 저 산들요. 리처드가 재빨리 말한다. 하지만 인간적 척도로 숭고한 정도겠죠. 이를테면 스위스 같은 곳에 비하면요.

음, 그렇겠네요. 여자가 말한다.

좀 덜 장엄하게 숭고한, 보다 정다운 타입의 산속에서 산다는 것은 멋진 일일 거예요. 그가 말한다.

정다워요? 여자가 말한다. 손님 착각이세요. 정다운 케언곰산맥이라. 저기서는 끔찍하게 죽기 십상인 걸요.

정말요? 리처드가 말한다.

체온 저하, 폭풍우, 눈폭풍. 여자가 말한다. 절대 못 빠져나올 눈 더미에 거꾸로 처박아 버릴 바람굴은 또 어떻고요. 철을 가리지 않고 불시에 닥쳐오는 눈보라는요. 심지어 여름에도요. 시야가 상실될 정도로 사방이 눈 천지에 눈사태도 덮치죠. 갑자기 날씨가 바뀌면서 실종자들도 생기고요. 불과 몇 마일 떨어진 곳은 화창한 날에 느닷없이 연무가 끼고. 그러니까 로크 모리치에서는 일광욕이 한창인데, 저 위쪽에선 동상에 걸리고 얼음이 얼고, 몇 마일을 헤매도 대피소도 인가도 길도 없는 거죠. 정말로 눈 깜짝할 사이에 눈이 쏟아져 쌓일 수가 있어요. 그리고 허리 높이로 쌓인 눈을 헤치고 걷다 보면 금방 지치죠. 그리고 눈이 녹는 봄철엔 아무것도 아닌 것 같은 실개울도 물이 크게 불어 거세질 수 있고요. 게다가 사실은 아주 깊은 물인데 위의 녹고 있는 얼음판이 땅인 줄 알고 체중을 실어 발을 디디는 위험도 있죠. 그래요, 그런 식으로 여러 명이 익사했어요. 그런가 하면 4월과 5월에도 강풍이 불어 덤불이며 작은 나무들이 뿌리째 뽑혀 눈앞에 달려들죠.

어이쿠. 리처드가 말한다.

여자가 심술궂은 눈으로 그를 바라본다.

어이쿠. 그가 다시 말한다.

그래요. 여자가 말한다. 퍽도 아름답죠?

네. 음. 고맙습니다. 그가 말한다.

그가 가려고 돌아선다.

그리고 그건 말들을 위한 거였어요. 여자가 말한다. 소들이랑. 이곳 가축들이요.

네? 리처드가 말한다.

매켄지 분수 말이에요. 여자가 말한다. 사람들 말로는 분수물이 꽤 높이 솟구쳤대요.

오. 리처드가 말한다. 그렇군요.

그래요. 여자가 말한다. 안녕히 가세요. 행운을 빌게요.

여자가 여전히 침낭을 입은 채로 밴 앞 좌석으로 기어오른다.

리처드는 텅 빈 주차장에 잠시 서 있다가 역으로 돌아간다.

11시 37분.

그는 플랫폼을 향해 역사를 가로질러 간다. 텅 빈 플랫폼에 다시 선다.

그는 다리를 건너 맞은편에 설까 생각해 본다.

일깨나 하는 영화감독.

귓전에서 뭐라고 지껄여 대는 자신의 목소리에 욕

지기가 난다.

지은 죄가 많아 놔선지. 자신이 지껄여 대는 것들에 진저리가 쳐진다. 아니, 세하 라르고가 대체 여기와 무슨 관련이 있을까 싶어서요.

그는 숨을 들이쉰다. 아프다.

그는 숨을 내쉰다. 아프다.

다음 기차가 이 역 안에 들어와 멈추면 그는 기차와 플랫폼 틈새로 미끄러져 내려가 이 깨끗하게 관리된 철로를 가로질러 기차 바퀴 옆에 누워 바로 위의 기차가 그 제어할 수 없는 추진력의 무게로 자신을 끝장내도록 할 것이다.

오 아무것도 없다 아무것도 아무것도.

산들이 기차역의 남자와 마을의 집들 위로 잠잠해진 파도처럼 떠오른다.

**그녀가 죽고 일주일 후 《가디언》에 부고가 떴다.** 쌍둥이 중 하나가 쓴 것이었다. 퍼트리샤 힐, 결혼 전 성은 하디먼, 1932년 9월 20일 출생, 2018년 8월 11일 사망.

그녀는 한때 퍼트리샤 하디먼으로 불렸다. 그는 전혀 몰랐다.

그들은 그녀가 크레디트들에 사용한 패디라는 이름으로 그녀를 부를 생각을 못 했으며, 그들이 함께 작업했던 열일곱 편의 작품 가운데 가장 잘 알려진 두 편만 소개했다. 「고통의 바다」(1971)와 「앤디 호프눙(Andy Hoffnung)」(1972)은 BBC의 TV 프로그램 「오늘의 연극」에서 가장 호평받고 큰 영향을 미친 초창기 실험적 드라마로 꼽힌다. 「고통의 바다」는 장차 북아일랜드 평화 운동이 될 발아를 포착했고, 「앤디 호프눙」은 영국 텔레비전 드라마 제작사상 최초로 삼십 년 전 홀로코스트에서 사람들에게 일어난 일을 제대로 그린 작품들 중 하나다.

「고통의 바다」: 비어트릭스 포터에서 화염병까지. 그 전까지는 북아일랜드 이야기라곤 전무했다고 할 수 있었다. 몇 해 앞서 휘커가 시리즈를 하나 만들었지만 방송이 거의 안 됐었다. 위험 요소가 너무 크다는 게 이유였다. 「고통의 바다」는 실제 사람들을 바라보는 눈처럼 카메라가 움직이며 그들이 사는 실제 장소에서의 삶의 조각들, 일상에서 주고받는 말들을 담으면서도 익명성을 보장하기 위해 절대 얼굴은 찍지 않고 인물들의 손짓과 피어오르는 담배 연기, 그리고 주방의 식탁이나 벽난로 선반에 놓인 물건 같은 주변 사물들을 대신 보여 주었다. 예컨대 묵주, 말을 탄 군주의 그림, 식탁의 포마이카 문양, 존 플레이어스 담뱃갑 위의 선원 삽화, 다 차 있거나 비어 있는 재떨이, 잔, 잔 받침, 가스레인지 위의 주전자, 말끔하게 닦은 도기 싱크대, 창의 격자 시렁을 타고 자라는 스위트피, 머릿수건 밑 컬 클립에 붙은 머리카락, 골이 진 철판 담장 위에 슨 녹, 뒷문 옷걸이에 걸린 경찰 곤봉, 곱게 접어 농가 창고 안 벽돌 뒤에 보관해 둔 낡은 천 페넌트 같은 것들이었다.

한 병사가 청바지에 셔츠 차림을 한 머리 긴 십 대 소년의 다리를 더듬어 검사했다. 다른 병사가 여덟아홉 명쯤 되는 여자들을 향해 쇠막대를 흔들었다. 철조망 너머 저만치서 어린아이의 다리가 길을 건넜다.

사람들은 의회에서 그것에 관해 이야기했다. 사람들은 천 개의 신문 기사보다 그것에서 더 많이 배웠다. 그것은 '피의 일요일'을 예견했다.(패디는 이듬해 어느 신문 평론가가 「고통의 바다」를 그렇게 평하자 한쪽 눈과 뇌 반쪽만 있어도 '피의 일요일'은 예견할 수 있는 거였다고 말했다.)

그건 그녀 최초의 실험적 다큐드라마였다. 그런 종류로는 사상 최초였다. 그로서는 최초의 진짜, 최초의 쓸 만한 작품이었다. 그리고 패디는 이제 죽어 편안하게 천국에 가 있다. 예전에 비어트릭스 포터가 그들에게 그런 존재였듯이.

「앤디 호프눙」: 1960년대 말의 어느 날, 패디는 베토벤 연주회가 열린 위그모어 홀에서 어떤 남자 옆에 앉아 있다. 안 디 호프눙(An die Hoffnung). 이렇게 말한 뒤 그가 웃으며 그녀를 바라봤다. 그녀는 그게 남자의 이름인 줄 알고 자기 이름을 말해 줬다. 그런데 프로그램을 보니, 노래 제목이었다.*

연주회가 끝나고 둘은 저녁을 함께 먹었다.(아마 함께 잤을 것이다.) 그는 그녀에게 자신의 이야기는 거의 하지 않았다. 활촉처럼 예리한 패디는 그러나 다량의 정보를 수집했다. 그는 반은 독일인, 반은 영국인이었고, 양쪽 모두로부터 부당한 대우를 받았다. 가족, 친구, 집 등등 많은 것을 잃었고, 모두 사라졌고, 기타 등등. 그럼에도 내가 만나 본 사람 중 가장 희망에 차 있었어. 당시 그녀는 그렇게 말했다. 천진해서가 아니야. 심원한 차원에서 그랬어. 그와 대화하면서 진정한 희망이란 사실 희망의 부재라는 걸 이해했어.

* 「희망에 부쳐」라는 베토벤 가곡.

어떻게 그럴 수가 있지? 리처드가 물었다.

(리처드는 질투가 났다.)

몰라. 하지만 나도 그에게서 희망을 얻어 왔고, 그건 지금 내 세계에서 엄청 굉장한 거야, 더블딕.

그 베토벤 사내는 그들이 갔던 클럽에서 마치 그녀의 미래를 읽어 줄 듯, 운세를 점쳐 줄 듯 그녀의 손을 잡더니, 대신 어려서 본 찰리 채플린 영화에서 기억에 남은 한 장면을 연출했다. 채플린이 여자의 손을 잡고 손목인가 손인가의 금을 보며 아이를 몇 낳을지 말해 주는 장면이었다. 그는 금의 개수를 센 다음, 아이 다섯을 낳을 거라 말한다. 이어서 자기 것을 들여다보며 세는데 스물다섯, 서른, 서른다섯도 넘는다.

그러더니 소리 없이 하하 웃어. 그녀가 말했다. 어린 아이처럼 웃으며 채플린 흉내를 냈던 거야.

그 사람 이름은 뭔데? (질투가 난) 리처드가 물었다. 한 번만이 아니라 더 같이 잤어? 뭐, 잘해? 이것들은 머릿속으로만 한 질문이다. 이후 그녀가 지나가는 말로라도 찰리 우라질 채플린 이야기를 꺼내면, 리처드는 그녀가 마치 비밀이라도 되듯, 그녀 자신 말고는 아무도 그녀가 그러고 있다는 걸 알 리 없다는 듯, 그녀가 하는 행동을 리처드가 간파하고 있다는 걸 까맣게 모르는 채 안 디 호프눙 그 작자를 생각하고, 또 넌지시 암시하고 있다는 걸 알았다.

그녀는 사 주 만에 대본을 썼다. 이야기하지 않음으로써 이야기하는 창의력이 풍부한 작품이었다. 부상을 입은 남자가 개방적인 태도로 런던을 배회한다. 줄거리는 그게 다라 해도 과언이 아니다. 서리, 안개. 아무것도 그에게 문을 열어 주지 않지만, 어떤 경로를 통해서든 결국 그가 건드리는 모든 것이 문을 연다. 그는 주방에 앉아 엽서를 집어 든다. 전쟁터의 무슨 수용소 같은 곳에서 누군가가 보낸 것이다.

여기는 괜찮아. 앤디 호프눙 역의 배우가 카메라를 향해 말한다.

그는 엽서에 쓰여 있는 글을 읽고 있다.

이것 봐. 이윽고 그가 말한다. 하지만 사촌 유리와 함께 있었으면 좋겠어, 라고 썼어. 유리는 우리 사이에서 지옥을 가리키는 암호야. 유리디스, 죽은 혼.* 그녀는 차라

* 그리스 신화 속의 에우리디케.

리 죽었으면 좋겠다고 말하는 거야.

이 장면은 대본에서 전쟁이 표면화되는 유일한 순간이다. 런던의 포장도로, 빈 집터, 전쟁 기념비들 위의 돌계단, 빠르게 흘러가는 템스강 양안의 진흙, 5시에 닫힌 공공 미술관의 높은 문, 희미한 불빛 아래 주차된 차들, 폐장하여 노점들은 사라지고 부서진 상자들과 양배추 잎 따위만 남은 장터 아래로 다른 모든 것들은 말해지지 않은 채 움직인다. 그는 2월의 땅거미가 내린 거리에서 배수로에 떨어져 있는 순무를 멀리 찬다.

힐, 결혼 전 성은 하디먼.

리처드는 신문을 덮어 접는다.

그 첫날 핸드맨의 문을 열고 들이닥친 것처럼 패디가 그의 머릿속으로 쳐들어온다. 오. 오, 그녀는 너무나 매혹적이었다. 그보다 무려 열일곱이나 연상이었다. 이십 대 초반 청년에게 연상의 여자라면 누구나 매혹적이겠지만, 그녀는 훨씬 더 그랬다. 너무나 독립적이었고, 너무나 범주화가 불가능했다. 처음부터 범주화가 불가능한 부류였다.(범주화 불가능한 부류라는 건 애당초 없어. 이런 말을 하는 그에게 그녀가 말했다. 범주화 불가능한 걸 범주화할 수는 없는 법이잖아, 이 바보 같으니.) 저것 봐, 담배를 들고 있다는 사실조차 모르는 얼굴로 담배를 피우면서, 다 상관없다는 듯 의자에 기대어 앉거나 몸을 앞으로 기울이다 꼭 할 말이 있을 때만 입을 여는데 매번 딱 맞는 말만 한다니까. 극히 자연스러웠다. 이야기를 어떻게 다루어야 하는지 정확히 아는 것만 같았다. 결혼 생활을 유지하고 일을 하고 쌍둥이 기르는 것도 그랬다. 그러다 결혼이 결딴나자 그녀는 전보다도 더 편안해졌다. 1980년대 말 그 역시 파경을 맞고 망가져 갈 때 한 달간 그녀 집의 소파 신세를 졌다. 아내와 아이가 나가고 집 정리와 더불어 스스로를 수습할 때도 그녀가 도와줬다.

그는 그녀 같은 여자(girl)를 본 적이 없었다. 아니, 여자(woman)가 맞지. 여자(girl)였던 것만은 아니니까.

(요즘 세상엔 불쾌하게 들릴 말일까? 그는 알 수 없었다.)

그 첫날, 그는 행드맨의 그녀 건너편에 앉아서 둘이 자게 될지 궁금해했다.(이거야말로 요즘 세상엔 불쾌하게 여겨질 생각일까?) 둘은 잤다. 무의미했다. 그것은 그가 경험한 단 한 번의 무의미한 섹스였다. 그들은 섹스보다 큰 존재였다. 패디 전후에 그가 잤던 사람들, 심지어 결혼했던 사람들까지, 그들은 모두 잠시 머물다 사라진 반면, 어떤 이유에선지 패디는 계속 남아 있었다.

이야기의 전략과 현실 사이에는 차이가 있지만 그래도 둘은 공생 관계야. 1970년대의 어느 날 그녀는 그에게 말했다.

그녀 집에서였다. 부드러운 봄밤이었다. 그들은 주방에서 라디오로 뉴스를 듣고 있었다. 매과이어 일가에 대한 선고가 내려진 참이었다.(그들은 모두 합쳐 칠십삼 년을 복역한 뒤 선고 무효가 선언되면서 아직 살아남은 이들은 결국 석방될 것이었다.) 패디가 방금 말한 선고란 말은 매과이어 일가에 대한 선고 이야기였다.* 그런데 그는 그녀가 무슨 말을 하고 있는지 도통 알 수 없었다.

뭐라고? 그가 말했다. 그들이 어쨌다고?

그녀가 정말 오랜만에 소리 내어 웃기 시작했고, 하도 신나게 웃는 바람에 그도 상했던 마음을 회복하고 덩달아 웃기 시작했으며, 그러다 둘은 서로의 품에 파고들

---

* 영화 「아버지의 이름으로」의 모티프가 된 1974년 '길퍼드 사건'에 연루된 일가. 길퍼드 펍에서 일어난 폭탄 테러에 책임이 있다는 누명을 쓰고 억울하게 옥살이를 하다가 1991년 무죄가 선고되어 방면되었다.

었다. 잠시 후 그녀가 말했다.

나 멋진 섹스라면 꽤 밝히는 사람인데, 더블딕, 방금 전 그거 꽤 멋졌어. 고마워.

1976년 4월 1일.

그리고 더는 그런 일이 없었다. 둘은 자신들의 일과 삶으로 돌아갔다.

**지난 4월.** 그 마지막 4월. 그녀가 죽기 사 개월 전. 물론 아직 아무도 그걸 확실히 모르지만.

오늘 모두가 아는 것은 리처드가 태어난 그해 이후로 가장 더운 4월의 하루라는 것이다. 라디오도 텔레비전도 마치 그것이 생각조차 할 수 없을 만큼 오랜 옛날이라는 듯, 완전히 다른 시대라는 듯 말하고 있다.

뭐, 그게 사실이지.

그는 메모리 스틱을 사러 메이플린에 간다. 메이플린 체인 전체가 곧 폐업을 할 예정이다. '점포 정리 세일.' 점포 안은 노략질을 당한 꼴이다. 그는 매장 매니저 배지를 달고 있는 남자에게 메모리 스틱 남은 게 있느냐고 묻는다. 남자는 고개를 젓는다. 그제야 리처드에게 남자의 눈가에 내려앉은 검붉은 테두리가 보인다. 성실하게 일하여 매장 매니저급에 올라왔으나 이제 그게 아무 의미가 없어진, 결국 아무것도 남지 않은 남자.

그에게 친숙했던 삶은 이제 끝나고 있고 나는 그에게 메모리 스틱에 대해서나 물어보고 있군. 폐허가 된 가게를 빠져나오며 리처드는 생각한다.

그는 이상 고온 속에서 포장도로를 따라 걷는다.

나는 정말 멍청해. 패디의 집에 도착하자 그가 그녀에게 말한다. 천방지축 세상을 헤매 도는 무지렁이야.

패디는 이제 뼈만 남았다. 그녀의 분노도 대부분 사그라졌다. 며칠 전만 해도 여전히 분노하던 일들에 대해 이제 그녀는 철학적이 되어 있다.

바로 며칠 전 그녀는 영국 정부와 아일랜드에 대해 분노했었다.

자기들이 무슨 짓을 하는지 모르는지도 몰라. 그녀는 말했다. 반대로 무슨 짓을 하는지 똑똑히 알고 있을지도 모르고. 나는 그들을 용서 못 해. 예전에 어땠는지 아는 사람이라면 아무도 용서할 수 없을걸. 해묵은 증오를 들쑤셔 장난을 치다니.

그녀는 다른 일들에 대해서도 분노했었다.

오, 브렉시트는 이해해. 그녀는 말했다. 수많은 사람들이 갖가지 이유로 민주주의에 분노했던 거니까. 내가 이해 못 하겠는 건 윈드러시야. 도통 모르겠는 건, 납득이 안 되는 건 그렌펠이야. 윈드러시, 그렌펠. 그것들은 역사의 한낱 각주가 아냐. 그 자체로 역사야.*

역사란 전부 각주야, 패드. 그가 말했다.

공공의 부(common wealth)?** 그녀가 말했다. 거짓말이야. 왜 이른바 영국(United Kingdom) 규모의 항의가 일어나지 않은 걸까? 내 평생 어느 다른 시대에서라도 정부가 무너졌을 만한 일들이었는데. 이 나라의 선한 사람들은 다 어떻게 된 거야?

---

* 2017년과 2018년에 발생한 윈드러시 이민자 추방 스캔들, 그리고 저소득층 및 이민자들이 살던 그렌펠 타워에 화재 사고가 나 큰 희생이 발생한 사고를 가리킨다.

** 두 단어를 붙여 쓴 commonwealth는 영연방을 가리킨다.

동정 피로증이지. 리처드가 말했다.

동정 피로증 따위 꿰지라고 그래. 그녀가 말했다. 죽은 영혼들이랑 산책하는 사람들이야.

인종주의가 정당화돼 버렸고. 리처드가 말했다. 정당화된 분열이 매일 온종일 뉴스고 신문이고 판을 치잖아, 수많은 화면들에 말이야. 우리가 인터넷이라 부르는 신의 가호로 새로운 시작들이 끝없이 이어지지.

사람들이 분열된 건 나도 알아. 그녀가 말했다. 사람들은 항상 그랬어. 하지만 사람들이 부당하지는 않았어, 아니, 지금도 부당하지는 않아. 영국의 인종주의조차 부당한가를 따지면 아니었어.

당신은 보호받은 삶을 살았어. 리처드가 말했다.

어이없는 소리. 그녀가 말했다. 나는 아일랜드인이야. 나는 1950년대에 아일랜드인이었어. 런던에서 아일랜드인이란 게 흑인인 거랑, 그리고 개새끼인 거랑 같던 시절에 아일랜드인이었다고. 나는 영국인들을 속속들이 다 알아. 나는 1970년대에 아일랜드인이었어. 기억나?

기억나. 그가 말했다. 나도 늙었어, 당신처럼.

쌍둥이 하나가 나타났다.

진정하세요, 엄마. 쌍둥이가 말했다. 리처드 아저씨. 제발요. 엄마가 도널드 트럼프 이야기를 꺼내도록 부추기지 말아 주세요.

트럼프 이야기를 하고 있지 않은데. 리처드가 말했다.

확실히, 절대로 아니지. 패디가 말했다. 나르시시스트 선동가가 원할지 모를 일은 죽어도 하지 말자고.

정말, 꼭이에요, 리처드 아저씨. 쌍둥이가 말했다. 그리고 기후 변화, 우파 득세, 이민자 위기, 브렉시트, 윈드러시, 그렌펠, 아일랜드 국경 얘기도 하지 마세요.

너 농담이지? 리처드가 말했다. 그럼 네 엄마를 열 받게 할 일이 하나도 안 남는데?

이민자 위기라고 하지 마. 패디가 말했다. 내가 백만 번은 말했어. 그냥 사람들이야. 한 명의 개인이 온갖 역경을 무릅쓰고 세상을 건너오는 거야. 곱하기 6천만을 하면, 그 모든 개인이 나날이 악화되는 역경을 무릅쓰고 세상을 건너오는 거지. 이민자 위기라니. 저도 이민자의 아들이면서.

리처드 아저씨. 쌍둥이는 제 엄마가 거기 없는 것처

럼 말한다. 진심이에요. 아저씨가 오실 때마다 엄마가 이렇게 흥분하면 더 이상 못 오시게 할 수밖에 없어요.

내 몸뚱어리가 죽기 전까진 절대 안 돼. 패디가 말했다.

엄마가 몹시 초조해지세요. 쌍둥이가 말했다.

나 안 초조하다. 패디가 말했다.

아저씨가 왔다 가시면 아무리 애를 써도 약을 드시게 할 수가 없어요. 쌍둥이가 초조하게 말했다.

지당하신 말씀. 패디가 말했다.

이제는 죽어 버린 그녀의 몸뚱어리.

그녀는 약에 절어 죽었다.

하지만 그녀는 늙은 데다 병든 몸이었으며, 떠날 때였다. 살아도 사는 게 아니었다. 모르핀의 변신이었다. 한 주는 정신이 맑고 기운이 넘치다가 그다음 주에는 이 삑삑대는 소리가 뭐지? 귓속이 온통 삑삑거리는 소리뿐이야, 했다. 이어 대화를 따라가지 못했고, 뭔가 빠뜨린 게 있는데 그게 뭔지는 모르겠다는 듯 얼굴에 수심이 가득했다.

그렇다고 누구보다도 어마어마한 어휘로 좌중을 휘어잡는 능력까지 사라진 건 아니었다.

영혼 구제를 위한 의식 같은 건 안 해. 임종 병상에서 그녀는 말했다.

똑똑 떨어지는 모르핀 주사로 정신이 아득해지는 상황에도, 지금 여기서 살기를 멈추지 않았다. 윈드러시에 대해 사람들이 까먹고 있는 게 뭐냐면, 그게 강이란 거야. 그리고 강이란 건 보통 수원이 있고, 따라서 그렇게 더 많은 강에 이르고 결국 커다란 바다로 이어진다는 거지.

저 주사 정말 맞아야 하는 건가? 리처드는 쌍둥이 중 하나에게 말했다.

그러자 쌍둥이는 리처드에게 나가 달라고 부탁했다.

잠시 후 쌍둥이는 리처드에게 나가라고 말했다.

다른 쌍둥이는 닫힌 방문 밖 층계참의 의자에 앉아 있었다. 자신의 발인지 마룻바닥인지를 내려다보고 있었다. 지나가려면 계단 아래로 밀치지 않도록 조심해야 했다.

저 주사 정말 맞아야 하는 거니? 리처드가 다른 쌍둥이에게 물었다.

저더러 그럼 어쩌라고요? 그가 말했다. 저는 발언권이 없어요. 재한테 제 의견을 말할 수가 없어요. 제가 동생이니까요.

사 분 차이로 동생이지. 리처드가 말했다. 그리고 자네도 성인이야. 맙소사, 자그마치 오십 대잖아.

쌍둥이는 마루를 노려보았다. 리처드는 별로 조심하지 않으며 그를 지나쳐서는 아파트로 돌아갔다.

열흘 후《가디언》에서 그는 읽었다.

퍼트리샤 힐, 결혼 전 성은 하디먼.

하지만 그건 미래다. 지금은 아직 4월이니까.

그는 그녀에게 메이플린의 그 남자에 대해 말한다.

점포 정리 세일. 그녀는 시구라도 되듯 따라한다.

그런데 나는 그 친구에게 고작 메모리 스틱이 있느냐고 물어보는 거야. 내가 말한다. 단연코 나는 살아 있는 가장 어설픈 인간이야.

메모리 스틱스.(Memory Sticks.)* 그녀가 말한다. 괜찮은 문장이네. 근데, 그렇기도 하고 그렇지 않기도 해. 기억 말이야. 모르핀에 달려 있거든. 온갖 것들을 달라붙게 하니까. 정말 오만 것들이 달라붙어, 주로 진짜 거지

---

* stick에는 '막대'라는 뜻도 있지만 '달라붙다'라는 뜻도 있다.

같은 것들이긴 해도.

그녀가 소리 내어 웃는다.

왜 그걸 주는 거래? 리처드가 말한다. 통증이 있어?

아니, 전혀. 그녀가 말한다.

정말 마지막에나 맞는 걸로 알았어, 나는. 리처드가 말한다. 당신은 한참 멀었잖아.

고마워. 그녀가 말한다.

이미 복도를 서성이던 쌍둥이 하나가 성을 낸다.

그만, 이제 좀, 가 주세요, 리처드 아저씨. 그가 말한다.

나 방금 왔다, 더멋. 리처드가 말한다.

패디가 쌍둥이를 본다.

저희가 죽을 거라는 걸 까맣게 모르는 아이들의 세대. 그녀가 말한다.

엄마. 쌍둥이가 말한다.

죽음이란 건전한 거야, 딕. 패디가 말한다. 선물 같은 거거든. 나는 지금 트럼프를 봐, 아니 그들 전부를, 그러니까 세상의 모든 독재자와 그 모든 패거리의 앞잡이, 인종주의자와 백인 우월주의자와 미끼를 던져 유혹하는 신종 십자군 선동가, 세상에 널린 깡패 들을 보면서 내가 무슨 생각을 하냐면, 다들 너무도 너무나도 견고한 육체라는 거야. 다 녹아내리겠지, 5월의 눈처럼.

그녀는 여전히 쌍둥이를 보며 이 말을 한다.

스푼 갖고 금방 올게요, 엄마. 쌍둥이가 말한다. 오래 계시지는 마세요, 리처드 아저씨. 엄마가 오늘 아주, 아주 피곤하세요.

쌍둥이가 주방으로 사라진다.

패디가 리처드를 향한다.

쟤들은 내가 죽기를 원해. 그녀가 말한다.

아무런 원한도 깃들지 않은 말투다.

다음 차례가 그거니까. 그녀가 말한다. 그게 세상의 이치고. 자연스러운 거야, 더블딕. 아이들이란 그래. 더구나 쟤들 사이에 하나라도 의견이 일치하는 일이 생겨서 고마워해야 할 것 같아.

그녀는 눈을 감았다 다시 뜬다.

가족. 그녀가 말한다.

당신은 최소한 가족은 있었네. 리처드가 말한다.

그래. 그녀가 말한다. 맞아. 뭐, 자기도 마찬가지잖아.

가까스로 그랬지, 당신 덕이 컸고. 그가 말한다.

그녀가 고개를 젓는다.

사실 말이야, 난 내 가족이 당신 거랑 비슷했다면 좋겠어. 그녀가 말한다.

하. 그가 말한다. 음. 바깥 날씨가 되게 이상해. 안에 있어서 아쉬워할 것도 없어, 패드. 내가 기억하기론 손에 꼽을 만큼 최악의 봄이야. 두 주 전만 해도 여기까지 눈이 쌓였거든. 영하 7도에다가. 그런데 지금 좀 봐. 29도야.

틀렸어. 그녀가 말한다. 내가 기억하기론 손에 꼽을 만큼 아름다운 봄이야. 초목들이 더 못 기다리고 터져 나왔어. 그렇게 춥더니. 이렇게 푸르러.

**그러니까 늦어도 9월 18일 화요일 저녁까지,** 21일 추모사에 넣을 만한 저희 어머니에 대한 일화/이야기들을 이 이메일 주소로 보내 주시면 좋겠어요. 최대한 포함시키도록 할게요. 감사합니다. 그리고 옛날 사진들이 있으면 스캔해 보내 주시면 대단히 감사하겠어요. 안타깝게도 어머니가 휴대 전화에 저장된 사진들을 지우자 아이클라우드에서도 삭제되어 버려 현재로서는 확보된 원본들이 없네요. 그리고 이렇게 단체 이메일을 드리는 점 양해해 주세요. 아시겠지만 정리해야 할 일이 무척 많아서요. 세최얼 더멋과 패트릭 힐 드림.

'세최얼'이 뭐냐? 그가 상상 속의 딸에게 묻는다.

세계 최고의 얼간이예요. 그의 상상 속 딸이 대답한다.

그는 회신 단추를 누른다.

제목: 퍼트리샤 힐 추도식.

그는 이름과 추도식이란 낱말을 지우고 써넣는다. 의 이야기(story of).

그러나 제목 란의 '의'와 '이야기'란 글자들 앞에 그녀의 이름을 차마 써넣을 수가 없다.

그는 본문 칸을 클릭해서 커서를 띄운다.

제목: 의 이야기

친애하는 더멋과 패트릭에게,

이메일 고맙구나. 작가는 내가 아닌 너희 어머니였어. 그러니 그녀가 내게 무얼 의미했는지 표현하고픈 심정으로 너희에게 보낼 이 '이야기'에 분명히 들어 있을 부적절한 표현들 따위는 양해해 다오. 물론 너희 어머니가 나와 세상에 어떤 의미였는지 보여 주는 이야기는 그야말로 백만 가지는 될 거야. 삼십 년 전 내 결혼이 파탄 나면서 아내와 딸이 이 나라를, 본질적으로 내 삶을 떠나 버렸을 때 한동안 나는 몹시 우울했단다. 어느 날, 너희 어머니가 제안을 하더라. 나더러 내 아이를 무슨 극장이나 영화관에 '데려가라'는 거야, 아니면 여행이나 미술전 구경도 좋다고. 짐작들 하겠지만 너희 어머니가 결정하면 나는 어쨌든 그렇게 해 보려는 시늉은 해야 했지. 내가 그랬어. "근데 어떻게?" 그녀가 대답했어. "상상력을 발휘해 봐. 데리고 가 뭔가를 보여 줘. 장담컨대 자기 딸도 지금 세상 어디에 있건 자기를 상상하고 있을 거야. 그러니까 상상 속에서 서로 만나 봐." 나는 웃었어. "농담하는 거 아냐." 그녀가 그러더라. "데려가 이것저것 보여 줘. 그렇게 뭘 보거나 어딜 갈 때마다 딸아이에게 내게 엽서를 보내라고 해. 자기가 내 말을 진지하게 받아들였는지 검사는 해야지." 굉장히 친절하긴 하지만 실없는 아이디어라고 나는 생각했어. 그런데 놀랍게도 내가 그러더라고. 나 혼자서는 절대 안 갔을 곳들에 상상 속 딸아이를 '데려가고' 있었어. 「아카디아」랑 「캣츠」랑 온갖 대형 쇼들에. 헤이워드에서 레오나르도의 작품들을, 로열 아카데미에서 모네의 작품들을 관람했지. 셰익스피어 연극은 뭐 수도 없이 봤고. 밀레니엄 돔에서 하는 쇼도 구경했단다. 영화관이나 극장에서 본 영화며 연극들, 방문한 세계 각지의 미술관과

박물관 들이 헤아릴 수도 없이 많아. 그런데 이상하게 보일 거고 내가 생각해도 이상한 건 말이다, 난 그 일들을 결코 혼자 하지 않았다는 사실이야. 너희 어머니의 상상력이 준 선물 덕분이지.

그는 쓴 글을 읽어 본다.

'의미했다(meant)'라는 과거 시제를 쓴 자신이 곧장 한심하게 느껴진다. 내게 무얼 의미했는지.

'의미하다(means)'로 바꿔 적는다.

'너희 어머니'를 주구장창 늘어놓은 자신이 한심하다.

무엇보다 패디를 하나의 일화로 축소시켜 버린 자신이 한심하다.

한심하지 않은 게 하나도 없다.

글을 지워 버린다.

사라졌다.

그는 그들의 이메일을 다시 읽어 본다.

클라우드에서 잃어버렸다는 사진들을 생각해 본다.

패디가 좋아하는, 구름에 대한 시가 뭐지? 아니, 좋아했던. 기념비(cenotaph)와 웃다(laugh)가 각운을 이루는 시인데.

그는 본문 칸에 써넣는다.

친애하는 더멋과 패트릭에게,

가능하다면 패디의 추도식에서 그녀를 추모하며 그녀가 좋아했던 구름에 대한 시를 낭송하고 싶구나. 전체는 너무 길지도 모르는데 그러면 두어 연만이라도. 알려 주기 바란다. 고맙다.

그는 재미있어 보려고, 그리고 상상 속의 딸을 웃겨 주고 싶어서 이렇게 덧붙인다.

세최얼,

리처드가.

그가 패디에게 보냈던 마지막 엽서는 구름에 관한 것이었다. 그해 여름 로열 아카데미에서 열렸던 전시회에서 보냈었다. 패디가 좋아하는 사진작가의 전시회라 간 것이었다. 패디는 그녀의 책을 한 권 갖고 있었다. 사람들이 잃어버린 사진들로 가득한 책이었는데, 모두 작가가 벼룩시장이나 고물상에서 발견한 것들이라고 했다. 대단히 좋은 사진들도 있었고 그냥 평범한 것들도 있었으며 아주 심하게 나쁘거나 흐릿하거나 구도가 엉망인 것들도 있었다. 사람, 장소, 자동차, 동물, 나무, 거리, 콘크리트

빌딩 들은 물론이고 과연 누가 사진을 찍을 만한 가치가 있다고 생각이나 할까 싶은 대상들도 찍혀 있었다.

사진작가는 중요한 사진들이나 받을 법한 예술적 관심을 기울여 그 사진들을 한 권의 고유한 책으로 펴낸 것이었다. 그런데 이로 인해 거의 마법 같다고 할 일이 일어났다. 그렇게 사진 찍힌 사람들이나 찍은 사람들에게 있던 의미가 사라진 것이다. 예전의 개인적인 의미가 벗겨지자 사진들은 사진 자체로 보일 수 있을 뿐만 아니라 그것을 보는 누군가에게 세상의 실제 모습을 볼 수 있도록 해 주는 방식이 된 것 같았다.

겨울옷을 입은 여자가 눈 덮인 벽에 부딪치며 깔깔대고 있다. 부러진 굵은 나뭇가지가 걸려 있는 울타리 옆에 무뚝뚝한 얼굴의 남자가 있고 또 그 옆으로는 강풍에 상한 나무에 사다리가 걸쳐져 있다. 앵무새를 손에 앉힌 채 교외 주택의 뒤뜰에 있는 한 여자와 그녀를 바라보는 다른 여자 둘이 있는데, 하나는 테이블에 앉아서, 다른 하나는 그 뒷집 창문을 통해 보고 있다. 개 한 마리가 햇빛 속에서 호를 이루며 쏟아지는 호스 물 아래 서 있다. 커다란 남자와 조그만 꼬마가 뱃놀이 연못에서 붉은

페달 보트를 타며 카메라를 향해 웃고 있다. 빨간 나비가 눈 속에서 날개를 펴고 쉬고 있다.

그는 시내 곳곳에 붙은 포스터에서 이 작가의 이름을 보고 — 왠지는 모르나 그해 여름에는 런던 유수의 미술관들에서 그녀의 전시회가 동시다발적으로 열렸다. — 그중 하나에 가기로 결심했다. 그러라는 말을 들은 것도 아닌데 그렇게 함으로써 패디를 놀라게 해 주고 싶었다.

그는 검표원에게 (고가의) 티켓을 보여 주었다.

그는 문을 활짝 열고 들어갔다.

그가 들어간 미술관 안은 새 건물 냄새를 풍겼고 주로 구름 그림들이 걸려 있었다. 검은 석판에 흰 백묵으로 그린 것들이었다.

하지만 그곳에서 그의 걸음을 멈춰 세운 것은 한쪽 벽면 전체에 역시 석판과 백묵으로 그린 산 그림이었는데, 하도 커서 벽이 산이 되고 산이 벽이 된 것 같았다. 보고 있는 이를 향하여 쏟아지는 눈사태가, 보고 있는 이에게 이해할 시간을 주기 위해 바로 그 순간에 정지된 눈사태가 그려져 있었다.

산정 위로는 검정의 새로운 정의라 할 만큼 짙은 검정색 하늘이 드러나 있었다.

서서 바라보고 있자니 그것은 더 이상 석판 위의 백묵이기를, 산의 그림이기를 멈췄다. 그것은 뭔가 끔찍한 것, 본 것이 되어 버렸다.

젠장. 그가 말했다.

젊은 여자 하나가 그의 옆에 서 있었다.

저 역시 젠장. 그녀가 말했다.

어디로 도망쳐야 하죠? 그가 말했다.

그들은 시선을 교환하고 두려운 웃음을 터뜨리고 서로를 향해 고개를 흔들었다.

그리고 그는 산 그림에서 물러나 다시 실내를 둘러보며 그 안의 다른 것들을 바라보았고, 그러자 벽마다 걸린, 산 그림과 같은 재료로 그려진 구름 그림들이 뭔가 변화를 일으켰다. 그게 무엇인지는 한참 후에야, 그 방에서, 그리고 미술관에서 나와 거리로 진입하고 나서야 깨달을 수 있었다.

그것들은 공간이, 숨이 멎게 하는 것 앞에서도, 숨을 쉴 수 있게 해 주었던 것이다. 그 경험 이후 런던 상공의 진짜 구름들이 다르게, 마치 숨 쉬는 공간으로 해석할 수 있을 뭔가로 보였다. 그것은 그 아래 건물과 차량의 행렬, 교차된 길, 거리에서 서로를 지나치는 사람들에게도 뭔가를 발생시켰다. 그 모든 것들은 자신이 하나의 구조인지를 모르는 구조의 각 부분이면서 동시에 그냥 전체이기도 했다.

그는 미술관 후문 계단에 앉아 산 그림이 그려진 엽서의 뒷면을 살펴봤다. 터시타 딘, 몬타폰 편지, 2017년 작. 흑판에 백묵, 366×732cm. 그는 엽서를 손에 들고—그 크기의 그림을 손에 담을 수나 있다면!—패디가 어느 정도인지 가늠할 수 있게 규격 수치 둘레에 펜으로 동그라미를 그려 넣었다. 수신인 난에는 패디의 집 주소를 적었고, 작가 이름 위에는 이렇게 썼다. 산이 의미할 수 있는 전부. 멋진 시간을 보내는 중이에요. 아주머니도 여기 있다면 좋을 텐데.

그때 생각이 바뀌었다.

그는 산 그림이 그려진 엽서를 배낭에 넣었다.

대신 샀던 것들 중 가장 길고 큰, 점점 커지는 구름덩이를 그린, 연관되었으되 독립된 세 점의 그림이 찍힌 엽서에 주소를 썼다. 이 엽서 위의 그림들은 움직이는 영화 프레임들 같기도 했고 스틸 사진처럼, 창문처럼 보이기도 했다. 그녀는 이 엽서를 좋아할 것이었다. 터시타 딘, 우리의 유럽에 축복(세 폭 연속화), 2018년 작, 석판에 분무 백묵 구아슈 목탄, 122×151.5cm, 122×160.5cm, 122×151.5cm. 친애하는 패디 아주머니에게. 구름들로부터의 메시지. 멋진 시간을 보내는 중이에요. 아주머니도 여기 있다면 좋을 텐데.

그는 1급 우표 두 개를 붙였다. 혹시라도 요금을 덜 내 피커딜리에 있는 우체국에 달려가야 하는 불상사를 막고 싶었고, 엽서가 오후 수거분에 제대로 포함되어 내일 배달되기를 바랐기 때문이다.

지금 그는 뒷방 테이블 앞에 앉아 있다.

9월.

패디는 재 부스러기가 되었다.

그는 방금 보낸 이메일을 본다. 아직도 제목 난에는 '의 이야기'라 쓰여 있다.

(자기가 보낸 엽서들 중 내가 가장 좋아하는 게 이거야. 이태 전 어느 날 패디는 로마의 다리가 그려진 엽서를 들어 보

이며 그에게 말했다.

아, 그거. 그가 말했다. 그래. 기억나.

그녀는 그가 뒷면에 쓴 내용을 소리 내어 읽었다.

친애하는 패디 아주머니, 아버지는 크게 상심하고 계셔요. 이 다리 위에서 색소폰을 불던 남자가 올해는 사라졌거든요. 직접 만든 작은 차양을 마치 원맨 밴드의 일부인 하나의 악기인 양, 더운 나라에서는 차양이 악단의 일부가 되어야 한다는 양 어깨에 착 붙이고 연주하던 남자고 차양이고 뭐고, 전부 다 사라졌어요. 대신 그 자리에는 앰프에 연결한 기타로 재즈를 연주하는 훨씬 젊은 남자가 있긴 한데, 아예 아무도 아무 연주도 하지 않는 날도 있어요. 아버지는 감상벽이 있는 노인이에요. 아주머니는 이미 다 알겠지만요. 매일 아버지는 내게 다리로 나가 색소폰 남자가 돌아왔는지 확인하라고 하세요. 그것 말고는 멋진 시간을 보내는 중이에요. 아주머니도 여기 있다면 좋을 텐데.

있잖아, 나 그것들 다 보관하고 있어. 그녀가 말했다. 이따금 앉아서 하나씩 읽어 봐. 흩뜨려 놓고 아무거나 고르기도 하고. 그날 치 타로 카드 점괘를 뽑는 것처럼.)

의 이야기. 리처드는 그들의 상상 속 아이가 보낸 그 모든 엽서들은 이제 어떻게 될지 궁금하다.

쓰레기통이겠지.

그는 어깨를 으쓱한다.

그런 생각을 하고 있는데 받은 메일함에 이메일이 하나 나타난다.

제목: Re: 저희 어머니의 추도식

친애하는 리처드 아저씨

대단히 죄송하지만 추도사는 가까운 가족들만 할 예정이에요. 시에 대한 제안은 전달할게요. 감사해요. 그런데 벌써 프로그램이 꽉 찼어요. 아주 특별한 시간이 될 듯해요. 금요일에 뵐게요. 세최얼 더멋과 패트릭 힐.

그는 의자에 몸을 기댄다.

가지 마세요. 상상 속의 딸이 말한다.

우리가 어떻게 안 갈 수가 있니? 그가 말한다.

안 가도 돼요. 그녀가 말한다.

나는 안 갈 수 없어. 그녀를 추모해야 하니까. 그가 말한다.

그럼 정말 추모가 될 만한 일을 하세요. 그녀가 말한다.

**10월의 어느 토요일 저녁**, 어딘가 다른 곳으로 가는 기차를 타면 자신에게서 벗어나거나 자신을 극복하고 살아남을 수 있을 거라는 순진한 생각으로 기차에 오르기 이틀 전, 리처드는 마침내 터프에게서 가장 최근에 온 이메일을 연다.

새로 추가된 신(scene)들의 초안이다.

월요일 회의에서 토론할 수 있도록 어제까지 다 읽고 주석을 달았어야 했다.

모두 열 개다. 그는 첫 번째 신을 연다. 배경은 케이블카 안이다.

<u>실외. 눈 덮인 산중의 케이블카들. 오후.</u>

갑자기 케이블카들이 일제히 멈춰 선다. 캐서린과 라이너가 탄 케이블카는 케이블에 매달린 채 약간 흔들린다. 나무 위에서 까마귀 한 마리가 까옥까옥 운다.

<u>실내. 라이너와 캐서린이 탄 눈 덮인 산중의 케이블카. 오후.</u>

나무 벤치에 앉은 라이너가 맞은편에 앉은 캐서린을 바라본다.

라이너

스위스에서 이런 사랑을 발견하게 되리라고는 생각도 못 했어요.

이 나라가 나에게 이런 선물을 줄지 누가 알았겠어요?

당신을 위해 시를 하나 썼어요.

오늘 밤 당신에게 들려줄게요.

캐서린이 미소 짓는다. 그녀는 눈을 감는다. 그리고 다시 눈을 뜬다.

라이너

당신의 양 눈꺼풀에 장미 꽃잎 하나씩을 얹어 놓고 싶어요.

당신이 그 차가운 감촉에 잠이 깨고, 잠들어 감겨 있을 때조차 따스함을 자연에 내보내는 당신의 눈에 장미도 잠이 깼으면 좋겠어요.

당신도 알듯 나는 장미를 사랑해요.

장미가 당신에게, 당신은 장미에게 들어갔으면 좋겠어요.

지금이에요. 눈을 감아요.

캐서린은 잠시 그를 보며 생각한다.

그러다 고분고분하게 눈을 감는다.

실외. 눈 덮인 산중의 케이블카들. 계속. 오후.

실내. 존의 케이블카. 계속. 오후.

몽타나에서 내려온 존이 케이블카 안에서 건너편에 멈춰 선 케이블카 안의 캐서린과 라이너를 본다. 처음에는 반갑다. 자기를 만나러 오는 길이리라. 그는 그들의 주의를 끌기 위해 자신이 탄 케이블카의 유리창을 두드린다.

존

티그![*] 여보, 티그!

실외. 존의 케이블카. 계속. 오후

유리창 안쪽에서 이봐, 외치는 존의 모습이 보이지만 소리는 들리지 않는다.

바람 소리, 까마귀 우는 소리.
그는 소리 없이 유리창에 머리를 짓찧는다.

잠시 후 존은 보지 말았어야 할 장면을 본다.

그는 양손으로, 이어서 온몸으로 케이블카의 유리창을 쿵쿵 짓찧는다.

---

* 캐서린 맨스필드의 남편이자 모더니스트 작가인 존 미들턴 머리는 맨스필드의 문학적 동지이기도 했다. 그들 스스로를 '두 마리 호랑이'로 규정한 두 사람은 서로를 '티그(Tig)'와 '위그(Wig)'로 불렀다.

실외. 케이블카들. 계속. 오후

줄줄이 매달린 케이블카들 중 하나가 상당히 격하게 흔들린다.

실내. 라이너와 캐서린의 케이블카. 계속. 오후

캐서린과 손을 캐서린의 외투 안 원피스 속에 넣은 라이너가 키스를 마치고 얼굴을 든다. 캐서린이 먼저, 이어서 라이너가 소리 없이 유리창을 짓찧는 남자를 태운 채 격렬히 흔들리는 건너편 케이블카를 바라본다.

라이너

안전해 보이지가 않는데. 어쩌면…… 맙소사. 캐서린.

저거 당신 남…… 당신 남편 아니야……?

실외. 라이너와 캐서린의 케이블카. 계속. 오후

캐서린이 유리창에 몸을 바짝 붙이고 있고, 뒤쪽의 라이너는 흐리게 보인다. 캐서린의 얼굴은 공포에 질려 있다.

아, 이런 젠장.

그는 두 손을 두 눈에 갖다 댄다. 커다란 신음 소리를 낸다. 노트북을 닫는다.

그는 텔레비전 위 선반에 쌓인 책들 중 그 소설을 집는다. 벨라 파웰의 『4월』. 그는 중간쯤을 펼친다.

벨을 울려 알리는 저녁 식사 시간이 다시, 다시 돌아왔다. 어서 내려오세요! 어서 내려오세요! 저녁 식사에 맞춰, 순백의 식탁보에 어울리게 옷을 차려입고서 그랜드 호텔 샤토 벨뷔의 살라망제*로 어서 내려오라고 투숙객들을 부르고 있다. 그곳은 바닥이 하도 정결하여 의자며 테이블의 다리가 반사되어 비치고, 그 모습은 이 세상 아래 어쩌면 다른 세상이, 다른 식당이 그 위의 것과 정확히 균형을 이루며, 서로 맞닿는 지점들이 있으나 여전히 신비롭게 존재할 수 있음을 암시하는 듯하다. 그리고 그 지점들이 우리의 또 다른 잠재적 자아들이 다르게 조정된 채 살고 있는 다른 세상으

---

* salle à manger, 식당.

로의 진입점이고, 이 다른 세상이란 우리가 도달할 수 없으면서도 이 평범한 세상과 연결되어 있는데, 온갖 가능성을 품은 그 다른 세계로의 입구를 한순간, 찰나에 불과할지라도 일별할 수 있는 기회가 바로 여기 있다고 하는 듯하다. 왜냐하면 살라망제란 자명하게 상반되는 세계들조차 흔해 빠진 것을 통해 서로 맞닥뜨릴 수 있는 곳이기 때문인데, 이를테면 오늘은 웅대한 호텔의 연어 요리가 그것이다. 호텔 살라망제 한쪽 끝에 놓인 연어 요리 한 접시 말이다. 오늘 식당 홀의 끝에 위치한 찬장 위에는 바로 그 요리가 펼쳐져 있다. 머리까지 그대로 붙어 있는 커다란 연어 둘레를 작은 가재들이 마치 햇살처럼 에워싸고 있다. 그리고 연어와 가재들 밑에는 여남은 송이의 장미 꽃잎들이 깔려 있다. 그 작은 가재들이 그렇게, 위대한 신 연어를 흠모하듯 놓인 것을 보니 그녀는 예찬이, 신들이 떠올랐다. 그것은 단연 오늘 그녀에게 일어난 가장 근사한 일이었다. 아주 멋진 저녁 식사는 7월의 비마저 축연으로 바꿔 놓았다. 한편 그렇게 죽어 요리가 된 멍한 연어 얼굴의 주둥이를 생각하자 그는 언어도 일종의 무언이라는, 모든 것이 돌이킬 수 없이 먼 거리에 있다는 생각이 들었으며, 그 헤아릴 수 없이 먼 거리를 건너가고 싶어지는 동시에 그럴 수 없다는 것을 깨달았다. 그는 발에 족쇄를 차고 절름거리고 있었다. 그게 자연의 본질이다. 우리는 모두 발에 족쇄를 차고 절름거린다. 그들은 그렇게 식당에서, 서로 다른 테이블에 앉아 있었다. 두 작가는 서로의 공통점을 모른 채, 거기 있는 줄도 모르는 얼어붙은 얼음장 같은 세상의 표면에서 중심을 잡으면서, 한여름에 얼어붙은 채, 함께 그러나 사실은 떨어져서 똑같은 은빛 연어의 분홍빛 살점을 하나씩 하나씩 먹었다. 저것 봐! 그녀는 옆에 앉은 남자가 접시에 가지고 온 연어 토막에 장미 꽃잎 하나가 붙어 온 것을 발견했다. 어쩌면 실수였을 테고, 어쩌면 동그란 얼굴에 아기 돼지처럼 분홍색 살결을 한 스위스인 여종업원이 특별히 그가 마음에 들어, 그를 선택하여 그의 접시에만 특별히 이 순전한 색깔의 토막을 올려 준 것인지도 몰랐다. 물론 그녀의 접시에는 장미 꽃잎이 없었다. 흠. 그녀는 머리를 조금 치켜들고 (하지만 사실 자기 접시에 그 행운의 선홍빛 선물이 없는 것에 살짝 슬픔을 느꼈다.) 포크 갈퀴에 올려 꽃잎을 들여다보는 남자를 외면했다. 그들은 서로에게서 완전히 격리되어 있었다. 같은 방에서 서로의 옆에, 그러나 각자의, 원래는 같은 한 그루의 나무로 만든(우연히 거기 앉은 사람들이야 그 사실을 알 수 없었고 아무도 몰랐는데, 이유는 의미 있는 사실로 인정되지 않아 세상 누구도 그것을 기록해 두지 않았기 때문이었다.) 테이블에 앉은 그들 사이에는 바다가 가로놓여 있었다.

리처드는 들고 있던 책을 덮고 테이블 위로 툭 떨어뜨린다.

돈이 궁한 것도 아니고. 그가 생각한다. 이건 안 해도 돼. 월요일에 전화를 걸어 말하자. 아니, 내일 사무실에 전화해서 메시지를 남기면 월요일에 출근하자마자 듣겠지.

하지만 사 년 만의 첫 의뢰였다.

절름거리는구나. 그는 생각한다. 발에 족쇄를 차고.

그는 노트북을 연다.

하지만 터프가 보낸 파일들을 차마 열 수가 없다.

대신, 마치 그것도 일이라는 듯, 그는 검색 엔진에 '라이너 마리아 릴케'를, 이어서 '발에 족쇄를 차고 절름거리다'를 입력한다. 꽤 읽기 쉬운 릴케의 시 한 편이 올라온다. 봄날 러시아의 들판을 달리는 백마에 관한 시다. 한쪽 다리가 묶인 상태인데도 말은 완전한 기쁨에 차 있다.

시의 마지막 행은 이미지란 선물이라고 말한다.

오, 좋네.

그는 당장 패디에게 알리고 싶어진다.

그는 역시 텔레비전 위 서가에 있는 패디의 책들을 바라본다. 그 눈 오던 날 가져온 후로 눈길도 준 일이 없는 책들이다. 그는 그것들을 내린다. 그중 손에 잡히는 대로 한 권을 펼쳐 본다.

그 책 속 진짜 캐서린 맨스필드는 1922년 3월 파리에 있다. 호텔과 병원을 오가며 보내는 나날이다. 매일 호텔 엘리베이터에 오를 때마다 이 웅대한 호텔의 엘리베이터에서 일하는 어린 소년이 그녀에게 프랑스어로 날씨에 대해 물어본다. 그녀가 외출하는 참이건 외출에서 돌아오는 길이건 마찬가지다. 비가 오는 날이면 소년은 아직 겨울이라고 한다. 해가 나온 날이면 어린 소년은 한 달만 지나면 완연한 여름이 될 거라고 한다.

너무나 마른 여자. 어린 엘리베이터 소년.

리처드는 실존 인물로서의 캐서린 맨스필드가 다른 실존 인물들에게 편지를 쓰는 이 책들을 여기저기 넘겨 읽으며 일요일 새벽까지 자지 않고 깨어 있다.

그중 한 권에서는 그녀의 남동생이 전사한다. 다른 책에서는 그녀가 막 결핵 진단을 받는다. 한쪽 날개가 총에 맞은 듯이 한쪽 폐가 나쁘다고 그녀가 말한다.(그리고 이 대목을 읽을 때 리처드는 자기 몸속의 폐가 두 날개처럼 느껴진다.) 결핵은 그녀를 분노로 채운다. 그녀는 건강을 위해 스위스로 떠난다. 내겐 방 두 개에 커다란 발코니, 그리고 아직 올라가 보기를 시작조차 안 한 많은 산들이 있다. 굉장한 산들이다. 그녀는, 뭐라고 해야 하나 — 혈기가 왕성하다. 결핵 환자의 방랑이 시작된다. 치명적이다! 누구나 그리하고 죽는다. 그녀는 건조하고 진솔하다. 나는 건강을 약속하다 죽는 사람들에 질렸다. 그런 무리에 가담하고 싶을 리 없다. 한번은 자신을 치료하는 의사에게 숨 쉬는 방법, 가장 편안하게 앉는 방법, 발을 따뜻하게 유지하는 방법을 가르쳐 준 것에 감사하는 긴 편지를 쓴다. 그 편지에서 그녀는 몇 가지 디테일을, 결핵 환자가 결핵 환자로 사는 일에 관해 발견한 것들을—관심이 있으실지 모르겠어요. —묘사한다. 환자가 의사를 치료하는구나. 리처드는 생각한다. 영리하게도 역할을 맞바꿔 약간의 권위를 확보하려 한 거야. 잠에서 깨어 팔을 뻗는 자신의 모습을 묘사한 것 좀 봐. 오페라 가수가 음정을 최대한 길게 '유지하려고' 고음을 내기 전에 하는 동작을 모방하면 피로에 시달릴 때 도움이 된다고 그녀는 의사에게 말한다. 결핵 환자가 우울할 때 또 하나 도움이 되는 것은 자세를 바꾸는 것이다. 숨 죽여 나지막이 콧노래를 부르면 '고립된' 느낌에서 벗어나는 것 같다. 그녀는 또 음식을 대할 때 자신의 소화 기관이 겁을 집어먹고 못 먹게 되는 일을 피하려거든 의식적 이완이 필요하다고 권고한다. 그리고 숨 쉬기가 무척 고통스러우며 날이 어두워 그림 감상이 도움이 된다는 말로 의사에게 쓰는 편지를 맺고 있다.

서간집의 편집자들은 편지 끝의 각주에 그녀가 전에 이 의사에 관해 써 둔 재미있는 5행 희시(limerick)를 인용한다. 자메이카(Jamaica)에서 온 의사가/말했지. 이번에는 그녀를 고치든 망치든(break her) 하겠어./ 그녀의 몸에

혈청(serum)을 공급할 테야./그리고 그녀가 그걸 못 견디면 (bear'em)/ 다음 장의사(undertaker)를 부를 테야.

그는 페이지를 휙휙 넘기면서 닥치는 대로 읽는다. 그녀는 비장에 엑스레이를 투사하여 결핵 환자들을 단숨에 완치시킬 수 있는 러시아인 의사가 파리에 있다는 소식을 듣는다. 그렇게 고친 환자 수가 1만 5천 명이라고 한다. 그야말로 명성이 자자한 데다 아주 돈이 많은 이 의사를 어떻게 만나 볼 수 있을지 그녀는 궁리한다. 그는 그녀에게 이 교령회* 혹은 진료에 소요되는 비용을 편지로 적어 보낸다. 그는 편지에 게리송(guérison)이라는 단어를 사용한다.

1921년 크리스마스에 친구에게 쓴 편지에서 그녀는 이 단어가 얼마나 빛나는지 쓴다.

리처드는 '게리송'이 무슨 뜻인지 모른다.

구글 번역에서 찾아본다.

치유, 치료.

물론 엑스레이로 결핵을 치료할 수는 없다. 농담이

---

* 프랑스어로 1회 진료에 해당하는 단어 세앙스(séance)에는 교령회라는 뜻도 있다.

다. 사기다. 읽을수록 그녀의 입장에서 화가 난다. 그는 그녀가, 한 세기 전에 죽은 이 여인이 마음에 든다. 그녀가 무척 마음에 든다. 재미있는 여자다. 값싼 감상의 잡탕이었다. 총명하고 교묘하고 장난기 있으며 연애도 잘 걸고 매혹적이고 그렇게 아픈 사람으로는 상상하기 힘들 정도로 활력 넘치고 어두운 감정들로 가득 차 있는데도, 나는 항상 마치 웃고 있는 것처럼 글을 쓴다. 그녀는 스위스가 아주 우습게 느껴지지만, 그러면서도 좋다. 왜냐하면 스위스에서는 삼등석 여객이나 일등석 여객이나 다를 바 없는 데다 추레할수록 사람들의 시선을 덜 받기 때문이다. 그녀는 믿을 수 없이 용감하다. 그녀는 맹렬하다. 나는 산(酸)으로 글을 쓰기라도 하듯 괴팍하다. 그녀는 너그럽다. 그녀에게 빠진 젊은 작가에게, 팬레터를 보내고 충고를 요청하는 이에게 출판업자의 이름을 알려 준다. 그를 위해 출판업자에게 편지를 써서 말을 넣어 주겠다 한다. 그녀는 이 젊은이에게 말한다. 나는 삶과 사랑에, 지독한 사랑에 빠져 있어요. 그녀는 유행에 맞지 않게 삶을 그토록 사랑하는 자신에 대해 사과한다. 그리고 쓴다. 나와 전등 손잡이 두 개가 찍힌 엽서를 당신에게 보내요. 그것들이 같이 있어야 한다고 사진사가 주장하더군요.

그날 밤 가까스로 잠자리에 든 리처드는 젊은 작가가 된 자신이 초인종 소리에 아파트 문을 열어 보니 우편배달원이 한 뭉치의 편지를 건네주는 꿈을 꾼다. 편지 중 하나는 마치 전기의 젖꼭지를 눌러 전기 사용법을 보여 주듯 가슴 모양의 전등 스위치에 손을 얹은 자신의 사진을 보내 줬던 여자한테서 온 것이다.

한없이 아름다운 꿈이다.

자기 손안에 사정하며 그는 잠에서 깬다.

그는 일어나 씻고 물 한 잔을 마신 뒤 침대로 돌아가 다시 잔다.

숙면을 한다.

이튿날 그는 늦잠을 자고 오후가 돼서야 일어난다.

그는 일요일의 남은 반나절을 캐서린 맨스필드가 젊은 작가에게 보낸 엽서에 있었다는, 어딘가 전등 스위치가 나오는 그 사진을 찾아 인터넷을 검색하며 보낸다. 그는 구글 이미지에서 검색해 본다. 이베이에서도 찾아본다. 그녀의 이름과 나란히 엽서라는 말을 치면 뜨는 무수한 사이트들에 들어가 찾아 본다. 오후가 다 지날 때까지 사진은 못 찾지만 캐서린 맨스필드가 보낸 엽서들에 어떤 내용이 담겼는지는 꽤 많이 알아낸다.

땅거미가 내려앉을 무렵, 문득 캐서린 맨스필드에게 이토록 관심을 기울이다 다른 작가 라이너 마리아 릴케에게는 소홀했다는 생각이 든다.

그래서 그는 무슨 일이 일어나는지 보려고, 대신 R. M. 릴케 다음에 엽서라는 단어를 쳐 넣는다.

무슨 일이 일어나기는 한다.

여러 사이트들이 뜨고 저마다 같은 이야기를 다른 방식으로 하고 있다. 1922년 그 탑 안에서 R. M. 릴케가 대표작 중 하나로 꼽힐 오르페우스에게 바치는 연작 소네트들을 쓴 중요한 이유가, 그의 연인이 악사 오르페우스를 그린 르네상스 시대 그림이 인쇄된 엽서를 그의 집필실 벽에 붙여 놨기 때문이라는 것이다.

죽은 아내를 찾아 지하 세계에 내려가 아내를 찾고 거의 구출할 뻔하지만, 지상 삶의 세계로 데려올 뻔하지만, 죽은 자의 세계를 살아서 빠져나오려거든 절대로 뒤를 돌아봐선 안 된다는 규칙을 어겨 일을 망치는 오르페우스.

시인의 방 벽에 붙어 있었다는 그 르네상스 시대 그림을 엽서로 만들어 파는 사이트도 두어 개 된다. 그리 아름답지는 않다. 심지어 별로 흥미롭지도 않다. 로마인 옷차림을 하고 현악기를 켜는 곱슬머리 남자가 아예 그의 둘레로 안락의자 모양으로 파낸 것 같은 나무에 앉아 있고, 사슴과 토끼들이 몇 마리 모여 그의 연주를 듣고 있다.

리처드라면 예술 작품을 하나 빚어낼 만큼 감동받을 이미지는 아니다.

밖은 이제 완전히 어둡다. 여름을 마감하는 10월의 마지막 일요일. 다음 주는 더 어두워질 것이다. 리처드는 아파트 구석구석 불을 켠다. 전등 스위치를 하나씩 켤 때마다 감각의 날이 생생히 살아나는 것을 느낀다.

폐도 다시금 아파 온다.

그는 초저녁에 아래와 같은 이메일을 쓴다. 두 시간 만에야 제대로 써진다.

친애하는 마틴에게,

초안 감사히 잘 받았어요.

본론으로 들어갈게요. 내가 이걸 연출할 거라면, 이야기를 다르게 가져갔으면 해요.

미안한 말이지만 대본이 실존 인물들의 삶을 허구화한 정도가 너무 지나쳐서 내내 불편했다는 점을 털어놓지 않을 수 없군요.

완전히 판을 갈아엎자고 제안하고 싶어요.

끝까지 한번 들어줘요.

나와 작업하고 싶다면 이 프로젝트를 달리 접근하고 새 대본으로 다시 시작하자고 주장하려고 해요. 이 새 대본에 관해 말하자면, 이 작가들의 실생활에서 나온 일련의 엽서 같은 형식으로 구성하자는 생각이에요. 그러니까 그들 삶의 무척 사소한 순간들에 대한 묘사인 건데 그것들이 사실은 깊은 심연을 또 보여 주거든요.

이런 방향이 우리가 각색하는 원작의 정신과 더 맞아떨어진다고 봐요. 서로 몰랐던 두 사람의 실제 관계하고도 그렇죠. 비록 유명 작가들이었고 기록으로도 잘 남은 것 같지만, 사실 그들과 그들의 관계에 대해서 우리는 거의 아는 게 없잖아요.

우리가 그리는 시대도 그래요. 당시에는 엽서가 가장 현대적이고 인기 있는 연락 방식이었죠, 오늘날의 문자 메시지나 이메일, 심지어 인스타그램처럼요.

또한 엽서는 이미지와 텍스트를 함께 활용할 수 있게도 해 줘요. 당시 세상에서 일어났던, 그리고 역시 지금 세상에서 일어나는 다른 일들에 대해서도 손짓할 수 있는 수단인데, 그러면서도 진실에 대해, 그리고 이 경우 우리가 알고 또 모르는 것들에 대해 예의를 지키죠.

일례로, K. 맨스필드가 더없이 사랑했던 남동생 레슬리가 1915년 벨기에에서 죽었어요. 신병들에게 수류탄 투척 훈련을 시키다가 손안에서 수류탄이 터져 버렸죠.

그런데도 1918년에 그녀는 콘월에서 런던의 친구 아이다(이따금 애칭으로 남동생 이름인 레슬리라 부른)에게 편지를 보내 콕 집어 그리네이드* 상표 담배를 사 보내달라고 부탁해요. 이미 결핵 진단을 받고 아픈 상태인 데다 그건 특히나 독한 종류의 담배였죠. 『캐서린 맨스필드 서간집』에 의하면, 그녀의 편지 등을 장기간 숙독한 결과에 따르면 맨스필드는 결코 생각 없이 어휘를 쓰는 사람이 아니었어요. 이건 하나의 사례에 불과해요. 비슷한 것들이 부지기수일 거예요. 이미지들과 순간들은—잘 들어 봐요.—그녀의 정신, 분노, 절망, 저항과

* 수류탄.

함께 절로 빛날 거예요. 이를테면 동생의 죽음과 같은, 말하지 못한 끔찍한 이야기도 그럴 거고요.

거기에 더해, 그림엽서—악사 오르페우스 신화를 그린—가 R. M. 릴케에게 어떤 의미였는지도요. 그가 1922년에 쓴 위대한 시들이, 애인이 그의 집필실 벽에 붙여 둔 엽서 속 그림에서 일부 영감이나 영향을 받은 결과물이라는 사실은 마틴 씨도 조사를 했으니 잘 알 거예요. 놀랍게도 한 장의 엽서로 인해 그 위대한 시들이 탄생했어요.

별것도 아닌 것이 큰일을 이루어 낸 거죠. 마법의 주문처럼.

이건 두 사람의 작가가 만났건 안 만났건 같은 시간, 같은 장소에 그냥 살고 있었다는 사실과도 무척 비슷해요.

이런 것이야말로 우리 삶의 진실에 전류를 흘려보내 주는 우연이죠.

엽서의 성질이라 할 만한 것을 지닌 우리의 삶에요.

무슨 말인지 이해하리라고 믿어요.

나는 극(劇)이 가진 본질적인 잠재력을 저평가함으로써 그 형태를 손상시켜선 안 된다고 늘 믿어 왔어요.

이 프로젝트에 온당하고 진정한 관심을 부여한다면 정말

굉장한 결과가 나올 수 있다고 믿어요. 그러지 않는다면 많은 걸 허비한 끝에 결국 잃어버린 기회가 되고 말 거예요.

우리의 「4월」은 정말 대단한 것이 될 수 있어요.

회신 기다릴게요.

그럼 안녕히,

R.

리처드는 쓴 글을 다시 읽는다.

'숙독' 앞의 '장기간'을 지운다. 거짓말은 하지 않고 싶다는 생각이다.

그는 사무실 관계자들과 스폰서들은 참조에 넣지 않기로 결정한다. 그냥 터프에게만 보낸다.

그는 글을 한 번 더 읽어 본 다음 약간 호방한 기분으로 보내기 버튼을 누른다.

패디와 그가 「고쳐 앉으세요: 미래는 굉장하답니다」라는 대형 멀티미디어 컨퍼런스에 갔던 일을 기억하는가? 언제였더라, 1993년이었나? 오후 세션 하나에 케임브리지 출신의 아주 젊은 남자가 나와, 웹 사이트(아직 많은 사람들이 무슨 말인지 잘 몰랐던)라는 것으로 존재하지 않는 사람들의 부고를 만들어 보여 주며 호기심을 끌고 있었다.

젊은 남자는 자기 회의라고는 한 점도 없이 자신만만하고 현대적이었다. 그는 커다란 스크린에 묘비, 유골단지, 그의 웹 사이트가 이 '죽은' 사람들이라 칭한 실제 사람들과 그들의 가족, 반려동물, 소유물 들의 사진을 띄웠다. 그리고 사이트의 부고에 일반 방문자들이 남긴 메시지들을 나란히 올렸다.

정말 감동적이었어요. 그가 말했다. 대단히 사적이고 호응도 높은, 마음에서 우러난 진정한 외침이었거든요. '죽은' 사람에게 '속했던' 자전거와 기타의 사진이 온세상 낯모르는 사람들까지 눈물 짓게 할 수 있었던 거죠.

하지만 왜죠? 청중 질문 시간이 되자 리처드는 물었다. 왜 이걸 하는 거냐고요. 왜 굳이 이런 걸 만드는 거예요?

사람들이 웹 사이트에 들어와 뭘 쓰고 보낼 것인지 보여 주기 위해서입니다. 젊은 남자가 말했다. 사람들은 느끼기를 좋아해요. 느끼라고 요청받는 걸 좋아하죠. 느낌은 아주 강력한 것입니다. '애도의 아침(Mourning Has Broken)'에 광고를 싣고 싶어 하는 광고업체들에서 벌써 연락이 쇄도하고 있어요.

당신의 뭐죠, 그 웹 사이트에 호응하는 사람들, 그 사람들은 당신이 슬프게 세상을 떠난 것으로 진열해 놓은 인물들이 사실은 죄다 가짜라는 것을 아나요? 리처드가 말했다.

웹 사이트에 처음 로그인할 때 뜨는 약관에 작은 글씨로 써 놨어요, 인물들은 가공의 프로토타입이라고요. 젊은 남자가 말했다. 메시지를 보내려면 로그인을 해야 해요. 그것 역시 하나의 부산물로, 데이터베이스라 부르는, 웹 사이트 회원들의 개인 정보로 꽉 찬 확장 일로의 고객 명단이 있음을 의미하죠.

하지만 거짓말하는 거잖아요. 청중 중의 다른 한 명이 말했다. 삶에 대한, 죽음에 대한, 그리고 정서적 유대에 대한 거짓말이에요.

아뇨, 저는 스토리텔링을 하는 겁니다. 젊은 남자가 말했다. 정서적 유대는 진짜예요. 그리고 그건 아주 아주 귀중하죠.

하지만 진짜가 아닌데 진짜인 척하는 거예요. 마이크를 쥔 여자가 말했다.

진짜가 맞습니다. 젊은 남자가 말했다. 진짜라고 생각하면 진짜인 거니까요.

리처드 옆에 앉아 있던 패디가 일어섰다. 그녀는 마이크를 전달받을 때까지 기다렸다.

선생님이 방금 진짜, 실제에 대해 말하고 생각한 것은, 철학적으로 볼 때 흥미로운 동시에 결핍되어 있어요. 그녀가 말했다. 그리고 아주 영악해요. 비도덕성의 궁극이죠.

새로운 도덕성입니다. 공동묘지의 거대한 이미지가 띄워진 무대 위의 터프가 말했다.

축하해요. 패디가 말했다. 돈 많이 벌겠네요.

저뿐이 아니겠죠. 터프가 말했다.

그냥 보기만 해도 울고 싶어지네요. 이어서 마이크를 받은 사람이 말했다. 꾸며 낸 거고 죽거나 뭐 그러지 않은 사람이란 걸 알고도요. 나 자신의 죽음을, 그리고 장차 죽을 것이 확실한 모든 사람을 불쌍히 여기게 해 줘요. 고마워요.

아닙니다. 제가 감사 드려야죠. 터프가 말했다. 의견 감사합니다.

먼 과거에서 리처드가 믿을 수 없다는 듯 고개를 젓고 있다.

먼 미래에서 리처드는 방금 마스터카드로 딜리버루(Deliveroo)에서 스테이크를 주문했다.

근래 신용 카드가 되는지 안 되는지는 해 봐야 아는 상황이다. 용케 주문이 들어간다. 식사 후에는 인터넷에서 캐서린 맨스필드의 소설들을 좀 검색해 볼 것이다. 정말로 지금 뭔가 읽어야 한다.

그는 한 번 방문했더니 하루에 세 차례씩 광고 이메일을 보내는 사이트, 구독 취소 링크를 누를 때마다 빈 화면이 나오는 사이트에서 모쪼록 구독 취소를 하려고 애쓰며 저녁 식사 시간을 보낸다. 음식 배달 포장을 현관 옆 쓰레기봉투에 쑤셔 넣고 있는데 방 저쪽에서 이메일 수신함이 번쩍거린다. 그는 서둘러 돌아가지 않는다. 자신들의 광고 실력을 어딘가의 누군가 또는 무언가에게 입증하기 위해, 그가 절대 살 일 없는 것들에 대해 딥스닷컴이 추가로 보낸 메시지들이리라.

터프가 보낸 이메일이다.

그는 앉는다. 메일을 연다.

제목: 인스타 할배

고마워요, 딕. 이메일 잘 받았어요. 정말 신나는 소식은 스스로를 캐서린 맨스필드라고 생각하는 여배우를 찾았다는 거예요. 그러니까 자기가 환생한 그녀라는 거예요. 그래요, 정신병적으로 자신이 그녀라고 믿고 있어요. 농담이 아니에요. 그런데 놀라운 여자예요. 뿜어내는 느낌이 굉장히 세요. 모든 경험을 제대로 느껴 보려고 결핵에 걸리려고까지 해 봤다지 뭐예요! 장난 아니죠! 그리고 다행히도 새로 쓴 초안들에 대한 반응이 굉장히 좋아요. 스폰서 측 검토자들도 좋다고 난리고. 방송국 측에서 프로젝트 참여 인력에 민족적 다양성을 좀 더 확보하라는 요청을 해 와서 새로운 호텔 종업원이나 내방 외국 귀빈 역할들을 들여다보며 체크 마크를 치는 중인데, 좋은 생각 있으면 환영할게요. 이런저런 아이디어들 뭐 고맙고, 언제든 환영이고, 뭐 또 의견 또 주기를 기다리고, 그리고 내일 만나고요, 덧붙여! 방금 1940년대 스위스 요양원들에 대한 기록을 읽었거든요. 사람들이 일 년씩 혼수상태에 들어갔다 깨나고, 왜냐하면 잠이 약이니까, 그런데 어떻게 된 건지 몰라도 다 나아서 깨나는 정도가 아니라 글쎄 이십 년 젊어져서 깨났다는 기록이 있더라고요. !! 딕, 당신도 한번 해 보면 어떨까요? ;) 내가 대본으로 써낼 수 있을 것 같은데. 그녀가 아직 살아 있거나 또는 1970년대까지 살아 있었다면 어떨까요? 용케 말이에요! 그래요, 우리가 역사를 바꾸는 거예요.

내일 봅시다.

MT

터프는 메일 아랫부분에 있던 리처드의 이메일을 지우고 방송국, 스폰서, 사무실 사람들을 모두 참조로 넣었다.

인스타 할배

고마워요 딕

당신도 한번 해 보면 어떨까요

괘씸한 애송이 같으니.

리처드는 숨을 들이쉰다.

아프다.

숨을 내쉰다.

아프다.

발굽에 나무못이 박힌 말의 클로즈업.

거기서 쏟아지는 빛이 너무도 밝아 어두운 방을 밝힐 것 같은, 이국의 말이 적힌 펼쳐진 편지.

웅대한 호텔의 엘리베이터를 운행하는 어린 소년. 죽어 가는 여자가 또 나타난다. 오늘은 그가 그녀에게 무엇을 줄 수 있을까? 그의 이마에 주름이 잡히는 게 보인다.

머리가 폐기된 이미지들로 가득 찬 채 리처드는 노트북을 닫는다.

11시 59분.

역의 자동 안내 방송이 기차의 도착을 알린다. 스콧레일이 서비스 지연과 그로 인한 불편에 사과한다고 한다.

리처드도 미안하다. 사과를 하고 싶다. 자신이 터프의 극중 인물처럼 상투화되고 있음을 그는 안다. 하지만 무슨 말을 하겠는가? 그는 미안하고, 미안하고, 또 미안하다. 미안할 따름이다.

그는 역 양쪽에 설치된 CCTV 카메라에 자신이 촬

영되고 있으며 계속 촬영될 것임을 또한 안다. 그는 그것들이 아무것도 모르고 표면 너머의 것은 아무것도 보여주지 못하는 카메라임을 안다. 그는 그것들이 하는 짓이 새로운 방식의 전부 다 아는 척하기임을 안다.

역 어디에 있건 CCTV 영상에 주의를 기울이거나 기울이지 않는 사람들보다 그는 빨리 움직일 자신이 있다. 카메라가 포착한 자신의 이미지들은, 비록 아직 발생하진 않았지만, 이미 그보다 한발 뒤처져 있는 것과도 같다. 그것들은 훗날을 위한 것이다. 지금의 것이 아니다.

그는 또 알고, 미안하다, 자신이 남길 지저분한 잔해를 누군가가 치워야 한다는 것이.

달리 어찌해야 할지 모르겠다.

미안합니다.

그는 열 살, 양팔을 활짝 벌리고 선 소년이다. 전후의 다른 소년들처럼 비행기 놀이를 하는 건 아니다. 팔이 날개가 되어 날려는 게 아니다. 팔이 된 것은 구름만큼 높이 매달린 줄타기 밧줄(너무 높아서 머리카락 끝이 구름에 적셔질 지경이다.) 위 소년의 길고 유연한 막대기다.

그는 아버지의 낚싯줄처럼 가느다란 줄 위에서 중

심을 잡고 있다. 아버지는 끝난 지 십 년도 더 지난, 아들이 태어나기도 전에 있었던 전쟁 때문에 한밤중에 비명을 지르며 잠에서 깨어 방 안 옷장 문에 몸을 짓찧는 사람이다.

하지만 그 자신으로 말하자면 줄타기에서 열 살 소년으로서는 불가능에 가까운 경지를 성취했다.

이제 리처드는 삼십 대. 아내가 될 여자와 침대에 누워 있다. 이게 언제였더라? 삼십 년도 더 전의 일이다. 그의 품에 안긴 장래의 아내는 가장 좋아하는 계절 봄이 다 지났다고 울고 있다.

여름이 오는데도 울 거야? 그가 말한다. 겨울이라면 몰라도, 여름인데?

어떤 이유에서든 울고 싶으면 울 건데. 그녀가 말한다.

그는 깜짝 놀란다. 그럴 수 있는 건가? 어떤 이유에서든 울고 싶으면 운다? 자기도 그럴 수 있었으면 싶다. 그는 어떤 이유에서든 울고 싶어도 못 운다.

장래의 아내는 그의 가슴 털에 얼굴을 비벼 눈물을 말린 뒤 — 그건 왠지 모르게 굉장히 에로틱하게 느껴졌는데, 함께 지낸 시절 초기에 섹스 후 그녀가 우는 일은 꽤 잦다. — 자기는 죽으면 해마다 꽃나무의 꽃으로 돌아올 거라고 말한다.

만약 당신이 나보다 먼저 죽는다면 말이야. 그가 말한다. 나는 살아 있어서 당신과 함께 있지 못하는 그 모든 시간을, 인간이 지상에서 누릴 수 있는 최대한의 봄날을 확보할 수 있도록 온 세계의 온갖 시차를 활용하는데, 그래서 당신을 찾아다니는 데 쓸 거야.

그의 말에 그녀는 다시 눈물을 쏟는다. 그는 아주 낭만적인 기분이다.

이 봄의 약속으로부터 오 년 후, 그는 며칠 전 뭔가가(주전자? 고양이?) 내던져져 박살 난 뒷문 유리창을 향해 집 안을 걸어갈 것이다. 서리 낀 퍼즐 조각처럼 전체가 산산조각 난 그 유리문이 아래층의 주요 광원이며 문 수리를 한 번도 하지 않고 몇 년 후 팔 것이기 때문에, 집은 실제 계절에 상관없이 근 십 년을 겨울빛에 붙들려 있는 것 같을 것이다.

지금? 그는 마지막이 될 열차를 기다리며 역에 서 있는 남자다.

계절은 무의미하다.

아니, 무의미한 것 이하다. 패디는 흙으로 돌아갔고, 시간은 그저 계속 흐른다. 가을, 그리고 겨울이 올 것이다. 그다음에는 봄, 기타 등등.

그는 철로를, 그 정연한 패턴을 내려다본다. 그 주변의 바닥을, 그 정연함 주변의 돌과 풀들을 본다.

나도 흙이지. 그는 생각한다. 형태가 다를 뿐. 온 세상과 모든 사람들. 흙.

그러니 세상을 더 잘 대해 줘야 하지 않나요? 그의 머릿속에서 상상 속 딸이 말한다. 그게 그토록 우리니까요? 우리는 그야말로 그걸로 만들어져 있으니까요?

얘야, 넌 상상이야. 그가 말한다.

네, 나도 알아요. 그녀가 말한다.

넌 존재하지 않아. 그가 말한다.

하지만 여기 이렇게 있는데요. 그녀가 말한다.

꺼져. 그가 말한다.

내가 어떻게요? 그녀가 말한다. 나는 아빠예요.

그때 저만치 철로에서 기차가 나타난다. 기차가 다가온다. 정차점에 맞춘다. 멈추어 선다. 문에서 삐 소리가 난다.

뒷문들만 열린다. 두 사람만 기차에서 내리고 그는 그들을 지나쳐 가는데, 소녀와 성인 여성이고, 하나는 백인, 다른 하나는 혼혈 인종이다. 여자는 유니폼인 듯한 두꺼운 트렌치코트를, 소녀는 스코틀랜드 북부 날씨엔 너무 얇아 보이는 교복을 입었다. 이제 그들의 이야기는, 그게 어떤 것이든, 겉모습으로만 보기에는 최악의 상황으로 점화하기 시작한다.

끝장내 버려.

전부 완전히 끝낸다는 것, 끝나 버린다는 것은 얼마나 큰 위안인가. 그가 그들을 지나쳐 갈 때 그들도 흙이 된다, 다른 모든 것과 똑같이. 바로 지금 그들은 기차를 맞이하기 위해 나온 가시성 높은 제복 차림의 역무원 여자와 그 사이의 시야를 차단해 주는 유용한 역할을 하고 있다.

몸을 뉠 공간이 많지 않다. 이 기차는 지면과 아주 가깝다. 잘 보이지 않는 아랫부분의 금속은 진흙으로 칠갑이 되어 있다. 기계조차 자연을 만날 수밖에 없다. 대지를 피해 갈 수 없다. 어쩐지 안심이 되는 대목이다.

그는 기차의 뭐더라? 밑면, 밑바닥을 향해 허리를 굽힌다.

몸을 바닥에 납작 엎드리면 머리를……. 그는 바퀴가 어디 있는지 본다. 그는 앞으로 엎드린다. 돌멩이들. 풀. 금속. 몸을 뒤집는다. 뒷목을 레일 위에, 그리고 머리를 바퀴 가까이에 대려 한다.

지금부터 일 분도 안 돼 고가시성 제복 차림의 역무원 몇 명이 사무실에서 나와 플랫폼 끝으로 달려올 것이다.

하지만 지금은 아니다. 아무것도 없다. 아무것도 없는 순간이다.

아무것도 없는 또 하나의 순간.

연착한 기차라면 더 빨리 출발하지 않겠나 싶은데.

기차의 밑바닥은 일종의 진실을 떨군다. 음, 좀 더 사실대로 말하자면, 오수를 떨군다. 그는 눈을 감는다.

이제 곧 그는 시간의 진행을 멈출 것이다.

이제 곧 시간은 끝날 것이다.

이제 곧.

…….

저기요.

저기요. 선생님.

그는 눈을 뜬다. 오수 한 방울이 바로 그 눈에 떨어진다. 그는 눈을 비비려 손을 들다가 무슨 금속에 손등을 부딪치고, 그 순간 머리를 홱 움직이다 기차 밑바닥에 이마를 세게 박는다.

아야.

선생님, 잠깐만요.

그가 기차 밑에서 고개를 비틀어 내민다.

소녀, 좀 전에 기차에서 내린 진짜 소녀가 기차 후면 플랫폼 가장자리에 쪼그려 앉아 있다. 그를 빤히 내려다보고 있다.

정말이지 그러지 마셨으면 좋겠어요. 소녀가 말한다.

**2월.** 올해 첫 벌이 유리창에 와 부딪힌다.

날이 밝아지기 시작하지만 여전히 혹독하게 춥다. 그러나 새소리는 해가 뜨고 또 질 때까지 하루 종일 계속된다.

어둠 속에서조차 공기의 맛이 다르다. 가로등 불빛 아래 헐벗은 나뭇가지들이 빗물에 젖어 빛난다. 뭔가가 달라졌다. 아무리 춥다 해도 저 비는 이제 겨울비가 아니다.

낮도 길어진다.

사순절(Lent)이란 말이 바로 여기서 나왔다.

라틴어에서 2월의 달 이름은 정화하고 통상 번제를 통해 신들의 노여움을 달래는 행위에 관한 낱말들에서 유래하는데, 아마도 둘 다 로마의 정화 축전 페브루아(Februa)가 그 어원적 기원일 것이다. 식물 생장의 달, 태양 회귀의 달, 비의 달, 배추 싹이 돋는 달, 굶주린 늑대들의 달, 좋은 한 해와 좋은 수확과 좋은 삶을 기원하며 신에게 케이크를 바치는 달.

지금보다 전통을 더 충실히 따르던 시절 스코틀랜드 고원에서 이 달은 태양을 지상으로 되불러오기 위해 사람들이 촛불을 밝힌 달이었다.(여기서 성촉절(Candlemas)이 나왔다.) 해마다 철이 오면 소녀들은 지난해에 수확해 먹고 남은 옥수수 다발들로 갖가지 형상을 만들어 요람 안에 넣고 그 둘레를 빙빙 돌며 춤을 추고 노래를 불렀다. 다시 싹트는 생명과 동면에서 깨어 둥지에서 나오는 뱀과 돌아오는 새 들에 관한 노래와, 여러 가지가 있지만 특히 아일랜드, 다산, 봄철, 임산부, 대장장이와 시인, 소와 소젖 짜는 여자, 수부와 선원, 산파와 사생아 들을 수호하는 성녀 브라이드(St Bride) 또는 브리지드(Brigid)

또는 킬데어의 브리젯(Bridget of Kildare)에 대한 노래였다. 이는 사람들이 기려 큰 모닥불을 피웠던 켈트 신화 속 불의 여신 브리드(Brid)의 한 버전으로, 그녀는 또한 성스러운 우물과 각종 질병, 그중 특히 눈병을 치유하는 물이 샘솟는 장소들에 축복을 내렸다고 한다.

이름이 무엇이었든 간에, 그녀는 보석으로 장식된 아버지의 검을 가져다 나환자들에게 주었다. 그들은 보석들을 뽑아 먹을 것을 샀다. 그녀는 텅 빈 검을 아버지에게 돌려주었다.

그리고 아일랜드 왕에게 여자들이 모여 살면서 구빈 활동을 할 수 있도록 수도원을 설립할 토지를 달라고 청했다.

하지만 왕은 듣지 않았다. 그녀의 가슴에만 정신이 팔려 있었다.

자신이 뭘 보고 있는지 그녀에게 들키자 왕은 그녀의 어깨 위 작은 망토로 눈길을 옮겼다.

제가 입은 이 망토로 가릴 수 있을 만큼의 토지를 하사해 주시겠습니까? 그녀가 말했다.

왕은 하하 웃었다. 좋다. 그가 말했다.

그녀는 망토를 벗어 바닥에 내려놓았다. 망토가 펴져 나가기 시작했다. 그것은 커지고 또 커졌다. 브리지드는 망토의 한쪽 모퉁이를 잡았다. 브리지드의 판박이 셋이 다른 모퉁이를 하나씩 잡았다. 그리고 각자 걷기 시작했다. 하나는 동쪽으로, 하나는 서쪽으로, 하나는 북쪽으로, 그리고 하나는 남쪽으로.

브리지드는 북쪽으로 갔다. 그녀는 진흙 벌판을 건넜다. 어디든 그녀가 발 디디는 곳은, 그녀의 발이 닿는 땅은 아무것도 없는 곳에서 꽃을 피워 냈다.

2

**부디 오해가 없으시기를.**

우리는 당신을 위해 최선을 다하고 싶습니다. 우리는 보다 연결된 세상을 만들고 싶습니다. 우리는 당신이 세상이 자신의 것이라고 느끼길 바랍니다. 우리는 당신이 우리를 통해 세상을 보기를 바랍니다. 우리는 당신이 당신답기를 바랍니다. 우리는 당신이 좀 덜 외롭기를 바랍니다. 우리는 당신이 당신과 똑같은 타인들을 발견하길 바랍니다.

우리는 당신이 우리가 세상의 지식에 대한 최선의

원천임을 알기 바랍니다. 우리는 당신에 대한 모든 것을 알고 싶습니다. 우리는 당신이 가는 모든 장소를 알고 싶습니다. 우리는 당신이 지금 어디 있는지 알고 싶습니다. 우리는 당신이 지금 보고 있는 것들의 사진을 포스팅해 이 특별한 순간을 언제나 기억하기를 바랍니다. 우리는 당신이 십 년 전에 한 포스팅을 지금 보기를 바랍니다. 기념일을 축하합니다! 우리는 당신이 과거에 경험한 특별한 순간들을 주기적으로 상기시켜 주고 싶습니다. 우리는 당신에게 당신 친구들이 십 년 전에 무엇을 포스팅하고 있었는지 지금 알려 주고 싶습니다. 우리는 당신이 당신의 삶을 기록하기를 바랍니다. 왜냐하면 당신의 삶은 우리에게 무척 의미가 크니까요. 우리는 당신이 우리에게 얼마나 중요한지 알기를 바랍니다. 우리는 당신에게 중요한 것에 우리가 무척 관심이 많다는 것을 당신이 알기를 바랍니다. 그것이 우리에게도 무척 중요하다는 것을 당신이 알기를 바랍니다.

우리는 당신이 디디는 걸음 하나하나를 헤아리고 싶습니다. 우리는 당신이 건강하고 강인해지도록 돕고 싶습니다. 우리는 무엇이 당신의 심장을 더 빨리 뛰게 하는지 알고 싶습니다. 우리는 당신이 우리에게 당신의 DNA 샘플과 돈을 보내 당신이 누구인지, 당신 가족은 누구이고 누구였는지, 당신은 역사의 어디에서 왔는지 찾아내도록 우리가 도울 수 있도록 해 주기를 바랍니다. 오로지 당신에게 유용한 서비스를 제공한다는, 전적으로 합당한 사유에 한해서입니다.

우리는 당신이 친구 사이, 애인 있음, 싱글, 복잡한 상황 등등 당신이 될 수 있는 모든 것이 되기를 바랍니다. 우리는 당신이 무엇을 구매하는지 알고 싶습니다. 우리는 당신이 헤드폰으로 어떤 음악을 듣고 있는지 알고 싶습니다. 우리는 당신이 무슨 옷을 입고 있는지 알고 싶습니다. 우리는 당신에게 맞춤인 광고를 만들고 싶습니다. 그 광고가 당신에게 적합하기를 바랍니다. 우리는 당신이 스스로에 대해 더 많이 발견하기를 바랍니다. 우리는 당신이 우리의 재미난 심리 인성 테스트를 통해 당신이 사실은 어떤 사람이며 선거에서는 누구에게 투표할 것인지 알아내기를 바랍니다. 우리는 우리 것은 물론이고 다른 사람들의 재미난 프로젝트들에도 도움이 될 정보를 얻기 위해 당신을 정확히 범주화할 수 있기를 바랍니다.

우리는 당신의 거실에 있고 싶습니다. 우리는 당신이 어디서 밥을 먹고 어디서 휴가를 보낼 것인지, 언제 어디서 어떤 영화가 상영되고 있는지, 당신 주변의 많은 사람들은 지금 어디서 정말로 즐거운 시간을 보내는지 같은 소소한 일상의 문제들을 해결하는 데 도움을 드리고 싶습니다. 우리는 인터넷에서 고양이 사료, 원예 도구, 아이들을 위한 물건 등 각종 물건을 주문하는 정기적이지만 따분한 일을 도와주고 싶습니다. 우리는 당신 자녀들의 전반적인 지식 향상을 도와주고 싶습니다. 우리는 당신이 우리를 가족의 일원으로 생각해 주기를 바랍니다. 우리는 당신이 하는 모든 말에 관심이 있습니다. 우리는 당신이 화면을 볼 때마다 무슨 말을 하는지 듣고 싶습니다. 우리는 당신이 우리와 전혀 무관한 무엇인가를 바라보고 있는 동안 그 화면을 통해 당신을 보고 싶습니다. 우리는 당신이 집 안의 여러 방에서 주고받는 모든 대화를 알고 싶습니다. 우리는 당신의 일정을, 온라인에 접속할 때와 하지 않을 때 무엇을 하며 시간을 보내는지, 돈은 어떻게 지출하는지 알고 싶습니다.

우리는 우리가 당신에게 판매하는 전화기가 이전

기종에 비해 더 느리고 덜 원활하게 작동하기를, 그래서 당신이 새 기종을 더 일찍 구매하기를 바랍니다.

우리는 사실 여부와 상관없이 우리에 대해 우리가 싫어하는 말을 하는 유력한 누구라도 공격할 사람들을 고용하고 싶습니다. 우리는 민족적 다양성 같은 자료를 다룰 일이 있을 때는 우리 회사에서 일하는 흑인 및 남미계 직원들이 유용한 정보를 제공하기를 바라지만, 또한 그들이 백인 직원들에 비해 덜 중요하고 덜 보호받고 승진이 쉽지 않을 거라고 느끼기를 바랍니다.

우리는 특히 권력과 부를 갖춘 백인들을 위해 언론의 자유를 옹호하고 싶습니다. 우리는 수백만의 사람들이 인터넷 트롤들의 글을 읽기를 바랍니다. 우리는 정부의 선전과 선거 왜곡을 돕고 싶으며, 민족 청소를 계획하고 조장하는 이들도 당신을 위한 연중무휴 인터넷의 유익한 부산물이기에 방해하지 않고 싶습니다.

우리는 당신의 얼굴이 우리에게 얼마나 큰 의미를 갖고 있는지 당신이 알기를 바랍니다. 우리는 당신의 얼굴과 당신이 사진으로 찍는 모든 사람들의 얼굴과 당신 친구들의 얼굴과 그들이 사진으로 찍는 사람들의 얼굴이 우리의 재미난 자료 보관 및 연구소 사이트에 기록되기를 원합니다.

우리는 우리가 당신을 안전하게 지켜 주고 있다는 사실을 당신이 알기를 바랍니다. 우리는 우리가 당신의 프라이버시를 존중하고 보호한다는 사실을 당신이 알기를 바랍니다. 우리는 우리가 프라이버시란 특히 지킬 힘이 있는 자에게는 인권이자 공민권이라고 믿는다는 사실을 당신이 알기 바랍니다. 우리는 당신이 통제권을 갖고 있음을 보증하고 싶습니다. 우리는 누가 당신의 정보를 볼 수 있는지에 대해 당신이 견고한 통제권을 갖고 있음을 알기를 바랍니다. 우리는 당신 — 과 당신의 뒤를 쫓는 그 사람 — 이 당신의 정보에 완전히 접근할 수 있음을 당신이 알기를 바랍니다.

우리는 당신의 삶을 이야기하고 싶습니다. 우리는 당신의 책이 되고 싶습니다. 우리는 단 하나의 유의미한 연결이 되고 싶습니다. 우리는 당신이 우리를 사용하지 않는 게 불편하기를 바랍니다. 우리는 당신이 우리를 바라보기를, 그리고 그러기를 멈추는 순간 다시 우리를 바라볼 필요를 느끼기 바랍니다. 우리는 당신이 우리를 사이버 테러 단체나 마녀사냥이나 숙청 같은 것들과 연관 짓지 않기를 바랍니다. 그것이 당신들의 사이버 테러 단체나 마녀사냥이나 숙청이라면 예외입니다만.

우리는 당신의 과거와 당신의 현재를 원합니다. 왜냐하면 당신의 미래도 원하기 때문입니다.

우리는 당신의 전부를 원합니다.

**얼마든지요.** 자, 여기요. 내 얼굴이에요.

내 얼굴을 원한다고 놀라지는 않아요. 이게 지금의 얼굴이니까.

내 얼굴이란 이 A4 용지 위의 얼굴, 내 존재의 증명이죠. 이것 없이 나는 공식적으로 존재하지 않아요. 몸은 여기 있어도 이 종잇장 없이 나는 없는 거예요. 이걸 잃어버리면 내가 어디에 있든 아무 데도 없는 게 돼요. 이제 좀 닳았고요, — 뭐 놀랄 일도 아니죠, 그저 A4 용지일 뿐이니까. — 얼굴 있는 자리가 자꾸 접혀서 내 얼굴을 이루는 복사기 잉크가 그 접힌 부분에서 벗겨졌어요.

하지만 나는 여기 있어요. 나는 존재해요. 내 얼굴이 찍힌 이 종잇조각이 나는 허가 없이 여기서 공부할 수도 일할 수도 살 수도 없고 돈도 벌면 안 된다는 걸 입증하기 때문에요.

나의 부적격함이 당신을 더욱 적격하게 해 주죠.

괜찮아요. 기꺼이 도와드려야죠.

그리고 이 얼굴이 수상해 보이는 건 뭐든 신고하라는 포스터의 그림과 닮았다는 걸 당신도 알아차렸겠죠.

나와 비슷한 사람을 보면 경찰에 신고해요. 내 얼굴은 당신들 나라에 아주 위중한 사안이니까.

별말씀을요. 괜찮다니까요. 도움이 되었다면 다행이에요.

그리고 이 얼굴은 국경을 묘사한 포스터에서 정장을 입고 포즈를 취한 백인 남자 뒤에 줄을 선 사람들의, 아니 사람 아닌 사람들의 그런 얼굴이에요. 그러고 보면 포스터 위의 모든 사람들은 얼굴 없는 사람 아닌 사람들이고, 그 백인 남자만 중요한 사람이었어요. 오로지 그만 유의미한 얼굴을 갖고 있었던 거죠.

내 얼굴은 한계점이에요.

별말씀을요. 아니래도요.

이 얼굴은 드라마와 영화에서 보는, 그리고 당신 아닌 사람들에 대한 소설, 문학을 사랑해서 혹은 여가 시간을 때우기 위해서 읽는, 정말 중요한 감동을 받았다는 느낌을 주는, 아니 그것을 뛰어넘어 역사와 정치와 당신이 사는 시대에 대한 지대한 무언가를 이해했다는 느낌을 주는 소설들을 읽을 때 머릿속에 떠오르는 그런 얼굴이에요.

감사는요. 별것도 아닌데요, 뭐. 내 얼굴은 당신 거예요.

진흙탕에 짓밟힌 내 얼굴.

바닷물에 부푼 내 얼굴.

내 얼굴이 뜻하는 것은 당신의 얼굴이 아니에요.

당연하죠. 천만에요.

**브리터니 홀이 그 소녀에 관해 처음 들은 건 9월이었다.** 그날 아침, 복지과의 스텔이 직원 탈의실에서 그녀를 지나치며 말했다. 들어 봐, 브릿. 기적은 아직도 일어나고 있어. 아이 하나가 센터에 들어가서 말이야, 못 믿을걸. 난 아직도 안 믿겨. 그 여자애가 경영진에게 변기 청소를 하게 시켰대.

경영진에게 뭐? 브릿이 말했다.

그리고 덧붙였다. 또, 뭐, 여자애?

아이들이 그렇게 드문 건 아니었다. CIO들은 이곳

으로 그들이 성인으로 분류한 열서너 살의, 사실상 아직 미성년인 아이들을 보내긴 했다. 하지만 여긴 남성 전용 센터였다.

모든 변기를 다. 스텔이 말했다. 격리 수용실을 포함해 모든 동의 모든 방의 모든 변기를. 경영진이 직접 했다는 건 아니고. 야, 경영진이 변소 청소를 한다, 그건 말이 안 되지. 근데 애가 말이야, 열둘, 열셋 여자애라는데, 난 직접 보진 못했어. 직접 본 사람한테 들은 것도 아니고. 하지만 들어갔대. 그뿐 아니라 경영진한테까지 올라간 거야. 그래서 청소 회사를 불러 청소하게 한 거지, 타일 틈새랑, 금간 곳이랑 얼룩진 데랑, 청소 담당 수감자들이 더 이상 손쓸 수 없는 것들까지 제대로 해 달라고 했다는 거야. 그래서 대형 고압 청소기들과 손 세차장 같은 데서 쓰는 스팀 청소기들을 갖고 와서 변기는 물론이고 타일이랑 가장자리랑 다 씻어 내고 걸레질까지 하고 났더니, 세상에, 이제 냄새가 엄청 좋아진 거야. 별관들도, H동까지 다 했다니까, 한번 가 봐. 수감자 중에도 그 애를 본 사람들이 있어. 교복을 입고 혼자 B동을 돌아다니더래. 다들 어안이 벙벙해서 그냥 보고만 있고.

똥 싸고 있네, 브릿이 말했다.

똥이 다 사라졌다니까. 스텔이 말했다. 짜잔. 마술같이. 상시 감시 수감자들 벽에서도.

그럴 리가.(No shit.) 브릿이 말했다.

바로 그거야, 브릿, 응? 똥이 없다고.(No shit.) 스텔이 말했다.

자기는 시인이야. 브릿이 말했다. 본인은 모르지만.

나도 알아. 스텔이 말했다. 요즘 들어 그걸 사용할 기회가 좀체 없었을 뿐이지. 하지만 오늘? 오늘은 아, 내가 그냥 아주 꽉 차 있지 않겠어? 시로 말이야.

그러더니 그녀는 「오 얼마나 아름다운 아침인가」를 부르며 복도를 걸어 내려갔다. 복도의 반향 효과 덕분에 노랫소리가 한쪽 끝에서 반대쪽 끝까지 울려 퍼졌다. 그녀는 한 손을 들어 브릿을 향해 흔들고 다른 손은 카메라를 향해 흔들어 보안 팀이 문을 열게 했다.

스텔이 여기서 일한 지는 여러 해였다. 누군가 삼년이라 했는데 최소한 그럴 것이었다. 나이는 서른에 가까웠다. 거기에 대면 브릿은 신참이었다. 수감자들도 보면 알았다. 좋은 게 아니었다. 축하해요, DCO* 미스 홀, 나처럼 여기서 사 개월 됐네요, 그리고 죽지 않은 것도요. 나도 죽지 않았으니까, 우리 둘 다 아직 죽지 않았어요. 시리아인 수감자 하나는 날마다 그녀를 놀렸다. 다정한 의도에서였다. 하지만 다정한 의도란 간단한 것이 아니었다. 지켜야 할 선이 있었다. 타당한 대응법이 있었다. 웃으며 재미있는 대꾸를 할 수도, 친구 먹자는 거냐 쏘아붙일 수도 있었다. 상황에 따라 달랐다.

보디 캠. 철조망. 디트(Deet).**

(스텔은 이를테면 디트라는 말을 절대로 입에 담지 않았다. 흑인인 그녀는 센터에서 퇴근할 때면 흑인 아닌 직원에 비해 검문을 자주 당했다. 누구나 아는 스텔이었는데도 그랬다. 스텔은 그야말로 참을성 그 자체였다. 그러지 않을 수가 없었다. 날마다 그런 일을 해야 했으니.)

별관에 아이라니, 상상이나 돼?

사실 브릿은 별관에 아이가 드는 일을 꽤 자주 상상했다. 수용소 내의 재산, 즉 개인 소지품 중량 제한이 일

---

* Detainee Custody Officer의 약자. 수감자 유치 관리관.

** 수감자, 억류자를 뜻하는 detainee를 줄인 말로 보인다.

곱 살 아이 몸무게인 25킬로그램이기 때문이었다. 그래서 디트들이 새로 들어올 때면, 저게 대략 조그만 아이 하나 무게쯤 될까 하고 가늠했다. 만일 그보다 더 많이 나가 보인다면 압수당할 테고 그럼 그 자리에서 울며불며 발버둥 칠 텐데, 하고 가늠하는 데 그걸 써먹었기 때문이다.

수용 단지(detention estate)는 주택 단지(housing estate)보다는 차라리 브릿의 아버지가 죽자 사람들이 논하던 유산(estate)에 더 가까울 테고, 그것은 곧 무엇을 남기고 죽느냐 하는 그런 문제다.

그런 생각을 하면 그녀에게 월급을 주는 이곳이 일종의 지하 세계 같았다. 산 주검들의 공간. 그녀의 지하 세계로 이어지는 입구는, 방문객들에게 이곳이 세련되거나 부드럽게 보일 수 있도록 주차장과 건물 사이 전면에 몇 줄 늘어놓은 산울타리가 든 상자들이었다. 출근할 때와 교대 근무를 마치고 퇴근할 때면 그녀는 지하 세계와 나머지 세계 사이의 비무장 지대 같은 그것들을 향해 고갯짓을 했다.

안녕, 산울타리야.(행운을 빌어 주라.)

잘 있어, 산울타리야.(또 하루가 지났네.)

그녀는 알고서 들어갔다. 알고서 나왔다. 떠날 수 있다는 걸. 그녀는 하루가 끝나면(밤 근무를 했다면 아침에) 떠날 수 있었다.

하지만 거기 없을 때도 거기 있는 거나 마찬가지였다. 떠날 수 있었는데도, 그리고 교대 근무가 끝나면 떠났는데도, 거기서 나와 산울타리를 지나쳐 길을 건너 주차장을 가로질러 공항 대로를 따라 역까지 걸어가 기차를 타고 집에 왔는데도.

거기서 하는 일이 뭐니? 일 시작하고 보름이 되었을 때 그녀의 어머니가 물었다.

HO* 대행으로 스프링, 필드, 워스, 밸리, 오크, 베리, 갈런드, 그로브, 미앤더, 우드 그리고 한두 곳을 더 운영하는 민간 보안 회사 SA4A 산하 IRC** 중 한 곳에서 DCO 일을 해요. 그녀가 말했다.

브리터니. 그녀의 어머니가 말했다. 무슨 외국어 같구나.

---

* Home Office. 내무부.

** Immigration Removal Center. 이민자 추방 센터.

브릿은 멍청하지 않았다. 언어에도 밝았다. 노력하지 않아도 학교 때 전 과목 성적이 좋았다. 대학엘 가고 싶었으나 그때 형편이 좋지 않았다. 말은 제대로 하자. 형편은 늘 좋지 않았다. 그녀의 어머니는 그것을 놓고 몹시 괴로워했다. 그래서 브릿은 절대 불평하지 않았다. 퇴근하고 돌아올 때마다, 일은 어땠어? 괜찮았어요. 오늘은 뭘 했는데? 이런저런 일들요, 뭐, 평소대로. 그러고는 조금 웃었다.

웃어 가며 일했다면 괜찮겠지. 그녀의 어머니가 말했다. 고된 일과 웃음은 바닷가의 궂은 날씨처럼 같이 가는 거니까.

나도 그걸 깨달아 가고 있어요. 브릿이 말했다.

그러던 어느 날 그녀의 어머니가 말했다.

브리터니, 디트가 뭐니?

그녀가 어머니 앞에서 디트라는 말을 정말 썼던 것일까? 디트는 토킬이 쓰는, 그가 그들을 부르는 말이었다. 하지만 불쾌하게는 아니었다. 토크는 괜찮았다.

디트는, 첫 주에 브릿이 그에게 말했다. 진짜 디트 말이야. 그건 살충제잖아.

그렇지. 그가 말했다.

그렇다면 거꾸로 우리 자신을 조롱하는 셈이 돼, 그 사람들이 살충제라면.

그렇지. 토킬이 말했다.

그들이 살충제면 우리는 벌레다, 이 말이야. 그녀가 말했다.

응. 토킬이 말했다.

흡혈귀. 그녀가 말했다.

맞아. 토킬이 말했다.

그녀가 소리 내어 웃었다.

좋았어. 토킬이 말했다.

토크는 스코틀랜드인이었고 그래서 이름이 그리 독특했다.

설명해 주지. 그가 말했다. 이 일은 처음부터 끝까지 혐오감을 줘.* 그리고 디트는 조심해서 다뤄야 돼. 잘못 다뤘다간 말이 어눌해지고 구역질이 날 수도 있어. 신경 독극물이라 피부를 통해 곧장 들어가거든. 마비, 혼수

---

* Deet는 살충제, 즉 insect repellent이고 repellent에는 혐오감을 준다는 의미도 있다.

상태도 오지. 초기 증상 있는지 잘 챙기라고 미리 경고해 주는 거야, 브리타니아.

브리터니, 디트가 뭐야?

아, 저기. (소리 내어 웃는다.) 그거 속어예요. 디테일(detail)을 줄인 거요.

그래, 일은 어땠어?

괜찮았어요.

오늘은 뭘 했는데?

평소대로, 이런저런 일.(조금 웃는다.)

웃어 가며 일했다면, 뭐. 고된 일과 웃음이로구나.

그녀의 어머니는 이십사 시간 뉴스 채널로 돌아갔다. 매일 그러듯 일어나는 일들을 보며 고개를 저었다.

세상에 불안한 일들이 너무 많이 일어나는구나. 그녀가 말했다.

그저 뉴스예요, 엄마. 브릿이 말했다. 쓰레기요.

그녀의 어머니는 늘 뉴스를 중요하게 여겼다. 요즘 사람들은 누구나 뉴스를 본다고 해서 정말로 무슨 일이 일어나고 있는지 알게 되는 건 아니라는 걸 알았다. 그녀의 어머니만 빼고. 그녀는 아직도 텔레비전을 신봉했다.

나이 든 사람들은 그랬다.

대체 무슨 일이 터지려고 이러는 건지. 그녀의 어머니가 말했다.

그녀의 어머니는 실제 세상에 대해 아무것도 몰랐다. 고된 일과 웃음이라니. 일하는 곳에 웃음이 없는 건 아니었다. 디트들의 웃음은 뭔가 부서진 것 같은 소리였고, 디트들을 향한 어떤 DCO들의 웃음은 훨씬 더 노골적인, 협박 같은 웃음이었다. 전반적으로 소음이 아주 많았다. 웃음소리, 울음소리, 문을 쿵 치는 소리, 문을 탕 치는 소리, 고함 소리. 소란스러운 일자리였다. 정밀 검색이나 접수계 또는 면회실 업무가 아니면 다 그랬다. 그들을 웃게 하고, 그들을 울게 하고, 그들을 기다리게 해. 디트가 미친 듯이 웃을 때마다 토크는 말했다. 그럼, 기다리게 해야지. 본래 최대 칠십이 시간 구류 용도로 지은 곳이었지만 여러 해가 지나도록 그곳에 있는 사람들이 있었다.

칠십이 시간? 사흘이다.

여기 사람들 대부분은 적어도 두어 달은 갇혀 있었다.

안녕, 산울타리야.

잘 있어, 산울타리야.

매일같이 그렇게.

하지만 그날은? 완전히 다른 곳이었다.

괴이쩍을 만큼 조용했다.

아무도 웃지 않았다. 아무도 울지 않았다. 아무도, 디트도 DCO도 문을 쿵 치지 않았다.

이야기가 돌았다.

한 아이가, 교복을 입은 소녀가, 홀연히 센터로 걸어 들어왔다는 거였다.

우선, 그것은 불가능하다. 아무도 이 센터에서, 아니 어느 센터에서도 그럴 수 없다. 그냥 걸어 들어오다니. 더 말할 것도 없이 불가능한 일이다. 여기서는—보안이 가장 철저한 곳이 아닌데도—몸수색, 확인, 사진 촬영, 확인, 목에 거는 방문증 발급, 확인, 정밀 검색, 재확인, 보안 게이트, 문, 담, 문, 그리고 추가 확인 세 차례를 거친 뒤에 별관 접수 및 최종 확인이 이루어진다.

이 아이가 다른 IRC 네 곳에도 걸어 들어갔다는—그리고 나왔다는—소문도 나돌았다.

거짓말이야. 브릿이 말했다. 가짜 뉴스라고.

그러고 나서 터키인 아드난과 폴란드인 토메크가 있는 방의 변기를 보게 되었다.

별관 B동의 다른 변기들도 보았다.

정말 깨끗했다.

이거 뭐 엄청난 만우절 장난 같은 걸까? 그녀가 데이브에게 말했다. 우라질 9월인데? 아니면 무슨 SA4A 테스트 같은 거야?

데이브는 이 소녀를 직접 보지는 못했지만 나도는 소문들은 알고 있었다. 커피를 마시면서 브릿에게 그 이야기들을 해 줬다. 그리고 그날 오후 면회실에서 근무하면서, 그녀처럼 전부 다 엉터리라 생각했던 러셀에게서 이야기를 좀 더 들었다.

소문에 따르면, 소녀는 또 자그마치 울위치의 어느 매음굴에 초인종을 누르고 들어갔고, 역시 털끝 하나 다친 데 없이 무사히 나왔다는 거였다.

뭐, 교복을 입었는데도? 브릿이 말했다.

그녀와 러셀은 깔깔대고 웃었다.

이어지는 이야기로는, 포주들이 부패 경찰을 불렀다고 한다. 와서 좀 데려가요. 쟤 좀 어서요. 그들은 말했다.

제발요. 장사 완전히 말아먹고 있어요. 왜냐하면 소녀는 거기 들어가 있던 반 시간 동안 몇 개의 영업실에 진입해 손님들을 설득해 하고 있던 짓을 중단케 했기 때문이었다. 그것만도 꽤나 웃기는 일인데, 현관을 지키는 남자에게 문을 따게 해 열다섯 명의 십 대 또는 그보다도 어린 소녀들이 목숨을 걸고 도망치게 도왔다고 했다.

펵이나.

내 말이.

자해 성향이 있는 C동의 에리트레아인 디트가(브릿이 모르는 자였다.) 눈을 들어 보니 그 소녀가 환영처럼, 염병할 성모 마리아처럼(러셀에 따르자면) 그의 방 안에 서 있었다는 이야기도 돌았다. 자해하는 에리트레아인은 소녀에게 말했다. 내가 갇힌 이곳은 절망 속에서 사는 것과 같은데, 대체 내가 왜 살아야 하지? 고통밖에는 남은 게 없어. 그러자 여학생이 그에게 뭐라 대꾸를 했다는데, 그는 누구한테도 그게 무슨 말이었는지는 털어놓지 않은 채 완전히 딴사람이 되었다는 것이었다. 러셀과 브릿은 그녀가 그에게 했을 말들을 음란한 쪽으로만 지어내 보며 십 분을 보냈다. 헛소리지. 브릿이 말했다. 어떻게 그 소녀가 아무한테도 안 쫓겨나고 C동까지 갈 수 있었겠어? 날개겠지. 러셀이 말했다. 발꿈치에 십 대용 생리대 날개를 달고 천사처럼 날았겠지.

그런가 하면 소녀의 어머니가 우드의 디트라는 이야기도 있었다. 대학 강의에 등록했다 HO에 잡혔는데, 여기서 자랐지만 여권이 없어 길가에서 잡혔고, 집에서 나온 지 십 분 만에 코트도 없이 아스다 슈퍼마켓에 갔던 길에 잡혀서 장 본 물건들이 포장도로에 나뒹굴었다는 것이었다. 그리고 엄마가 수감된 지 몇 주 후 이 소녀가 우드에 들어가 게이트 경비원들에게 오늘 밤 안으로 해결해 달라고 했고, DCO들에게 엄마가 수감된 방과 동의 문을 열고 보안 시스템을 정지시켜 엄마를 내보내게 했다는 것이었다.

어련하셨을까. 브릿이 말했다. 우리도 다 하는 일이잖아. 공손히 부탁만 하면.

그녀와 러셀은 깔깔대고 웃었다.

그런데.

들어 봐.

실제로 말이야.

보안 시스템 침범으로 우드에서 빠져나간 사람들이 있는데 영상이 없었대. 그런데 정문 반대편 CCTV 화면을 돌려봤더니 한밤중에 한 여자가 다른 두어 명하고 함께 걸어 나가는 장면이 있더라나.

브릿이 웃음을 터뜨렸다. 코미디보다 더 웃겼다. 그녀는 웃고 또 웃었다. 너무 많이 너무 크게 웃어서 디트들을 면회 온 사람들이 여기저기서 그녀를 돌아보고 노려보았다. 그녀는 웃음을 그칠 수밖에 없었다.

잠시 후 그녀는 면회실로 돌아가 디트들이 누구와 접촉하거나 나란히 앉지는 않나 감시했다. 가족과 함께 앉는 것은 금지돼 있었다.

그러나 이야기는 하루 종일 눈덩이처럼 커져만 갔다.

H동 전체로 퍼져 갔다.

비서들 중 하나가 소녀가 경영진에게 하는 말을 문틈으로 들었다고 했다.

들어가 있던 시간이 길어야 십 분이었어. 직원용 여자 화장실에서 샌드라(오츠의 비서)가 브릿과 다른 두엇(그리고 명예 여성 토크)에게 말했다.

샌드라는 화장실의 모든 칸이 열려 있고 따라서 아

무도 없는 것이 확실한데도 소곤소곤 말했다.

차분하고 조리 있게 말하더라. 샌드라가 말했다. 목소리가 너무 조용해서 별로 들리는 게 없었어. 이따금 왜요? 하고 묻는 소리만 들렸어. 엿들으려고 한 게 아니라, 혹시 보안 팀을 불러야 할지도 몰라 그랬어. 그런데 그 애는 이미 아무렇지도 않게 그 사람들을 거쳐 들어온 거였잖아. 그들은 그 애를 가로막지 않았거든. 그 사람들을 지나쳐 가는 것만큼이나 내 앞을 아무렇지도 않게 지나가면서 나를 빤히 쳐다보는데, 글쎄 그 시선을 달리 뭐라고 표현해야 할지 모르겠네. 나도 막지 않았어, 그러고 싶지도 않았고. 그 애가 오츠의 사무실 문을 노크하더니 곧장 들어가서 자리에 앉아 그를 기다리더라. 잠시 후 오츠가 들어갔어. 그를 말리려고, 그에게 경고하려고 했지만 평소의 '꺼져 샌드라' 분위기였어.

그러고 나서 글쎄, 오 분, 십 분쯤 후에 소녀가 사무실에서 나와 샌드라 씨, 안녕히 계세요, 정말 고마웠어요, 이러는 거야. 어떻게 알았는지 내 이름을 알더라고. 아이가 나가자 오츠가 사무실로 나를 불렀는데, 얼굴이 시뻘게져 갖고 나더러 스팀 클린 회사에 전화해서 최대한 속히

출장을 와 달라고 하라는 거야.

여자 화장실에서 샌드라는 숨을 죽이고, 그 소녀가 다른 IRC들 몇 군데에도 방문해 제대로 된 변기 청소 등 온갖 이례적인 일들을 하게 시켰더라고 전했다.

어떻게 생겼어? 브릿이 말했다.

여학생처럼. 샌드라가 말했다. 버스에서 늘 보는.

샌드라는 자기 사무실로 그들을 데려가 컴퓨터에서 CCTV 화면을 보여 주었다. 샌드라의 사무실은 일반 사무실처럼 정말로 근사했다. 샌드라는 오츠의 사무실도 살짝 보여 줬는데, 아주 널찍하고 가구도 굉장히 좋았다.

CCTV를 돌려 보니 이리저리 걸어 다니는 작은 소녀의 머리끝이 보였다.

마치 마땅히 거기 있어야 할 사람처럼 소녀는 그냥 걸어 다녔다. 아무도 멈춰 세우지 않았다. 문이 잠겨 있으면 소녀는 다른 무슨 이유로 열릴 때까지 기다렸다가 들어갔다. 하도 평범하고 단순해서 막상 보고 나니 미스터리도 아니었다. 문이 열린다. 소녀가 들어간다.

그때 브릿의 교대 근무 시간이 끝났다.

이제 가도 됐다.

그녀는 기차를 타러 갔다.

그녀는 자리에 앉아 차창을 응시했다. 그녀의 눈은 창밖에 있는 것들에서 창 위의 긁힌 자국이며 얼룩들로, 안의 것들로, 그러다 다시 밖의 것들로, 창 위의 긁힌 자국 너머의 세상으로 옮겨 갔다.

어떤 동료 직원들은 아는 여자애라고, 여기서 일하는 누군가의 자녀의 친구와 같은 협동조합 학교에 다닌다고 했다.

소녀에 대해 들었다고, 그 애가 누구인지 안다고 하는 디트들도 있었다. 거룻배를 타고 그리스에 살아 도착했다가 그곳에서 올라왔다고 했다.

아니라고, 살아남지 못한 이들의 유골이 쌓인 사막을 건너왔다고, 제 오줌을 받아 마시며 버텼다고 하는 디트들도 있었다.

남동생의 맨 유나이티드 축구 셔츠를 입고 세계를 건너왔다고 했다.

소녀의 아버지도 안다고, 그는 시대와 장소를 잘못 타고난 중요한 정치인이었는데 사망했다고 했다.

그녀의 어머니도 안다고, 그녀는 이탈리아 앞바다

에서 보트에서 떨어져 익사했다고 했다.

폭격이 있어서 온 가족이 목숨을 건지러 피신해야 했는데 게릴라들에 잡혀 짐꾼으로 부려져 야영 도구를 지고 날이면 날마다 수 마일을 걸어야 했고, 어느 날 그녀의 아버지가 걸음을 멈추고 좀 쉬자고 하자 게릴라들은 그래 쉬어라 하며 그 자리에서 총살해 버렸다고 했다.

이 이야기를 듣던 브릿은 아무 말 없이 고개를 숙인 채 아래만 내려다보고 있는 남수단 출신 디트 파스칼에게 절로 눈길이 갔다. 어쩔 수가 없었다. 그의 사건 기록을 보면 그는 아버지와 형이 참수당하는 모습을 보도록, 그뿐 아니라 두 머리 중 어떤 걸 갖고 축구를 할 것인지 고르도록, 또 실제로 축구를 하도록 강요당했다고 쓰여 있었다.

하지만 그날 기차를 타고 집에 오는 길에서 브릿이 경악한 건, 소녀를 생각할 때 그녀의 머릿속에 떠오른 것 때문이었다.

그것은 그녀 어머니의 모습이었다.

이 영상에서 브릿의 어머니는 어리둥절한 표정으로 우드에 감금되어 있었다. 그녀는 비닐 침구에 앉아 바닥의 수챗구멍을 바라보고 있었다. 구멍에서 풍겨 나오는 악취가 영상 속 어머니를 보는 브릿의 눈에 또렷하게 보였다.

누구나 알 듯 우드는 여성 수감자들에게는 특히 힘든 곳이다. 한 떼의 모르는 사람들과 샤워실에 들어가 사는 것하고 같다. 그보다 더 괴로운 건 몸수색이다. 결코 보고되지 않는 성폭력들. 강간 이야기도 돈다. 물론 사실일 것이다. 브릿도 들었고, 모두 다 들었다. 아니 땐 굴뚝에 연기 날까. 게다가 인신매매 조직을 통해 전 세계를 돌던 끝에 우드에 들어온 여자들이 입을 모아 말했다. 그곳에서의 감금 생활이 지금껏 자신들이 겪은 어떤 것보다 더 나쁘다고.

브릿은 이 영상을 지우려고 고개를 흔들었다.

그녀의 어머니는 말짱히 잘 있었다.

그녀의 어머니는 집에서 텔레비전의 의회 채널을 보며 대체 무슨 일이 터지려고 이러나, 혼잣말을 하고 있었다.

잊어버리자.

그때 그녀는 오늘 그놈의 멍청한 산울타리에 잘 있으라는 인사를 하지 않고 퇴근했음을 깨달았다.

제기랄.

그녀는 그것에 미신적이었다. 정말 멍청한 짓이었다.

그녀는 그 조그만 진녹색 잎들을 떠올렸다. 산울타리의 냄새. 기분 좋은 씁쓸한 냄새. 그녀는 저마다 박스 안에 옹기종기 서 있는 아직 어린 산울타리 가지들이(이제는 잔가지라기보다 덤불에 가까웠다.) 처음에 제각기 심겼을 때와는 달리 한데 뭉쳐 하나의 산울타리로 자라날 날이 정말 얼마 안 남았다는 생각이 들었다.

직접 말한다 생각하고 머릿속으로 해 보자.

잘 있어, 산울타리들아.

또 하루가 갔구나.

그래, 하지만.

대단한 하루였어.

날개 달린 소녀라.

완전 거짓말이야.

순 허풍이야.

하지만 모든 변기들이, 적어도 그 애가 간 곳들에 있는 변기들만큼은 깨끗하게 청소된 건 사실이잖아.

좋았어. 누군지는 몰라도 좋은 일을 하는군.

제기랄, 그럴 때도 됐지.

**어느 날 오후.**

토크가 그녀에게 오늘 같았던 유일한 다른 날에 대해서, 그녀가 들어오기 훨씬 전, 그 자신이 신참일 적의 그날에 대해 들려주는 중이다.

일 시작한 지 육 주 차였어. 4시였지. 휴식 중이어서 직원 휴게실에서 쉬는데, 별관 전체에 괴상한 소음이 퍼졌어, 소리가 점점 커지는데, 마치 바다에서 유독 큰 파도가 눈앞에 몰려오는 것 같더군. 그때 알았어. 디트들이라는 걸, 디트들의 웃음소리라는 걸. 우리는 서로를 바라봤어. 미쳐 웃는 소리도,

약에 취해 웃는 소리도, 싸우면서 웃는 소리도 아닌, 완전히 다른 종류의 웃음소리였지. 우리는, 뭐지? 이랬어.

그리고 폭동 진압용 장비를 착용했어.

디트들은 작동되는 텔레비전이 있는 방에 바글바글 모여서 옛날 흑백 영화를 보고 있었어. 그들 머리 너머로 보이데. 히틀러 콧수염에 중절모를 쓴 무성 영화 배우가 담요에 싸인 아기를 안고 내가 왜 이 아기를 안고 있는 거지? 하는 얼굴로 도로 연석에 앉아 있었어. 그러다 마치 아기를 그 안으로 떨어뜨리려는 듯 발치의 배수구 뚜껑을 들어 올리더니 관두더군. 경찰관이 있었던 거야. 나도 따라 웃었어. 이렇게 왁자지껄 모두가 웃는 소리가 건물 안에 메아리쳤고, 그렇게 웃는 우리가 거기 있었지. 여기 디트들이 그렇게 웃는 건 그 전에도 그 후에도 본 적이 없어. 사실 말하는 소리조차 못 들어 본 디트들도 있지. 영어를 못 해 일체 말을 안 하는 난폭한 자들 말이야. 미쳐 날뛰는 바람에 주로 격리 감금 신세인 그 이란인 사내 알지? 그자도 웃고 있었어, 전부 다, 정말이지 아이들 같더라니까. 영화 속 남자는 아기를 하수도에 버리지 않고 정말로 누추하고 불결한, 성한 것 하나 없는 자기 방으로 데리고 왔고, 먹이고 씻기는 법을 차차 배워 나갔지. 조금 자란 똘똘한 꼬마는 돌멩이를 던져 유리창을 깨고 다니고, 아빠 노릇을 하고 직업은 유리 수선공인 이 가난한 남자는 잠시 후 새 유리판을 지고 나타나 고쳐 주고 그 집 주인 여자에게 돈을 챙겼어.

별것도 아니었어, 브리타니아. 그냥 아이와 남자와 유리판과 돌멩이와 경찰관이 나오는 시시한 이야기일 뿐. 영화가 끝나자 정말로 본 적 없는 풍경이 펼쳐지더군. 사람들이 눈물을 흘리며 별관을 돌아다니는 것이, 마치 우리가 다 정상인 것 같았어.

물론 이전의 정상으로 금세 돌아가긴 했지만.

그래도 참호 속의 크리스마스가 이와 비슷했겠군 하는 생각을 했던 것 같아. 폴 매카트니의 크리스마스 노래 뮤직비디오 알지? 함께 축구를 하고 배급받은 담배랑 초콜릿을 서로 나누는 장면 말이야.

**UK IRC의 DCO로 근무한 첫 두 주간 브리티니 홀이 배운 것에는 이런 것들도 있다.**

• 디트가 완전히 이성을 잃기 전까지는 보디 캠을 꺼 놓을 것. 아직 침착한 상태일 때를 촬영해 봐야 아무 소용이 없어. 오헤이건이라는 이름의 DCO가 말했다. 예를 들어, 여기 돼지 불알 보면 지금 버티고 있잖아, 그런데 이 자식이 벽에 머리를 짓찧을 조짐을 십 초쯤 전에 간파하는 법을 배워야 돼. 바로 그때 스위치를 켜는 거야. 곧 익숙해질 거야. 아

니야, 지금은 멀쩡해. 그냥 발만 구르잖아. 아무 문제도 없어. 괜히 우리 신경 돋우려고 그러는 거야.

• 발 구르기도 독방 감금의 사유라는 것. 침구 없고, 밤낮으로 불 켜 놓고, 밤낮으로 십오 분 간격 보안 점검.

• 자살 감시 대상인 디트들에게 어디 할 테면 해 봐, 라고 말해도 된다는 것. 왜냐하면 대부분 관심을 받으려고 또는 직원들을 성가시게 하려고 하는 짓이므로.

• 몇몇 DCO들에 따르면 음경, 음낭, 돼지 불알 모두 디트들을 부르는 데 적합한 표현이라는 것.

• 내방 사찰 결과 통계에 따르면 디트들은 직원들을 좋아하고, 대단히 접근하기 쉽고 합리적이라고 본다는 것. 영어를 못 하는 디트들의 경우 이 같은 경향이 특히 현저했다.

• 향신료 경관이라고 불리는 DCO(브랜든이라고 불리는 자다.). 그는 그들이 원하는 걸 주었고, 그중 아이들이 있으면 브랜든 또는 디트들은 아이들에게 향신료가 괜찮은지 아닌지 시험했다.

• 별관에 수감된 쿠르드족 암 환자 디트에게는 일반적으로 진통 해열제인 파라세타몰이 허용되었지만, 의

사가 없는 주말이라면 일반 환자들과 똑같이 월요일까지 기다려야 했다.

• 경영진이 방마다 세 개째 침대를 넣는 방안을 고려했다는 사실. 별관 근무자들 중 이 안에 찬성한 사람은 하나도 없었다. 데이브의 말로는 직원들이 경영진에게 좋은 생각이 아니라고 여러 번 의사 표시를 했지만 경영진이 관철시키려고 했다. 세 남자와 아기가 아니라 세 남자와 한 개의 변기라고. 옛날 영화를 가져다 한 비유였다. 방마다 변기가 있었다. 엔스위트.* 호호호. 변기는 뚜껑이 없었고, 대개는 변기와 침대 사이에 칸막이라든지 그 비슷한 것도 없었다. 이로 인한 도미노 효과로 많은 디트들이 잘 먹지 않게 되었는데, 미치지 않고서야 다른 사람 앞에서 똥을 누고 싶을 리 없지 않은가. 게다가 디트들은 오후 9시부터 오전 8시까지 열한 시간을 방에 갇혀 지냈다. 낮에는 두 차례씩 점호가 있었는데, 그게 괄약근에 좋은 운동이 된다고 데이브는 말했다.

• 영국에서 자란 디트들이 가장 우울하고 특히 문

---

* 욕실이 딸려 있는 방을 뜻한다.

제가 많은 것은 아무도 그들과 친구가 되려 하지 않는다는 데도 부분적인 이유가 있었다. 어떤 사람이 하나 있었는데 말이야. 러셀이 그녀에게 말했다. 여기 들어와 있는 그를 보고 내가 말했지. 로리, 여기서 뭐 하는 거야? 초등학교랑 중학교 때 우리 같은 반이었잖아. 학창 시절 십이 년 동안. 그랬더니 이러는 거야. 슈퍼마켓 앞에서 멈춰 세우더니 수색을 하더라고. 포르셰 앞에 너무 가까이 서 있었다나. 어딘지도 모르는 경찰서로 데려가더니 한밤중에 깨워서 수갑을 채워 여기로 데려왔어.

이튿날 사무실에 가서 그 친구의 기록을 찾아봤더니 가나로, 그것도 그다음 날 아침에 추방될 예정이더라고. 그래서 말해 줬지.

가나? 그가 말했어. 나는 가나에 대해 아는 게 전혀 없는데. 한 번도 가 본 적도 없고. 심지어 어디 있는지도 몰라.

• 러셀이 괜찮은 듯싶지만 속이 쓰레기라는, 지독하게 너저분한 사람이라는 사실. 데이브는 괜찮다는 사실. 토크도 괜찮다는 사실. 토크는 책을 좋아했고, 게이란 점만 빼면 조시하고 비슷했다. 처음으로 함께 근무한 날 그가 그녀의 귀에 대고 속삭인 말이 있다. 어느 유명

한 작가가 1930년대에 썼듯 동물을 학대하면 벌을 받지만 인간을 학대하면 승진해. 그것은 충고였을까? 그녀는 그 말을 어떻게 받아들여야 할지 몰랐다. 그런 부분에서는 토크를 아직 잘 몰랐다. 무엇이 우습고 무엇이 아닌지 아직 잘 몰랐다. 휴게실에서 어떤 직원이 체류 승인 서류가 센터에 도착하기 직전에 추방 비행기를 탄 디트 이야기를 농담하듯 했다. 그건 우스운 일이었을까? 여러 명의 DCO들이 웃었다. 한 직원은 거기 있는 모두에게 이렇게 말했다. 자, 그래서 어떤 디트가 HO에 항의서를 보냈대. 이렇게. 모국에서 정치 문제로 옥살이를 했어요. 그런데 모국에서의 옥살이와 여기 영국에서의 수감 생활은 별로 다를 것이 없군요. 여기 영국에서는 아직 구타를 당하지는 않았다는 걸 제외하면요. 그러자 HO가 뭐라고 회신했을까요? 도움이 되어 기쁩니다.(스마일 이모티콘) 농담이었을까? 틀림없이 농담으로 의도된 말이었다. 모두가 배를 잡고 웃었다.

**조시는 요새 어디 있니?** 너랑은 어떻게 되어 가고 있어? 그녀의 어머니가 저녁 식사 자리에서 다시 말했다.

그걸 내가 어떻게 알아요? 브릿이 말했다.

뚫린 입이라고 뻥끗했다. 미안하구나. 그녀의 어머니가 말했다.

아직 9월이었다. 브릿은 지금 그녀의 방 안 침대에 누워 프라이버시를 좀 누리고 있다.

조시를 마지막으로 본 8월, 그들은 같이 잤다. 조시의 허리 때문에 드문 일이었지만 어쨌든 그랬고, 좋았다.

그 후 조시는 읽고 있던 역사책 이야기를 주절주절 늘어놓았다. 나치가 접수한 도시에서 방금 탐탁지 않은 누군가의 얼굴을 권총 혹은 나치가 가졌을 만한 뭔가로 후려친 SS대원*에게 한 남자가 다가간다. 대학교수인지 학교 선생인지 하는 이 민간인 노인은 SS대원에게 그만하라고 말한다. 그가 실제로 한 말은 이거였다. 당신은 영혼도 없나요? 그러자 SS대원은 몸을 돌려 대학교수의 머리에 총을 쏘고 노인은 길거리에서 쓰러져 즉사한다.

조시가 이 이야기를 하기 시작한 것은, 같이 자기 전, 센터에 히어로라는 디트가 있는데 이름이란 게 때로는 엄청난 아이러니 같다고 한 그녀의 말 때문이었다. 그런데 조시가 지식인 남자의 머리에 총을 쏜 남자 이야기를 할 때 어떤 어둠이 그녀의 머릿속에서 일어났다.

그것은 두꺼운 커튼, 먼 옛날 집들에 쳐져 있거나 리얼리 채널의 「귀신들린 집」에서나 볼 수 있는 낡은 커튼처럼 그녀의 눈과 이마 위로 드리워졌다. 너무나 생생하여 커튼의 천 냄새가 나는 것 같을 지경이었다.

---

* 나치 친위대.

된장. ㅅㅂ.*

내가 궁금한 건 말이야, 조시가 말하고 있었다. 에토스가 뭔가 하는 거야.

뭐? 그녀가 말했다.

있잖아, 타란티노 영화를 보면, 조시가 말했다. 냉혹한 인물로 그려진 남자가 그런 사람을 그냥 쏴 죽일 때 말이야. 그럴 때 그냥 그렇게 받아들여지잖아. 우리는 통상 그걸 희극적으로 보도록 기대된다 이거지.

퍽도 희극적이다. 브릿이 말했다.

그녀와 조시는 학창 시절 우등생이었다.

그리고 이렇게 생각하도록 기대되지. 조시가 말했다. 비록 악당 새끼긴 해도 제대로 냉혹하니까 영웅만큼이나 쿨하다고. 그렇다면 영웅적이란 건 영혼이 없는 것일 수도 있을까? 다시 말해 영혼이 없는 자도 영웅적일 수 있는 걸까? 그리고 우린 그걸 좋은 거라고, 열망할 만한 거라고 생각해야 할까?

근데 말이야, 조시, 난 정말로, 진짜로, 전혀 관심이

---

* 욕설인 Damn를 Damp로, Fuck을 Fust로 살짝 바꿔 쓴 점을 살려 옮겼다.

없고 관심을 가질 수도 없거든. 브릿이 말했다.

그녀는 그에게서 떨어져 돌아 누웠다. 말도 못 하게 피곤했다. 머리가 빠개질 듯 아팠다. 콧속에서 뭔가 썩는 냄새도 났다. 그녀는 눈을 감았다. 그리고 떴다. 어둠이 안에도 밖에도 있었다.

안 하시겠지. 조시가 말했다. 못 하시겠지.

그는 침대에서 미끄러져 나갔다.

내가 뭘 안 하고 못 하는데? 그녀가 물었다.

관심 가지는 거 말이야. 그가 말했다. 네가 말했잖아. 그게 사실이고. 심지어 나랑 잘(fuck) 때조차 관심이 없잖아(don't give a fuck). 그뿐만이 아니라 아무것에도 관심이 없어. 관심 갖기를 그만뒀다고.

대화는 싸움으로 이어졌고, 그는 그녀의 지금 삶이야말로 배설물의 전형이라고 말했다. 조시는 거창한 단어들을 툭툭 내던지기를 좋아했다. 희극적, 에토스, 전형, 배설물.

네가 뭔데 나한테 그런 말을 해? 그녀가 말했다.

그는 그녀의 말을 듣고 소리 내어 웃었다. 그의 웃음소리에 분노가 그녀의 몸을 맹렬하게 훑고 지나갔다.

내 말은, 너는 오로지 너 자신의 관점에서만 사물을 볼 수 있다는 거야. 그가 말했다.

그래서? 그녀가 말했다. 이 지랄 같은 세상의 모든 사람들과 똑같은 거 아냐?

그래서 뭐냐 하면, 너는 상대하기 힘들 만큼 독선적이 된다 이거지. 그가 말했다. 네 잘못은 아니야. 네가 다른 사람들보다도 훨씬 더 미치게 만드는 일자리를 택한 거니까.

난 월급이 나오는 일자리를 택했을 뿐이야. 그녀가 말했다. 네 월급보다 많아. 아니, 네가 일을 하던 때보다 많지. 진짜 일자리거든. 보안은 결과를 갖다 주지.

(그건 비열한 짓이었다. 조시는 인터넷 배송 창고에서 일하다 5월에 실직했다.)

보안이라. 조시가 말했다. 넌 그걸 그렇게 부르는구나. 난 환상의 유지라고 부르겠어.

무슨 환상? 그녀가 말했다.

사람들을 못 들어오게 막는 게 그거라는. 그가 말했다.

그거라니 도대체 무슨 말이야? 그녀가 말했다.

영국적이라는 것. 그가 말했다. 잉글랜드적이라는 것.

도대체 무슨 소리를 하는 거야? 그녀가 말했다.

담을 쌓아 올리고. 그가 말했다. 우리 발등에 총을 쏘지. 위대한 나라야. 훌륭한 나라야.

너야말로 배설물의 전형 같은 소리를 하고 있어. 그녀가 말했다. 정치적으로 올바른 대도시의 자유주의자 놈처럼. 인터넷하고 신문에서 주워들은 소리로 머리를 채웠지. 바로 너 자신이 우라질 배설물의 전형이라고.

왜 그렇지? 조시가 말했다.

그의 목소리는 침착했다. 그녀를 화나게 만드는 종류의 침착함이었다. 그는 자기는 옳고 그녀는 틀린 것처럼 말하고 있었다.

아니, 정말로, 브리터니, 정말 궁금하거든. 왜 내가 배설물이지? 그가 물었다. 말해 봐. 이유를 대 봐. 하나라도 타당한 이유를.

내가 그렇다면 그런 거야. 그녀가 소리를 질렀다.

알겠어? 조시가 여전히 아주 침착하게 말했다. 그게 널 이렇게 만들고 있는 걸.

쾅.(침실 문이 닫힌다.)

브릿은 그의 어머니나 아버지, 또는 동생이 올라오지 않기를 바라며 층계참에서 옷을 입었다. 그리고 거기 서서 일 분을 기다렸다. 하지만 조시는 사과하러 방에서 나오지 않았다.

알았어.

상관없어.

쾅.(현관문이 닫힌다.)

배설물. 집에 가는 내내 그녀는 생각했다. 그의 집 앞 거리를 벗어나 자기 집 앞 거리로 접어들 때까지도 화가 가라앉지 않았다. 그날 직장에서는 또다시 지긋지긋한 배설물이 손에 잔뜩 묻었고 신발에도 묻었다. 다 씻어 낸 줄 알았는데 아직 발목에 약간 남아 있었다.

상시 감시 대상인 디트가 던진 것이었다. 항상 그러는 사람이었다, 관심을 얻으려고.

손을 얼마나 씻건, 청소를 하건 안 하건 상관없었다. 그건 여전히 어디에나 있었다.

이민자라는 죄 하나로 여기서 삼 년을 보냈어요. 어느 디트가 그녀에게 말했다. 사람들을 이렇게 오래 여기 둘 거면 뭐라도 하게 해 줘야 하지 않나요? 학위를 따게 해 준다든지. 뭔가 유용한 일을 하게요.

유용한 일? 그녀가 말했다. 학위? 호호호.

당신들에게 도움을 청하려고 세상을 건너 여기까지 왔어요. 쿠르드족 디트가 그녀에게 말했다. 그런데 당신들은 나를 이 감방에 가뒀죠. 이제 나는 밤마다 모르는, 나랑 종교도 다른 누군가하고 변소에서 잠을 잡니다.

감방이 아니라 방이에요. 그리고 잠을 잘 데가 있는 것만도 운이 좋은 거예요. 그녀가 말했다.

한 디트는 변기 가까운 방바닥에 머리를 대고 누워 있었다. 그는 그 각도에서 머리 위 퍼스펙스* 창과 창살 너머의 무언가를 거꾸로 바라보고 있었다.

왜 이 감옥에서는 창문을 열면(open window) 안 되나요? 그가 물었다.

부정관사를 넣어야죠.(open a window.) 그녀가 말했다. 그리고 여기는 감옥이 아니고, 감옥처럼 설계됐을 뿐 이민자 추방 센터 용도로 지은 건물이에요.

감옥처럼 설계된 이민자 추방 센터에 살고 있으면

---

* 아크릴 수지의 상품명.

(you're live) 공기를 꿈꾸게 되어요(dream air). 디트가 말했다.

진행형(you're living)을 쓰세요. 그녀가 말했다. 그냥, 살면(you live)이라고 하든지. 그리고 공기에 대해 꿈꾸게 되어요(dream about air)가 맞죠.

그의 이름이 히어로였다. 베트남인이었다. 사건 기록에 의하면 밀폐된 화물 컨테이너에 실려 일곱 주 만에 도착했다고 했다.

비행기의 굉음이 들렸다.

영어 도와주어서 고맙습니다, 미스 DCO B. 홀. 그가 말했다. 사람들에게 도움을 받는다는 건 좋은 일이죠. 알려 주세요. 진짜 공기를 마시는(breath) 건 어떤 느낌인가요(what is like)?

동사형(breathe)을 써야죠. 그리고 주어가 빠졌어요.(What is it like.) 왜 바닥에 누워 있어요? 비행기 수라도 세나요?

이삼 분에 한 번꼴로 비행기가 건물을 뒤흔들며 날아갔다.

덩어리들(clods)을 봐요(watch). 그가 말했다.

구름(clouds)을 말하는 것이었다.

구름 말이에요? 그녀가 말했다. 그리고, 보고 있어요(am watching)가 더 옳아요. 말 모양을 찾아요? 아니면 지도? 나도 그러며 놀곤 했는데.

그는 그녀를 바라보더니 눈길을 돌려 다시 위를 보았다.

말이 없어요. 지도도 없어요. 그가 말했다.

그날 밤에 그녀는 동료 여직원들에 토크까지 함께 코벤트 가든으로 나가 비싼 술과 타파스로 여름밤을 즐겼다. 지하철에서 내려 걷는데, 교통 정체 때문에 꼼짝 못하고 있는 뚜껑 연 아우디 스포츠카에 나란히 앉아 있는 커플이 눈에 들어왔다. 그들은 서로에게 악을 써 대고 있었다.

전부 다 당신 본위잖아. 여자가 남자를 향해 악을 썼다.

그렇지 않아. 남자가 여자를 향해 악을 썼다.

브릿은 고개를 들어 하늘을 쳐다봤다. 구름 한 점 없었다. 덩어리도 없었다. 지리 시간에 배운 게 하나 떠올랐다. 구름은 먼지 티끌이건 소금이건 뭔가 고체가 있어야 형성된다고 했다. 에어로졸. 수증기가 올라와 거기 달라붙는다는 것이었다. 겨울날 신의 입김 같은 그 커다랗고 하얀 형체는, 또는 희고 잔 그 조각들과 잿빛 뭉게구름은 공기로 빚어진 먼지와 물일 따름이었다. 그녀는 지금 방 안 침대에 누워 천장의 아르텍스 장식을 쳐다보고 있었다. 아르텍스는 석면이었다. 그녀의 아버지가 석면이 원인인 합병증으로 죽었는데도 이놈의 집구석에는 천장마다 석면이 붙어 있었다.

관두자.

이제 9월이었다.

그 뜨거웠던 여름. 어디나 분노로 시뻘게진, 분노로 거의 자줏빛이 된 사람들로 넘쳤다.

전부 다 당신 본위잖아.

이제 한결 서늘해졌고, 그녀도 모든 것에 한결 서늘해졌다. 덩어리 짓는(clod) 법을 배워 가고 있었다. 호호. 이렇게 쉬운 것을. 그녀는 불을 껐다. 남는 베개는 머리 위에 두었다.

그녀는 잠을 잤다. 밤이 지나갔다. 전화기 알람이 울렸다. 그녀는 잠에서 깼다.

그녀는 일어나 깨끗한 옷을 입고, 기차를 타고 일터에 가기 위해 버스를 타고 역으로 갔다.

어느 날 역사 밖에 BBC 사람들이 몇 나타났다. 그들은 현 시국에 대해 행인들에게 묻고 있었다. 한 남자가 그녀의 코에 기다란 마이크를 들이댔다. 다른 남자가 그녀에게 말했다. 브렉시트가 본인에게 의미하는 바를 말씀해 주세요.

그녀는 센터의 모든 사람들을 떠올렸다.

복지과의 스텔이 디트들의 복지에 대해 무슨 말을 하기가 전보다 훨씬 더 어려워졌다고 말한 것이 떠올랐다. 눈앞에 안 보이면 잊어버리게 마련이지만, 사실 모두가 다른 곳에서 왔고 전부 이민자인데, 이제 합법 이민자들도 불법 이민자들과 마찬가지로 언론과 대중으로부터 홀대받고 있다고 했다.

그냥 밀어붙여야 되겠죠? 그녀가 마이크에 대고 말했다.

기자는 그녀의 말이 중요하다는 듯이 고개를 끄덕였다.

정부가 그냥 밀어붙여야 한다는 생각이시군요. 그

가 말했다.

네. 그녀가 말했다. 다른 방법이 없잖아요? 솔직히, 이제 다 나가 뒈져, 그런 기분이에요. 표현이 노골적이었다면 죄송한데요. 정말이지 브렉시트보다 더 큰 세상이 또 있는 거잖아요? 하지만. 뭐, 상관없어요.

기자가 그녀에게 유럽 연합 국민 투표 때 어느 쪽에 투표했냐고 묻는다.

아니, 저기요, 나는 내가 어떻게 투표했는지 말할 생각 없어요. 나에 대해 이러쿵저러쿵 판단하게 하고 싶지 않아요. 단지 하고 싶은 말이라면, 그땐 내가 더 어렸다는 것, 그리고 아직도 정치란 게 유의미하다고 생각했다는 것뿐이에요. 그런데 이 온갖 걸 보세요. 끝이 없어요. 이게 지금 그, 뭐죠? 영혼, 영혼을 잠식하고 있어요. 나나 그쪽이나 다른 누구나 어떻게 투표했건 상관없어요. 무슨 소용이겠어요, 다른 사람들이 자기와 똑같이 생각하고 믿지 않는다며 결국 아무도 다른 사람들의 말을 듣지도 개의치도 않을 텐데 말이에요. 그리고 당신들도 그래요. 우리에게 어떻게 생각하느냐고, 마치 그게 중요하다는 듯 맨날 묻죠. 사실은 우리 생각 따위는 아무 관심도 없으면서. 그저 싸움을 원하니까요. 그냥 우리를 이용해서 방송 시간을 채우려는 것뿐이잖아요. 그게 어떤 결과를 가져오는지 알아요? 우리 모두를 무의미하게 만든다고요. 당신들은 우리 모두를 무의미하게 만들고, 권력자들은 우리를 위한 거다, 민주주의를 위한 거다, 뭐라 뭐라 떠들어 대는데, 퍽도 그러시겠다, 아무도 안 속아요. 자기 잇속을 채우려고 하는 짓일 뿐이니까요. 그자들은 우리를 날마다 더욱 무의미하게 만들어요.

그들은 그녀에게 감사하다고 했다. 그녀의 이름과 직업을 물었다.

브리터니 홀. IRC의 DCO예요.

여성 어시스턴트가 뭐냐고 묻지 않고 받아 적었다. 그녀는 브리트니 스피어스의 브리트니로 적었다. 사람들은 자주 그렇게 부주의하다. 그녀는 전부 다 틀리게 적었다. 브리트니 홀 RC DC라고.

그러므로, 그렇게, 브릿이 누구고 뭘 하는 사람인지는 정말 아무 상관 없었다.

그녀는 출입구를 지나 일터로 가는 기차를 탔다.(그들이 그녀의 시간을 허비한 탓에 앉을 자리가 없었다.)

그녀는 기차에서 내렸다. 역에서 나와서는 공항의 철책 담장들 사이를 지나고 경영진 및 방문객 전용 주차장을 통과했다.

안녕, 산울타리야.

UK IRC의 DCO로 근무한 첫 두 달간 브리티니 홀이 배운 것에는 이런 것들도 있다.

• 프라이버시가 뜻하는 바.(그것은 그녀가 디트가 아님을 뜻했다.)

• 센터에 대한 독립 사찰 공식 보고서가 미치는 영향: 면회실에 새 음수대가 설치되었다.

• 매 순간 이 나라에 감금된 사람들의 수가 3만이라는 것, 그리고 수용소 부지에 억류된 디트의 수가 이

정도인 덕분에 SA4A 직원들이 안정적인 월급을 받고 살 수 있다는 것.

• 디트들이 시차 적응이 안 된 사람들처럼 별관들을 헤매고 다닌다는 것. 수감 기간이 길어질수록 시차 부적응 현상은 심해졌다. 처음에 도착해서는 고향, 종교, 언어 등 공통점이 있는 이들과 사귄다. 그러다 그 관계가 시들어 버리는 것을 보게 되는데, 왜냐하면 이제 그들의 공통점은 똥, 개방된 변소였고, 이곳에 무기한 감금되어 언제 나갈지, 과연 나가기는 할지, 그리고 만일 나간다면 얼마나 빨리 다시 잡혀 돌아올지 알 길이 없었기 때문이다.

• 말을 걸 디트와 무시할 디트를 구분하는 법.

• 누군가의 머리에 헤드록을 건 동료 DCO들과, 혹은 진정시키기 위해 넷쯤 합세하여 한 사람을 깔고 앉아 날씨 이야기를 주고받는 법.

• 별로 생각해 보지 않고 이렇게 말하는 법. 또 시작이군. 여긴 호텔이 아냐. 여기가 그렇게 싫으면 네 나라로 돌아가. 어따 대고 담요를 달래. 마지막 문장을 말하는 자신을 발견한 날 그녀는 끔찍한 일이 일어나고 있음을 알았지만, 이제 끔찍한 일이란 게, 설사 죽음만큼이나 끔찍한

것이라도, 아주 멀게 느껴졌다. 실제로 그녀에게 일어나고 있지 않은 것처럼, 센터의 창에 끼워진, 사실 창처럼 보이게 만들었을 뿐 창이라고 할 수도 없는 퍼스펙스 너머에서 일어나는 것처럼.

감금은 효과적인 이민 시스템을 유지하기 위한 비결입니다

호

무기한 감금되는 사람은 아무도 없고 감금에 대한 정기적 검토를 통해 그 적법성과 적정성이 담보되고 있습니다

호호호

**그러던 중 일어난 일이다.**

10월의 월요일이었다. 브릿은 기차에서 내렸다. 아침나절이었다. 그녀는 오후 근무조였다. 그녀는 계단을 내려가 출입구를 빠져나왔다.

역전 철제 좌석에 학생 하나가 앉아 있었다.

저기요. 아이가 말했다.

나? 브릿이 말했다.

(기차에서 내린 승객들이 제법 많았다.)

뭐 좀 도와주시겠어요? 소녀가 말했다.

브릿은 전화기로 시간을 확인했다.

학교에 있어야 할 나이 아니니? 그녀가 말했다.

그게, 사실 퍽 좋은 질문이네요. 소녀가 말했다.

그러면 대답을 해 보렴. 브릿이 말했다.

그럴게요. 소녀가 말했다. 기회를 봐서요. 그런데 지금은 궁금해요.

궁금하다니, 뭐가? 브릿이 물었다.

DCO가 무슨 뜻인지요. 소녀가 말했다.

뭐? 브릿이 말했다. 오.

(소녀는 브릿의 목줄을 바라보고 있었다.)

그건 내가 유치 관리관이란 뜻이란다. 브릿이 말했다.

D는 뭐의 약자예요? 소녀가 말했다.

수감자(Detainee). 브릿이 말했다.

B는요? 소녀가 말했다.

브릿이 목줄을 손에 쥐어 보여 주었다.

내 이름. 브릿이 말했다.

이름이 그냥 B 한 자예요? 소녀가 말했다. 되게 멋져요. 아주 근사한 생각이에요.

멍청하게 굴지 마. 브릿이 말했다. 당연히 내 이름의

첫 글자잖아.

나도 내 이름 첫 글자로만 이름을 바꿔야겠어요. 소녀가 말했다.

네 이름은 뭔데? 브릿이 말했다.

F요. 소녀가 말했다.

브릿이 웃음을 터뜨렸다.

진짜 이름이 뭐냐고. 그녀가 말했다.

플로렌스요. 소녀가 말했다.

그래, 네가 플로렌스면, 나는 머신이겠네?* 브릿이 말했다.

소녀는 즐거워 보였다. 누군가를 즐겁게 했다는 것에 브릿은 이상한 희열을 느꼈다.

왜 이래. 플로렌스가 이름이면 사람들이 맨날 던지는 농담일 텐데. 브릿이 말했다.

맞아요. 그런데 보통, 네 머신은 어디 있니, 플로렌스, 이런 식이죠. 본인을 내 머신이라고 선언한 사람은 없었어요. 소녀가 말했다.

* 영국의 인디 록 밴드 플로렌스 더 머신(Florence the Machine).

그렇구나, 그런데 사실 나는 정말로 머신이야. 브릿이 말했다. 그리고 지금 머신이란 단어가 네게 말하고 있지, 학교, 라고. 방정식이니 뭐 그딴 걸 열심히 배우고 있어야 하는 거 아니니? 어느 학교에 다녀? 아니, 안 다녀?

소녀는 그 말에도 웃었다. 브릿은 웃고 있는 소녀의 블레이저 위의 문장(紋章)을 읽어 보려고 했다. Vivunt spe. 라틴어. 삶, 살다. 그들은 살고 있다. 그런 거.

소녀는 주머니에서 뭔가를 꺼내 브릿에게 건네주었다. 브릿은 소녀 옆 철제 좌석에 앉았다.

그것은 엽서였다. 여러 해 전에 보낸 것 같은, 암석이 많은 얕은 강, 그리고 나무들이 찍힌 오래된 사진 엽서. 사진 속에서는 세 명의 아이가 담청색 강물 속에서 제법 멀리 헤엄치고 있었다. 담청색은 화질을 향상시킨 가짜였다. 실제 물은 그렇게 푸를 리가 없었다. 초록도 더 푸르게 조작한 것일지 모른다. 하지만 화창한 날이었다. 엷은 파란색 하늘에는 구름 한 점이 걸려 있었고 크고 작은 산들이 멀리 보였고 몇 그루 나무와 돌 들로 이뤄진 강둑이 있었으며 그 뒤로는 온통 풀밭이었다. 엽서 하단에는 "킹유시·기나크(Gynack)강과 골프 코스

5359W"라고 쓰여 있었다. 그게 골프 코스였음을 깨닫자 멀리 아주 작은 사람들이 셋 보이는데, 아마 골퍼들인 듯했다.

응. 브릿이 말했다. 누구한테 온 거야? 뒤에 읽어 봐도 돼? 혹시 비밀?

마하. 소녀가 말했다.

마하? 그게 무슨 뜻이야? 브릿이 말했다.

마음대로 하세요, 의 줄임말이에요. 소녀가 말했다.

고그. 브릿이 말했다.

고그는 무슨 뜻이에요? 소녀가 말했다.

고맙다, 그럴게. 브릿이 말했다.

우리, 말이 통하는데요. 소녀가 말했다.

과연 오래된 엽서였다. 수십 년 전, 브릿이 태어나기 십 년쯤 전 소인이 찍혀 있었다.

86년 4월 16일 오후 5:30 인버네스 '칼레도니아 만세' 제품 친애하는 사이먼 우리는 토요일 밤 5·30에 킹유시에 도착했단다 아주 즐거운 여행이었다. 이곳 날씨는 해도 많이 나고 아주 따뜻하다 오늘 월요일 나는 오후에 버스를 타고 인버

네스에 가서 로흐 네스*를 볼 예정이란다 이만 줄인다. 데스먼드 삼촌이

그녀는 그걸 소녀에게 돌려주었다.

그래서? 그녀가 말했다.

엽서에 나오는 이곳이 정확히 어디 있어요? 소녀가 말했다.

이름이 거기 딱 나오잖아. 브릿이 말했다.

이 나라의 어디에 있는데요? 소녀가 말했다.

찾아봐. 브릿이 말했다. 전화기나 컴퓨터로 검색해 봐. 지금 학교에 있었다면 아주 쉽게 할 수 있었잖니.

컴퓨터를 쓰고 싶지 않다면요? 소녀가 말했다.

이유는? 브릿이 말했다.

그냥 쓰기 싫어요. 소녀가 말했다.

이유는? 브릿이 말했다.

아무 흔적도 남기지 않고 여행하고 싶어요. 소녀가 말했다.

---

* 네스호(湖).

이유는? 브릿이 말했다.

그래요. 소녀가 말했다. 그냥 그래서요.

대체 그럴 이유가 뭔데? 브릿이 말했다.

아시면서. 소녀가 말했다. 머신이잖아요. 그런데, 어떻게 거기 갈 수 있죠? 그러니까, 정말로요. 이 나라에 있나요?

부모님께 여쭤봐야 할걸. 브릿이 말했다.

이렇게 가정해 보자고요. 그냥 가정만 하자고요. 소녀가 말했다. 아무에게도 물어보고 싶지 않다고.

왜? 브릿이 말했다.

언니만 빼고요. 소녀가 말했다.

넌 지금 머신한테 물어보고 있어. 브릿이 말했다.

아니에요. 언니에게 물어보는 거예요. 소녀가 말했다. 어떻게 해야 좋을까요?

음, 스코틀랜드에 있어. 브릿이 말했다.

그래요? 소녀가 말했다. 와!

응. 브릿이 말했다.(99.99퍼센트 확실하다. 이름이 너무 괴상해서 처음에는 데번이나 아니면 요크셔라고 생각했다. 하지만 뒷면에 로흐 네스라고 쓰여 있었다. 로흐 네스는 분명히 스코틀랜드였다.)

어디쯤이에요, 그러니까 여기서 가면? 소녀가 말했다. 뭐, 스코틀랜드가 어딘지는 알아요. 하지만 스코틀랜드 어디예요? 여길 가려면 어떻게 해야 돼요?

비행기나 기차를 탈 수도 있겠지만 아마 버스가 가장 쌀 거야. 브릿이 말했다. 그리고 차표를 사려면 아마도 어른이 있어야 될 테고. 돈을 좀 쓸 각오가 되어 있다면 여기서 비교적 가까운 데서 비행기를 탈 수도 있겠지. 가려는 곳이 바로 이 강인 거야? 그렇겠지. 알았어. 너 골프 좀 치는 모양이구나. 전국 방방곡곡의 골프코스를 다 돌며 라운드를 하는 건가 보네. 골퍼라면 내가 한눈에 척 알아보지.

소녀가 그녀 옆에서 자지러지게 웃었다.

버디는 어때? 아니, 이글 말이야. 보기는 또 어떻고? 브릿이 말했다.

다 괜찮아요. 고마워요. 소녀가 말했다.

그 요상한 이름의 강 속으로 공을 쳐 넣지 않도록 조심해야 할 거야. 브릿이 말했다. 다시 좀 보여 줘 봐. 기나크. 약간 의학 용어 같은걸. 데스먼드 삼촌은 또 뭐야? 골퍼니? 사이먼은? 차는 있대? 그 사람들이 널 거기까지 태워 줄 수도 있지 않을까?

나는 그 사람들 몰라요. 소녀가 말했다. 무관한 사람들 같아요.

무관하다고? 무관한 사람이란 없어. 브릿이 말했다.

그 말 책임져야 할 거예요. 소녀가 말했다. 그러니까 내 말은, 그 엽서는 그냥 보기일 뿐이고, 거기서 취할 것은 내가 가야 할 장소의 이름뿐이라고 생각한다는 뜻이에요.

그러면 누가 네게 그 엽서를 보낸 거야? 브릿이 말했다. 그 사람들이 너를 데려다 줄 수 있을까? 너희 가족은 어때?

차로 태워다 줄 가족이 없는 사람이라면요? 소녀가 말했다.

그게 무슨 말이야, 가족이 없다니? 브릿이 말했다.

차 있어요? 소녀가 말했다.

차가 있으면 날마다 기차 타고 출근하겠니? 브릿이 말했다.

환경을 걱정하면 그럴 수도 있죠 뭐. 소녀가 말했다.

여기까지 태워 줄 수 있겠어요?

너를 돌봐 주는 분들이 널 태워다 줘야지, 모르는 사람이 아니라. 브릿이 말했다. 낯선 사람에게 여기저기 태워다 달라고 부탁해선 안 돼. 지금은 21세기이고 낯선 사람이 어느 때보다 위험한 시기야. 우리가 이렇게 위험했던 적은 없었어. 누가 너를 돌봐 주시니?

위탁 가족(foster family)이요. 소녀가 말했다.

그래 그 포스터가(Foster family)는 어디 사는데? 브릿이 말했다.

잠시 후 그녀가 말했다. 오, 위탁 가족.

여길 꼭 가야 해요. 소녀가 말했다. 긴급해요. 최대한 빨리요.

네 위탁 가족이 데려다 줄 거야. 브릿이 말했다.

소녀가 고개를 저었다.

왜 그렇게 거길 가고 싶은 건데? 브릿이 말했다. 거기 무슨 일이 생겼어? 그렇게 다급할 것 같진 않은데. 삼십 년도 더 전에 발송된 엽서잖아, 하하.

기차로 거길 가려면요. 소녀가 말했다. 런던 어느 역에서 출발해야 되나요?

너희 위탁모에게 물어봐. 전화기로 찾아봐 달라고 해 봐. 브릿이 말했다.

언니가 언니 전화기로 찾아봐 주면 안 돼요? 소녀가 말했다.

음. 브릿이 말했다. 이럼 어떨까. 내가 그래 준다면 너도 내 부탁 들어줄 수 있어?

그럴지도 모르죠. 소녀가 말했다.

좋았어. 브릿이 말했다. 아니, 뭐 그보다 나은 조건은 못 얻을 것 같으니.

그녀가 전화기를 꺼냈다. 직장에 얼마나 늦었는지 보였다. 하지만 그냥 그 지명을 입력한 다음 검색 결과를 소녀에게 보여 주었다.

매일 여기서 직행 열차가 있네. 브릿이 말했다. 아니면, 요기, 요기로 먼저 가서…… 이게 뭐라고?

그녀는 에든버러라는 낱말에 손가락을 얹어 소녀에게 보여 주었다.

어디 수도? 브릿이 말했다.

머신들은 다 이렇게 생색이 심한가요? 소녀가 말했다.

네 머신의 성격은 이래. 브릿이 말했다. 그러고 보니

생각나네. 나 직업 있어. 좋아, 거기로 가서, 거기로 가는 기차로 갈아타는 거야.

오늘 가면. 소녀가 말했다. 오늘 도착할 수 있어요?

오늘 가면, 음, 모르겠는데. 브릿이 말했다. 아마 아닐 듯. 기차로는 안 될 것 같아. 비행기라면, 예스. 북쪽으로 꽤 멀어.

오.

소녀가 실망한 얼굴이다.

어느 정도는 하루에 가고 나머지는 다음 날 마무리해야 될 것 같아. 브릿이 말했다. 하지만 이런 이야기로 가출 방조 행위를 하면 안 되지. 너 집 나와 도망치는 거면 안 된다.

나는 어떤 것으로부터도 도망치는 성격이 아니에요. 소녀가 말했다.

그래. 그럼 좋았어. 브릿이 말했다. 너 나한테 빚 있다.

빚이라뇨? 소녀가 말했다.

난 네 부탁을 들어줬어. 브릿이 말했다. 그럼 너도 내 부탁을 들어주겠다 약속했잖아.

그럴 수도 있다고 했는데. 소녀가 말했다.

약속해. 브릿이 말했다. 널 돌봐 주시는 분들에게 전화해서 네가 지금 어디 있고 뭘 하려고 생각 중인지 알려 드리겠다고.

못 해요. 소녀가 말했다.

왜? 브릿이 말했다.

전화기가 없거든요. 소녀가 말했다.

소녀는 벌써 일어나 역을 향해 뛰고 있었다.

그분들 이름이랑 전화번호 줘. 내가 알려 드릴게. 브릿이 소녀에게 외쳤다. 아니면 학교 이름, 최소한 그거라도.

얼른 와요! 소녀가 말했다. 빨리요. 기차 놓치겠어요.

난 너랑 아무 데도 못 가. 브릿이 말했다.

그녀는 소녀가 출입구를 관리하는 남자에게 차표가 없다고 말하는 것을 들었다. 그런데도 남자는 출입구를 열어 주었다. 그녀는 소녀가 짤막하게 고맙다고 하는 말을 들었다. 그녀는 전화기를 다시 꺼냈다. 무슨 번호를 눌러야 되지? 누구에게 전화해야 되지? 999?* 소방서? 경찰서? 구급차?

---

* 경찰이 즉시 출동할 것을 요청하는 전화번호.

전화기 화면에서 눈을 떼고 고개를 들었을 때 소녀는 플랫폼 쪽으로 사라지고 없었다.

그녀는 고개를 흔들었다. 몸을 돌려 일터 쪽으로 향했다.

그녀는 공항 길을 삼 분 걸은 후 걸음을 멈추었다. 발길을 돌렸다.

그녀는 역까지 뛰어 돌아갔다. 폐쇄된 출입구에 섰다.

어서 들여보내 주세요, 빨리요. 그녀는 출입구 관리 직원에게 외쳤다.

남자가 다가왔다.

차표는요? 그가 말했다.

그냥 선생님이 방금 전에 들여보낸 아이를 따라잡고 싶어서 그래요. 그녀가 말했다.

유효한 차표가 있어야 돼요. 남자가 말했다.

**사실 아직 오늘이었던 아주 오래전 아침**, 브릿은 출근길이었다. 그런데 지금, 영국 지도의 북쪽으로 질주 중인 기차 위 그녀 맞은편에는 소녀 플로렌스가 보이지 않는 삶에 대해 이야기하고 있다. 그것은 여기…….

소녀는 둘 사이에 놓인 테이블 위 물병 하나에서 새나오는 물을 가리킨다.

……그렇게 해서 그는 최초의 현미경에 대한 착상을 얻었어요. 그녀가 말한다. 그는 천을 만드는 사람이었고, 천의 원료가 되는 실을 아주 자세히 들여다보고 싶었대요.

그래서 모래를 갈아 유리 만드는 법을 터득했다고 해요.

설마. 정말이야? 브릿이 말했다.

네, 정말이에요. 소녀가 말했다. 모래를 갈아 이례적으로 작으면서도 사물을 수백 수천 배 확대해서 볼 수 있는 강력한 렌즈를 만든 거예요.

이례적으로. 브릿이 말했다.

그리고 그는 렌즈를 눈에 대 줄 수 있는 목재 도구를 발명했어요. 소녀가 말했다. 그게 크기가 겨우 요만한데요, 왜냐하면 렌즈가 엄청 작으니까요, 그런데 그렇게 작은 렌즈지만 인간의 눈이 그걸 통해 볼 수 있었을 뿐 아니라 작은 사물들을 커다랗게 지각할 수 있었던 거예요.

지각. 브릿이 말했다. 거창한 단어로군.

일반적으로 세상을 더 작게가 아니라 더 크게 만드는 게 좋은 일이라고 엄마는 늘 말해요. 소녀가 말한다. 그 네덜란드인은 생각했어요. 좋았어, 이제 온갖 사물들을 아주 자세히 볼 수 있어. 그러다 1670년의 어느 날 점심을 먹는데 음식에 후추가 뿌려져 있는 것을 보고 생각했대요. 내 렌즈를 통해 후추 한 알갱이를 본다면 틀림없이 날카롭게 각이 져 있거나 고슴도치처럼 바늘이 잔뜩

돋쳐 있을 거야. 혀 위의 느낌이 그렇잖아, 마치 보이지 않는 뾰족한 막대들로 콕콕 찌르듯. 그래서 후추 몇 알갱이를 한 달간 물에 담가 놓은 다음 육안에 비해 200배 더 자세히 보이는 렌즈를 통해 그 후추 담근 물을 들여다보았대요. 그러자 분자(molecule)라는 단어하고 비슷하게 그가 원생동물(animalcule)이라 부른 수많은 작은 것들이 물속에서 헤엄치고 있는 게 보였대요. 그래서 이번에는 후추를 넣지 않은 물을 들여다봤는데 역시 원생동물들이 있었고, 그러니까 그것들은 후추로 인해 생겨난 것이 아니었던 거죠.

그는 정말 아주 멋진 다른 일도 했어요. 렌즈를 사용하여 잠자리의 눈을 통해 본 건데요. 잠자리 눈을 절개했대요, 이미 죽은 잠자리를요…….

그걸 어떻게 확신하지? 브릿이 말한다.

……까다롭게 굴지 마세요. 그는 잠자리 눈 조각을 렌즈에 붙였어요. 그리고 창가로 가 렌즈와 잠자리 눈 조각을 통해 바깥 거리를 내려다봤죠. 그러자 무슨 특수 효과 앱을 쓴 것처럼 똑같은 동네 풍경이 여러 다른 각도에서 반복되며 차원을 형성하더래요. 그 덕분에 이제 우

리도 특정한 곤충들이 무엇을 어떻게 보는지 알게 된 거예요.

자기 이에 붙은 박테리아와 빗물, 커피콩의 기름과 개구리 알도 관찰했어요. 그래서 우리는 미생물은 뭐고 세포는 뭔지 알게 됐고 인간이 육안으로 볼 수 있는 건 실제의 극히 일부뿐이라는 걸 이해하게 됐어요. 그리고 이게…….

(테이블에 흘린 물)

……우리가 볼 수 없는 삶의 전체라는 것도요. 우리 눈에 안 보인다고 존재하지 않는 건 아니라는 것을요. 사실은 정말, 정말 존재하니까. 그리고 이를테면 솔잎을, 한 그루의 소나무에서 자라난 수백만의 솔잎 중 하나를 잘라 내어 그 작은 조각을 확대해서 구조를 아주 자세히 살펴보면 그림이나 스테인드글라스나 고대 로마 시대의 모자이크나 나비의 날개처럼 보여요. 세포 조직도 볼 수 있고, 그래서 솔잎들이 겨울철에 햇빛을 양분으로 바꿀 수 있게, 더운 여름철에는 습기를 충분히 보존할 수 있게 정말 영리하게 설계되어 있다는 것을 알 수 있어요. 그렇게 항상 초록색을 유지한다는 것을요.

기본적인 생물학이었다. 브릿도 이미 알거나 또는 전에는 알았다가 학교 졸업 후 그런 걸 모른다고 낙제하지 않게 되면서 잊어버린 것들. 하지만 브릿은 구름 틈새로 살짝 비치는 희미한 오후 햇빛이 전신주들 사이로 드럼 비트처럼 차창을 때리고 희롱하듯 자신을 어루만지는 가운데 앉아 소녀의 말을 듣고 있다.

사실을 말하자면, 그녀는 지금껏 지상에서 살아온 모든 주들을 다 뒤져 월요일들만 추려 낸다고 해도 지금 이보다 더 행복한 월요일 오후는 없었다고 100퍼센트 자신할 수 있다.

그녀는 아무 관련이 없는 아이와 함께 기차를 타고 도대체 어딘지도 왜 가는지도 모를 곳으로 가고 있다.

그녀는 월급을 받기 위해 무기한 감금된 인간들을 감시하는 일터에 있지 않다…….

왜냐하면 본다는 것은 이해의 시작일 따름이니까요. 어떤 이해가 됐건 그 표면, 맨 바깥층에 불과하니까요. 소녀가 말한다.

……그리고 브릿이 셀(cell)이란 단어에 하나 이상의 의미가 있다는 걸 기억하게끔 스스로에게 허용한 것도

참 오랜만이다.* 그것들로 가득한 건물에서 일한다는 것은, 생각해 보면 참 이상한 일이다.

그녀는 킹스크로스에서 에든버러행 기차 뒤칸에 올라 아이를 찾아 여러 객실을 거슬러 올라왔다. 다섯 번째 객실에서야 블레이저 밑으로 셔츠 소매를 걷어 올린 채 테이블이 갖춰진 좌석에 혼자 앉은 소녀를 발견했다.

기차는 교외와 전원으로 진입했고, 브릿은 승객들의 짐으로 가려진 객차 사이 공간에 서서 문 유리 너머로 소녀를 지켜보며 손에 쥔 전화기에 직장 번호를 찍었다.

발신 버튼을 눌렀다. 응대원이 전화를 받았다. 그녀는 구석으로 물러나 스텔을 바꿔 달라고 했다.

스텔의 사무실 자동 응답기가 연결됐다. 메시지를 남기면 사무실 누구나 들을 수 있을 것이었다.

그래서 그냥 끊고 스텔의 휴대 전화로 전화를 걸었더니 역시 음성 녹음으로 넘어갔다. 안녕, 스텔. 그녀가 말했다. 나 브릿 홀이야. 저기, 내가 지금 그 소녀랑 기차를 타고 있어. 저번 달에 청소를 시켰던 그 소녀 알지? 그

* cell에는 '세포', '감방'의 의미가 있다.

아이인 것 같아. 거의 확실해. 그래서 이 기차에 같이 타고 있는데, 여기서도 지금 보여, 그런데, 음, 내가…….

그녀는 전화기를 얼굴에서 멀찍이 떨어뜨렸다.

그 몇 초간 기차 소음이 스텔의 전화기에 녹음될 것이었다.

그녀는 1번을 눌렀다.

음성 녹음 안내가 녹음을 다시 하려면 2번을 누르라고 했다. 2번을 눌렀다. 그녀는 전화기를 허공에 들고 자신의 목소리 너머로 그 공기가 녹음되게 했다.

그녀는 전화기를 외투 주머니에 넣고 자동문이 열릴 만한 거리로 다가섰다.

소녀는 앞에 펼쳐 놓은 학교 노트에서 눈길을 들어 올렸다.

언니 자리 잡아 놨어요. 소녀가 말했다. 그뿐이 아니에요.

소녀는 방금까지 계속 대화 중이었던 듯이, 지난 두 시간 동안 서로 다른 기차를 타고 런던을 종단하던 것이 아니었다는 듯이 그렇게 말했다.

핵폭탄 다섯 개가 전 세계 어디서든 폭발하는 위

력이면요. 소녀가 말했다. 지구는 영원히 핵가을(nuclear autumn)에 사로잡히고 더 이상 사계절이 없을 거래요.

그런 쓰레기 망상은 누구한테 배웠니? 브릿이 말했다.

쓰레기 아니에요. 미래에 대한 선의의 경고예요. 소녀가 말했다. 바닷물의 수온이 얼마나 올라갔는지 몰라요? 모르면 인터넷에서 찾아봐요. 검색하면 그냥 뜨니까. 나의 미래만이 아니라 언니의 미래이기도 해요.

인터넷 안 좋아하는 줄 알았는데. 브릿이 말했다.

현명한 쪽으로만 써요. 소녀가 말했다.

대체 누가 죽어서 너를 새로운 소크라테스로 만들어 준 거라니? 브릿이 말했다.

고전을 갖다 붙이자면 새로운 카산드라가 낫지 않아요? 소녀가 말했다.

뭐 한똑똑 한다 그거지. 브릿이 말했다.

그러면 좋겠어요. 소녀가 말했다. 충분히 똑똑하다면. 언니도 그러면 좋겠고요.

오, 고맙지만 나도 제법 똑똑하단다. 브릿이 말했다.

총명한 머신이시네요. 소녀가 말했다.

당연하지. 소녀가 맡아 놓은 자리에 앉으며 브릿이

말했다.

테이블 위에 흘린 물에 생명이 가득하다는 소녀의 말을 듣고 중앙 통로 건너편 테이블 좌석에 앉은 여자가 충격을 받은 얼굴이다.

기차 안 그들 주변의 사람들은 모두 화면을 보고 있다. 귀나 코에 대고 있거나 무릎 위에 놓고 있기도 했다.

그 대신 그녀와 소녀는 소녀가 럭키 13이라 부르는 게임을 하며 한동안을 보냈다.

어떤 게임이냐면, 내가 열세 개의 질문을 던지고 둘이서 함께 대답하는 거예요. 알겠죠? 소녀가 말했다.

알았어. 브릿이 말했다.

가장 좋아하는 색깔, 노래, 음식, 음료, 옷 혹은 액세서리 혹은 신발, 장소, 계절, 요일은 무엇인가요? 동물이라면 어떤 동물이 되고 싶어요? 새라면 어떤 새? 곤충이라면 어떤 곤충? 정말 잘하는 한 가지는? 가장 원하는 죽음의 방식은요?

오, 마지막 그거는 되게 우울한 질문이네. 브릿이 말했다. 누가 발명한 게임이니?

내가요. 소녀가 말했다. 그리고 마지막 질문이야말

로 게임 이름에 럭키가 들어간 이유예요.

좋아하는 죽음의 방식이 있다는 게 어떻게 럭키하냐? 브릿이 말했다.

선택의 가능성을 논할 수 있다는 것만으로도 럭키하다는 걸 모른다면. 소녀가 말했다. 내가 할 수 있는 말이란 언니는 정말, 정말 럭키하다는 것뿐이에요.

소녀의 답은 이러했다.

좋아하는 색깔은 청록색.

좋아하는 노래 두 곡은 노 네임의 「셀프」(브릿은 노 네임이라는 가수를 못 들어 봤지만 사실 요즘 음악에 신경 쓸 시간이 없는 편이었다.), 그리고 니나 누군가(Nina someone)의 「우 차일드」.*(브릿은 이 가수의 이름도 몰랐다.)

좋아하는 음식은 피자.

좋아하는 음료는 아침 식사 시간의 오렌지 주스.

좋아하는 옷 혹은 액세서리 혹은 신발은 올해 생일날 받은 꽃이 수놓인 청바지.

---

* 각각 노네임(Noname)과 니나 시몬(Nina Simone)이 맞다.

좋아하는 장소는 집.

좋아하는 계절은 봄.

좋아하는 요일은 금요일.

만일 동물이라면 분홍 요정 아르마딜로가 되고 싶다.(그런 게 있는 모양이다.)

만일 새라면 12월 한밤에 노래하는 울새가 되고 싶다.

만일 곤충이라면 잠자리가 되고 싶은데, 왜냐하면 그들의 눈에 대해 알고 있으니까.

끝에서 두 번째 질문은 함정이라고, 소녀가 말한다. 왜냐하면 대부분의 사람들은 잘하는 게 하나뿐이지 않고, 그래서 이 대목에서 생각들이 많아진다는 것이다.

그리고 무엇보다, 사랑하는 사람들보다 먼저 죽고 싶다, 그들을 그리워하지 않아도 되게.

건너편의 여자가 작은 손톱깎이로 손톱을 깎기 시작한다. 기차가 개인 침실이나 욕실쯤 된다는 듯.

다른 누구는 기차가 개인 사무실인 양 몹시 큰 소리로 통화한다.

소녀는 브릿이 자리에 앉을 때 읽던 노트를 뒤적인

다. 표지에 핫 에어(Hot Air)라고 대문자로, 사인펜으로 쓰여 있다. 지리 숙제나 과학 숙제일까? 대류(對流)를 말하는 거겠지.* 소녀는 노트에 뭔가를 적으며 옛날 민요를 흥얼거리고 있다. 브릿은 좌석 등받이에 기대어 눈을 감고 손톱 깎는 소리, 남자의 통화 소리 그리고 그 아래로 흐르는, 소녀가 옛 노래를 부르는 소리를 듣는다. 정원에서 꺾어 온 장미들이 싱싱해요, 오 나를 속이지 말아요, 오 나를 떠나지 말아요.** 아직도 학교에서 옛날 노래들을 가르치나? 기만에 관한 노래인데도 무척이나 즐겁게 들린다. 부르는 사람이 속아 본 적 없는 소녀라 그렇겠지. 그녀는 생각한다.

하지만, 분홍 요정 아르마딜로는?

잠자리는?

12월에 노래하는 새는?

그 고약한 울위치의 매음굴에 걸어 들어갔다는, 그리고 털끝 하나 다치지 않고 걸어 나왔다는 그 아이일

---

* 핫 에어는 문자 그대로는 '뜨거운 공기', '열기'를 뜻하지만 '허풍', '헛소리'라는 뜻도 있다.

** 영국 민요 「어느 날 이른 아침(Early One Morning)」.

리가 없다.

네게 주는 내 럭키 13의 첫 번째 질문이야. 브릿이 말한다. 자, 질문 1. 가족에 대해 얘기해 봐.

안 돼요. 소녀가 말한다. 다음 질문으로 넘어가요.

너희 엄마. 브릿이 말한다. 엄마에 대해 얘기 좀 해 봐. 아니면 아빠라도.

그건 사생활이에요. 소녀가 말한다. 하지만 그것과 아무 관계 없는 다른 얘기는 해 줄 수 있어요.

그게 뭔데? 브릿이 말한다.

킹스크로스행 막차에서 어떤 남자아이가 친구들하고 내 맞은편에 앉았었는데 전화기를 보면서 이모지(emoji)들을 소리 내어 읽더라고요, 이렇게.

사랑하트 사랑하트 사랑하트.

사랑하트 사랑하트.

사랑하트.

사랑하트.

그럼, 다음 질문. 브릿이 말한다. 남자 친구 있어?

사생활 사생활 사생활. 소녀가 말한다. 사생활 사생활. 사생활. 사생활. 언니는요?

어쩌면. 브릿이 말한다. 남자 형제나 여자 형제는?

그것도 사생활이에요. 소녀가 말한다. 언니는요?

난 무남독녀야. 브릿이 말한다. 너희 엄마가 말했다는, 그 크고 작고 그거, 정말 유익해. 정말 좋은 말씀이지. 너희 엄마가 삶에 대해 해 준 다른 좋은 얘기를 해 봐.

또, 또. 소녀가 말한다.

야, 내 가족 얘기도 사생활이잖아. 브릿이 말한다. 네가 네 삶에 대해 조금도 이야기를 안 해 주고 또 내 삶은 어떤지 맞장구를 쳐 주고 하지 않고 어떻게 우리가 친구가 될 수 있니?

머신하고 친구 맺어요? 소녀가 말한다. 안 되죠. 위험해요.

잠깐, 좋은 생각이 있어. 브릿이 말한다. 이럼 어떨까. 내가 우리 가족 누군가에 대해 이야기를 하나 하면, 너도 네 가족 누군가에 대해 이야기하는 거야. 우리 엄마가 왜 내 이름을 브리터니로 지었는지 말해 줄게.

지명처럼 브리터니예요? 소녀가 말한다.

응. 브릿이 말한다. 하지만 다들 브릿이라고 불러.

내 이름도 지명이에요. 소녀가 말한다. 이탈리아의

도시. 언니는 사실 하나뿐이 아니겠는데요. 두 개나 마찬가지예요. 영국(Britain)과 브리터니(Brittany).

그건 음, 우리 엄마가, 정말 웃기지, 거짓말 아니고, 지리 교과서이기 때문이야. 브릿이 말한다. 웃지 마. 사실이야. 엄마는 인생 초창기 대부분을 학교 벽장에서 살았어. 벽장이 열리길 기다리며 한참을 보냈지. 자신이 얼른 펼쳐져, 자신이 해 줄 말을 좋아할, 자신이 갖고 있는 세상에 대한 모든 사실들에서 뭔가를 배울 누군가에게 읽히기를 바랐어. 엄마는 지명들과 국가, 도시의 좌표들로 가득한 지도들, 나무며 구름의 형성 같은 것들이 차고 넘쳤어. 강, 계곡, 산, 평원, 바다, 침식 뭐 그런 것들에 대한 온갖 사실과 수치 들로 터질 지경이었지.

그럼 이젠 지리책이 아니세요? 소녀가 말한다.

브릿은 지금 집에 있을 엄마를 떠올린다.

이십사 시간 뉴스 채널. 대체 무슨 일이 터지려고 이러는 건지.

이제 은퇴하셨어. 그녀가 말한다. 엄마는, 음, 교과서들이 그러듯 좀 낡으셨어.

안타까운 이야기네요. 소녀가 말한다. 언니 이야기

는 좀 비극이에요.

그렇지. 브릿이 말한다.

이렇게 말하는데, 엄마에 대한 자신의 말도 안 되는 이야기에 감동한 나머지 눈물을 참기가 힘들다.

그녀는 눈을 크게 뜨고 눈물을 삼킨다.

그리고 약간 수치심을 느낀다. 그녀의 어머니라니, 실없는 이야기다. 느끼는 감정이 얼굴과 목의 색깔 변화로 고스란히 드러나는 어머니. 사실 짜증 날 만한 일이 아님을 알면서도, 그녀의 딸이어서 브릿에게는 짜증이 나는 버릇들을 가진 어머니.

누군가의 친절한 손안에 펼쳐진 책으로서의 어머니를 생각하기만 해도 브릿은 울고 싶다.

언니 어머니는 그런데 어떻게 벽장에서 나오셨대요? 소녀가 말한다. 또 어떻게 책이 아기를 낳아요? 어떻게 책이 언니를 낳았어요? 왜 언니는 책이 아닌 거예요? 아버지는요? 언니네 아버지도 지리책이셨어요? 아니면 다른 책? 역사책? 수학책? 시집? 그럼 언니는 뭐가 돼요?

안 돼, 이제 네 차례야. 브릿이 말한다. 누군가에 대한 이야기를 해 봐. 엄마 얘기 어때? 내가 우리 엄마 얘기를 해 줬으니까. 딱히 너희 엄마가 아니어도 돼. 그냥 아무 엄마여도 돼.

소녀는 고개를 흔든다.

내 이야기는 바다에서 사라졌어요. 소녀가 말한다. 끝.

엄마가? 브릿이 말한다.

소녀가 슬픈 눈으로 그녀를 바라본다.

아빠는? 브릿이 말한다.

소녀가 슬픈 눈으로 그녀를 바라본다.

어머, 끔찍해라. 브릿이 말한다.

소녀가 슬픈 눈으로 그녀를 바라본다.

사실이야? 브릿이 말한다.

언니가 내게 듣고 싶은 말에는 부합하죠.* 소녀가 말한다. 하지만 진짜 이야기는요, 언니에게 하나도 안 할 거예요. 언니는 자신의 선입관이 빚은 따뜻한 멀티스크린 영화관에서 콜라 컵을 넣을 수 있게 컵 홀더가 달린 신체 공학 플라스틱 안락의자에 파묻혀 원하는 만큼 원하는 상상이나 하세요.

---

* true에는 '사실'이라는 '(뜻과 무엇에) 맞다', '부합하다'는 뜻이 함께 있다.

와. 브릿이 말한다. 너 정말 심하구나. 그런 말버릇은 어디서 배웠니?

다시 언니 차례예요. 소녀가 말한다. 해 봐요. 내 선입관을 놀라게 해 보세요.

그래, 하지만 네 이야기는 너무 짧았어. 브릿이 말한다.

짧은 이야기예요. 소녀가 말한다.

잠시 후 브릿과 소녀는 어느 부부와 아이들이 함께 앉을 수 있게 2인용 좌석으로 옮긴다. 그 가족이 뉴캐슬에서 내리자 기차는 다시 조용해진다. 검표원이 다가와 이번에는 벌금을 매기지 않을 테니 다시는 그러지 말라고 이른다. 그는 어디서 탔는지 그녀에게 물은 뒤 신용카드로 벌금이 붙지 않은 값에 차표를 사게 해 주고는 미소를 띠고 지나간다.

소녀에게는 차표를 보자거나 누가 지불할 건지 묻기는커녕 쳐다보지도 않는다.

검표원 뒤로 문이 휙 닫히는 소리를 듣고 브릿은 소녀를 향해 눈썹을 추어올린다.

아주 노련한데, 플로렌스. 그녀가 말한다.

난 아무 짓도 안 했는 걸요. 소녀가 말한다.

차표가 있긴 하니? 브릿이 말한다.

어떤 때 나는 안 보여요. 소녀가 말한다. 어떤 가게나 식당, 차표 사는 줄이나 슈퍼마켓, 심지어 역 같은 데서 정보를 물어보며 크게 말을 하고 있는데도 그래요. 사람들이 그냥 날 건너뛰고 바라보거든요. 특히 백인들 중 어린 사람들, 그리고 흑인이나 혼혈인들은 마치 거기 없다는 듯 건너뛰고 바라보는 사람들이 있어요.

지난달 내 상사 사무실에 들어간 것도 그렇게였겠구나. 브릿이 말한다.

둘이 같은 방향을 바라보고 있으니 이야기를 꺼내기가 이상하게 수월하다. 소녀가 맞은편에 앉아 있을 때는 왠지 물어볼 수 없었다. 그런데 서로 마주 보지 않아도 되자, 둘 다 앞을 바라보고 있게 되자 단도직입적으로 물을 수 있다.

너였지?

소녀는 또 옛날 노래를, 이번에는 「물푸레나무 숲」으로 곡을 바꾸어 흥얼거리고 노트를 휙휙 넘겨 가며 창밖을 바라본다.

그래서 접수계랑 정밀 검색대까지 통과할 수 있었던 거야. 브릿이 말한다. 인간의 힘으로는 불가능한 게 맞거든. 근데 이제 알겠어. 너는 눈에 보이지 않았던 거야.

소녀는 창밖을 바라본다.

내가 알고 싶은 건 이거야. 브릿이 말한다. 우리 모두는 이게 알고 싶어. 그러니까 내 직장 동료들 말이야. 우리도 그에게 하고 싶은 말이 아주 많거든. 하지만 기회가 좀체 없어. 너는 뭐라고 했니?

소녀는 브릿에게서 고개를 돌린 채로다. 아무 말도 하지 않는다.

글쎄, 너도 아는지 모르겠다만. 브릿이 말한다. 네가 그에게 뭐라고 했건, 결론은 센터가 말끔히 청소됐다는 거야. 그날 저녁 청소 업체를 들여와 변기 스팀 청소를 했어. 그날, 그렇게 청소를 하고 나서, 정말 대단했어. 내 친구 토킬이 그러는데 센터에 그런 날이 딱 한 번 더 있었대. 사람들이 다, 직원들 포함해서 그렇게, 음, 말이 떠오르지 않네.

깨끗했던 날이. 소녀가 말한다.

그래. 브릿이 말한다.

그게 그들이 한 전부군요. 소녀는 고개를 돌리지도 않고 말한다. 변기 청소를 한 거요.

소녀는 질문 같지 않게 말한다. 하지만 브릿은 시스템을 따돌린 그 소녀와 지금 함께 기차를 타고 있음을 99.99퍼센트 확신한다.

그녀는 침착하게 군다. 화제를 바꾼다. 소녀가 들고 있는 학교 노트를 손가락으로 톡톡 친다.

핫 에어. 브릿이 말한다. 교과목?

그렇지는 않아요. 소녀가 말한다. 우리…… 내가 아는 사람이 줬어요. 무슨 생각이든 떠오르면 적으라고요.

소녀는 노트 안쪽 첫 페이지를 일 초도 채 안 되게 브릿에게 보여 준다. 맨 위에 너의 핫 에어 북이라고 밑줄 친 글자 아래 '나의 딸아 솟아오르렴'이란 글자가 쓰여 있었고 그 아래 몇 줄의 글이 더 보인다.

조금 더 천천히 봐도 되니? 브릿이 말한다.

안 돼요. 소녀가 말한다.

또 뭐가 적혀 있어? 브릿이 말한다.

핫 에어요. 소녀가 말한다. 사적인 핫 에어요.

곧 버윅어폰트위드라는 곳에 도착한다는 안내 방송

이 나온다.

스코틀랜드도 금방이네. 브릿이 말한다.

하지만 여권이 없어요. 소녀가 말한다.

여권은 필요 없어. 브릿이 말한다. 이 국경에서는. 적어도, 아직 그래.

아직 그렇다니 무슨 뜻이에요? 소녀가 말한다.

음, 스코틀랜드하고 잉글랜드 말이야. 브릿이 말한다. 말할 필요도 없지.

뭐가요? 소녀가 말한다.

서로 다른 나라라는 거. 브릿이 말한다.

그걸 보게 될까요? 소녀가 말한다.

뭐, 스코틀랜드? 브릿이 말한다.

다름을요. 소녀가 말한다.

소녀는 차창에 머리를 기댄다.

어쩌면 이미 스코틀랜드인지도 몰라. 브릿이 말한다.

국경 같은 건 못 봤는데요. 소녀가 말한다. 언니는 봤어요? 달라 보이는 것도 없고.

옛날에 말이야. 브릿이 말한다. 세상 어디고 여권이란 게 없던 때에는 사람들이 아무 데나 갈 수 있었어. 사실 그렇게 먼 옛날도 아니야.

역사책인 아버지가 그렇게 말했어요? 소녀가 말한다.

우리 아버지가 역사책이라고. 브릿이 말한다. 엄마한테 그러면 배를 잡고 웃으시겠다.

소녀는 몸을 돌려 좌석에 제대로 앉아 말하기 시작한다.

이 국경이 이곳들을 갈라놓는다, 뭐 그렇게 말하지 않고—언니 어머니가 지리책이라고 말하듯—우리 엄마는 두 개의 다른 나라이고 우리 아빠는 국경이다, 이렇게 말한다면 어떨까요.

그건 절대 통할 리 없어. 브릿이 말한다. 어머니들은 자기들이 봉쇄당했다고 불평을 늘어놓을 테고, 아버지들은 자기들이 양쪽 나라를 합한 것만큼 커질 때까지 확장하겠다고 선언할 테니까. 전혀 다른 종류의 이혼 소송이 발생하겠지.

언니네 부모님은 이혼하셨어요? 소녀가 말한다.

그거 사생활이거든. 브릿이 말한다.

이러면 어때요? 소녀가 말한다. 이 국경이 이곳들을 갈라놓는다고 하지 않고, 이 국경이 이곳들을 묶어 준다,

이러면요. 이 국경이 굉장히 흥미롭고 서로 다른 이곳들을 하나로 묶어 준다고 하면요. 그리고 국경이 교차하는 곳들은, 들어 봐요, 거기를 넘어가면 두 배의 가능성을 지닌 존재가 되는 장소로 선언한다면요.

철모르는 소리야. 브릿이 말한다. 너무 여러 면에서.

나는 열두 살이에요. 소녀가 말한다. 당연한 거 아녜요? 하지만 들어 봐요. 만약에, 만약에 말이에요, 수첩 같은 걸로, 아니면 화면에다 눈을 대거나 지문이나 얼굴 정보를 제시하는 걸로 자신을 증명해야 하는 게 아니라, 그 대신에 자신의 눈으로 무엇을 보는지 그리고 손으로 무엇을 만드는지 그리고…….

얼굴로는 어떻게 인상을 쓰는지로 말이지? 브릿이 말한다. 그러면 전면전이 벌어지겠다. 혀 말기 전쟁쯤은 되겠어.

혀 말기 전쟁이 뭐예요? 소녀가 말한다.

유전적 원인으로 혀를 말 수 있는 사람들에 대항하는 전쟁. 브릿이 말한다. 유전적 원인으로 혀를 못 마는 사람들의 공격을 받는 거지. 그리고/또는 그 반대로. 어떤 식으로든 전쟁이지. 넌 혀를 말 수 있니?

소녀가 해 보려고 한다. 브릿이 소리 내어 웃고는 시범을 보여 준다.

흠, 그렇지만 언니는 그걸 할 수 있고 나는 못 한다고 해서 언니랑 전쟁하고 싶은 생각은 안 나는데. 소녀가 말한다.

말도 마, 얘. 브릿이 말한다. 이렇게 유전적으로 무작위적인 것도 사유가 될 수 있어.

무엇의 사유요? 소녀가 말한다.

증오의. 브릿이 말한다.

소녀가 한숨을 내쉰다.

브리터니 언니, 언니는 내 상상 속의 계획 전부를 퇴짜 놓고 있어요. 소녀가 말한다.

물론 그렇지. 브릿이 말한다.

불공평해요. 소녀가 말한다.

옳은 말이야. 브릿이 말한다.

언니는 비관적으로 굴고 있어요. 소녀가 말한다.

진실을 말하고 있는 거야. 브릿이 말한다.

인정머리 없어요. 소녀가 말한다.

그게 내 일이거든. 브릿이 말한다.

언니의 일을 바꿔도 되잖아요. 소녀가 말한다.

낡은 머신에게는 새 기술을 가르쳐 봐야 헛수고야. 브릿이 말한다.

내장된 퇴행이로군요. 소녀가 말한다. 녹이 슬겠어요. 하지만 걱정 마요. 그러면 기름을 치고 업그레이드해서 새로운 작업 방식에 적응하게 해 줄 거니까요.

그렇게 되나 보자. 브릿이 말한다.

그래요, 그렇게 되나 봐요. 모든 각도에서 보는 잠자리 같은 운이 따라 준다면. 소녀가 말한다. 그럼 다시 시작해야죠. 순환(revolve)해야죠.

진화(evolve)를 말하는 거겠지. 브릿이 말한다.

아니요, 순환이요. 소녀가 말한다. 혁명(revolution)의 그 순환요. 우리는 새로운 곳으로 돌고 돌아 전진할 거예요.

그렇다면 저항(revolt) 말이네. 브릿이 말한다. 항거를 말하고 있는 거야.

순환을 말하는 거예요. 소녀가 말한다.

아니야. 브릿이 말한다.

맞아요. 우리는 돌려놓을 거예요. 소녀가 말한다. 저

마다 다른 방식으로요.

소녀는 창으로 몸을 돌려 멀리 보이는 희미한 불빛이 무엇인지 확인하려는 듯 어둠 속을 들여다본다.

얼마 지나지 않아 소녀는 잠이 든다. 어린 고양이 또는 강아지처럼, 마치 잠이 소녀를 그저 정지시키고 끌어들이듯 어느 순간 곧바로 잠들어, 완전히 다른 나라의, 브릿이 존재는 알아도 가 본 적은 없는 어딘가의 어둠 속을 달리는 기차 위에서 그녀에게 기대어 잔다.

너 정말 브리터니 홀 맞아?

스스로도 믿기지가 않는다.

그녀는 다시 똑똑해졌다.

재치가 있고 유쾌하다.

기민하기도 하다.

일하고 있을 시간이다. 월요일.

대신, 산울타리도 없고 지하 세계도 아닌 여기에 그녀는 한 아이와 함께 있다. 아무 아이나가 아니라 전설의 아이이면서 또한 진짜 아이인 아이가, 옆에 앉아 있을 뿐만 아니라 완전히 잠이 들어, 브릿은 아무 연고도 없고 오늘 아침에 처음 만난 이 낯선 아이에게 보통의 누군가

혹은 무언가보다 훨씬 더 깊은 보호 본능을 느끼고 있는 것이다.

그녀는 손을 뻗어 소녀의 팔 밑에서 핫 에어 북을 슬며시 꺼낸다. 그리고 한 손으로 뒤적여 본다.

노트는 여학생의 필체로 적은 작은 소설 같은 소소한 단상들로 가득 차 있다.

그중 하나는 여러 웹 사이트와 소셜 미디어 사이트에서 쓰는 말투다. 사실 꽤 재미있고 예리하다. 브릿은 몸을 들썩이며 웃다가 소녀를 깨우지 않도록 조심해야 한다.

다른 하나는 사람들이 말하는 극우파, 극좌파의 의견들과 비슷하다. 그리고 소녀는 그것들을 모두 다른 크기의 글자로, 어떤 것들은 순 대문자로만 적어 놓았다. 학생이 쓴 글답게 순진하지만 한편 기지도 있어 생각에 잠기게 한다.

열두 살 아이조차 지금 세상에서 일어나는 많은 일들을 꿰뚫어보고 있다.

트위터에서 쓰는 것 같은 터무니없는 어조로 쓴 페이스북 담벼락 글 같은 단평이 있는가 하면, 주변의 수

많은 사람들과 수백만 인터넷 사용자들이 부추기는 가운데 죽음의 춤을 추기를 거부하는 한 소녀에 대한 동화 같은 아주 근사한 이야기도 보인다.

그녀는 노트를 덮고 소녀의 분홍색 가방 위에 올려놓는다.

브릿이 가장 좋아하는 색깔은 파란색이다.

그녀가 가장 좋아하는 노래는 알레소의 「영웅들」이다.(하긴 조시가 허리를 다치기 전 학창 시절의 둘을 떠올리게 해 주는 아델의 「우리의 어린 시절(When We Were Young)」도 좋아한다).

그녀가 가장 좋아하는 음식은 그을리거나 바비큐 소스 범벅을 한 모든 음식이다.

그녀가 가장 좋아하는 음료는 보드카다.

그녀가 가장 좋아하는 옷이나 액세서리나 신발은 아무것도 안 입고 안 쓰고 안 신는 것이고(아이에게 할 소리는 아니어서 대신 파란색 올세인츠 원피스라고 말했다.), 가장 좋아하는 장소는 열 살 때 엄마 아빠랑 휴가를 갔던 플로리다이고, 가장 좋아하는 계절은 겨울이고, 가장 좋아하는 요일은 금요일이고, 동물이라면 암사자, 새라면 황조롱이, 곤충이라면 거미의 포식자가 되고 싶다.

잘하는 것은? 발명하기.

죽고 싶은 방식은? 아무것도 모르고 자다 죽는 것.

그냥 걸어도 충전이 되는 운동화 속 충전기는 정말 뛰어난 발명 아이디어 같아요. 소녀는 말했었다. 누군가가 당장 만들어 팔아야 되는데. 일 그만두고 만들어요. 또, 언니랑 나는 좋아하는 요일이 같네요. 또. 우리가 계절이라면 나는 언니 뒤를 따르겠어요.

너는 나의 종말이겠지. 브릿이 말했다. 날 끝장낼 거야.

아니에요. 언니가 나를 가능하게 해 주는 거죠. 소녀는 그녀에게 기대어 금세 잠들며 말했었다.

그리고 오후 내내 기차 안에서, 파란색 옷을 입은 누군가가 지나갈 때면 소녀는 그녀를 쿡 찌르며 파랑, 이라 말했다.

지난 십 년간 브릿이 뭘 좋아하는지 단 십 초라도 관심을 보인 사람이 있었던가?

그녀 자신이 동화 속 주인공이 된 기분이다.

엄마에게 문자를 보내야겠다. 내가 빌어먹을 동화의 주인공이 됐어요. 대체 무슨 일이 터지려고 이러는 건지.

동화와 너무 가까워지니 조금 위험한 느낌도 든다.

무슨 역할을 맡게 될까? 연륜과 지혜를 갖춘 조언자일까?

그녀는 마법일까? 마법이 필요한 사람일까? 질투심에 불탈까? 마법에 걸렸을까? 숲속에서 길 잃은 철부지 어린아이로 교훈을 얻게 될까? 무척 귀중한 어떤 것의 수호자일까?

그녀는 사악할까, 선할까?

창밖의 어둠을 내다보지만 자신의 얼굴 외엔 아무것도 보이지 않는다.

(지금은 무엇인지 전혀 모르겠지만 이삼 일 후 남쪽으로 돌아오는 길에는 바깥이 바다였다는 사실을 알고 깜짝 놀랄 것이다.)

어딘가의 누군가는 아이가 어디 갔는지 애를 태우고 있으리라.

누구한테 알려야 할지 알아봐야 하겠다.

그리고, 동료들에게 이 이야기를 하면 아무도 믿지 않을 것이다.

그리고, 그녀는 지금 소녀의 부모를, 적어도 그중 하

나를 뒤쫓고 있는 게 분명하다.

승진이 될지도 모른다.

그녀는 잠든 소녀를 깨우지 않으려고 최대한 조심스럽게 주머니에서 전화기를 꺼낸다.

여름에 다툰 이후 처음으로 조시에게 문자를 보낸다.

안녕 조시 나야 라틴어 번역 하나 해 줄래 vivunt spe가 무슨 뜻인지 답 문자 좀 줘

**9월의 그날 SA4A의 IRC 책임자 버나드 오츠와 플로렌스 스미스가 나눈 대화.**

—안녕하세요?

—이게 웬…….

—질문이 좀 있어서 왔어요.

—뭐, 뭐라고?

—그럼, 먼저 첫 번째 질문부터요.

—누구니, 너?

—아저씨가 여기 가둬 놓은 사람들의 변기가 왜 저렇게 더럽죠?

—뭐……? (전화를 건다.) 샌드라! 샌드라, 여기 잠깐 들어와.

—알았어요. 그렇게 내 질문에 대답을 못 하거나 안 하신다면, 더 귀찮게 안 하죠. 다음 질문으로 넘어가요. 그럼, 다음 질문은. 실제로 범죄자도 아닌 사람들을 여기로 데려오거나 데리고 나가면서 수갑을 채우는 이유가 뭐죠?

—그레이엄이 널 여기 보낸 거니? 그가, 아니 그 사람들이 너더러 내게 변기에 대해 질문하라고 하던?

—좋아요. 고마워요. 다음 질문은 두 개예요. 왜 사람들을 여기로 데려올 때 한밤중에 데려오죠? 그리고 밤중이라 어차피 깜깜한데 왜 창이 새까만 트럭을 쓰나요?

—인사과의 이비야? 이비가 시킨 거니?

—좋아요, 다음 질문이에요. 왜 여기 방문들은 안쪽에 손잡이가 없어요?

—어떻게…… 혹시 가족으로 왔었니? 여기서 학교 실습이나 과제를 할 수는 없다. 여기는 제한 구역이야.

—알겠어요. 고문이나 전쟁이나 식량난 때문에 자기 나라에서 살 수 없어 난민으로 이 나라에 온 사람들을 취급하는 부처가 왜 교도 감호국이죠?

—이런 것들, 이런 것들은 그만 좀 묻고. 뭘 적고 있는 거니?

—오츠 씨, 위법 행위를 범하고 계시다는 사실을 아셨나요? 이 나라에서는 정식으로 범죄 기소를 하지 않는 한 누군가를 칠십이 시간 이상 구금할 수 없다고 법에 쓰여 있어요.

—너는 여기 들어올 수 없어. 안 될 일이야, 출입 허가가 있어야 되고, 너는 허가 없이는 여기…….

—또 하나 하고 싶었던 질문은요. 어제 인터넷에서 봤는데, 대법원에 따르면 고문당한 경험이 있는 사람을 이런 수용소에 감금하는 것은 불법이라던데요. 그리고 내무부에서 고문이란 단어를 보다 '좁은' 의미로 재규정했다는 기사도 봤어요. 그래서 알 만한 분에게 묻고 싶었어요. 고문의 좁은 의미란 뭐고, 고문의 넓은 의미란 또 뭔가요?

—자, 이제 나가 달라고 네게 요청하겠다. 제발 나

가 다오. 정중하게 나가 달라고 요청하는 거야. 이 사무실에서 나가 다오. 이미 두 번이나 정중하게 요청했는데, 그것도 기록으로 남겼니? 응하지 않는다면 보안 경보를 작동시킬 거란다. 그래, 방금 보안 팀을 불렀다. 이제 곧 그 사람들이…… (전화를 건다.) 샌드라. 아, 샌드라! 얼른 들어와. 샌드라! 젠장, 도대체 어딜…… 어디에…….

—좋아요. 질문이 이제 몇 개 안 남았어요. 도움이 필요해서 다른 나라로 이주하는 게 정말 범죄인가요?

—지금 이거 촬영하는 거니? 비디오 찍는 거야? 이 질문들은 누가 써 줬지? 이게 지금 무슨 상황이야?

—이 상황은 말이에요, 열두 살 소녀인 내가 아저씨 사무실 의자에 앉아서 아저씨가 일하는 곳에 대해 질문하고 있는 거예요. 난 책과 인터넷에 발표된 기사들을 충분히 읽고 이해할 만한 나이이고요, 그런 것들을 아주 많이 읽었어요. 개인적으로 내 삶에 영향을 미치고 있어서이기도 하고 그냥 그런 것들이 궁금해서이기도 해서요. 그렇게 읽은 것들 일부가 책임 있는 사람들에게 몇 가지 질문을 하고 싶게 만들었는데, 아저씨가 그런 사람 중 하나예요.

—무슨 책임 말이지? 내게 무슨 책임이 있다는 거야? 카메라 어디 있어? 이거 뉴스에 나갈 거니? 신문에? 혹시 「파노라마」니? 채널 4에서 왔어?

—아저씨의 상황은 오늘 내가 던진 질문들에 어떻게 대응하는지에 달려 있겠네요. 뭐라도 할 것인지 아무것도 안 할 것인지, 긍정적인 뭔가를 할 것인지 부정적인 뭔가를 할 것인지, 더 나쁜 뭔가를 할 것인지 좀 나은 뭔가를 할 것인지에 말이에요. 그리고 요즘 세상에 대해 좋은 정보 많이 주셔서 대단히 감사드려요.

—정보? 내가 어떻게, 무슨 정보를 줬다는 거지?

—안녕히 계세요, 그리고 대단히 감사해요, 오츠 씨.

—얘, 얘야! 언제 내가 정보를 줬다는 거야? 야!

**어젯밤**, 간략하게만 이야기하자면, 소녀는 에든버러 동물원 근처 호텔에서 묵자고 했다.

그들은 그렇게 했다.

브릿은 밤새도록 웬 우리에 갇힌 짐승 혹은 무엇인가가 오, 오, 오 하고 낮게 웅얼대는 소리를 들었고 오늘 아침에는 낯선 새들의 울음소리를 들었다.

그런데 더 희한한 일이 있었다. 아침 식사 후 방값을 내러 데스크에 갔더니 여자는 손사래를 치며 브릿의 직불 카드를 받지 않았다.

68호 플로렌스 스미스 양과 동행인 62호 손님이시죠. 그녀가 말했다.

네. 브릿이 말했다.

결제하실 금액이 없어요. 여자가 말했다. 즐거운 여행 하세요.

그러나 여자의 얼굴에는 기가 막히다는 표정이 서려 있었다. 자신이 이런 일을 하고 있다는 것에 대한 충격이 실제 얼굴에 몰아닥치기 직전에 떠오르는 그런 표정이었다.

둘은 호텔을 나와 기차역으로 갔다.

매표소의 남자가 목례와 함께 플로렌스에게 입구를 열어 주고 브릿도 들어가게 해 준다. 기차 안 여자 검표원은 그들만 빼고 전 승객의 표를 검사한다. 기차가 지연되자 같은 검표원이 돌아와 그들의 테이블 앞에 서서 유독 그들에게만 하듯 사과를 한다.

얘, 이런 생각이 들지 뭐니. 검표원이 다시 나가자 브릿이 말한다. 너하고 내가 세계를 정복할 수도 있겠다는.

나는 어떤 것의 정복에도 관심 없어요. 플로렌스가 말한다.

마치 가출해서 무슨 행복한 곡마단에 입단한 기분이야. 브릿이 말한다. 대체 어떻게 하는 거니?

나는 아무것도 하고 있지 않아요. 플로렌스가 말한다.

**그들이 엽서 속 장소의 역에 도착하자** 정신이 온전치 않은 한 늙은 남자 때문에 그들은 더욱 지체된다.

기차가 역에서 빠져나갈 무렵 브릿이 출구에서 고개를 돌려 보니 플로렌스가 기다란 플랫폼의 반대편 끝에 가 있다.

그녀는 플랫폼으로 달려간다.

다리를 들어 올려 보세요. 철로 위의 부스스한 남자에게 플로렌스가 말하고 있다. 우선 여기 가장자리에 앉아 보세요. 자, 하나, 둘, 두 다리를 차올려 보세요.

차마 자신을 만질 수 없다는 듯 양팔을 벌리고 흐느끼는 남자를 향해 역무원 셋 역시 달려가는 중이다. 그들 중 둘이 철로로 뛰어내려 그를 플랫폼 위로 밀어 올린다. 그러고도 그를 놓아 주지 않는다.

뭔가를 잃어버리셨대요……. 그게 뭐였죠? 플로렌스가 말하고 있다. 철로 위로 떨어졌다고 하셨는데, 뭐가 떨어졌어요?

내, 아, 내 펜이요. 남자가 말한다.

펜이래요. 플로렌스가 말한다. 펜을 떨어뜨리셨대요.

내 손에서 빠져나갔어요. 그가 말한다. 들고 있다가 실수로 놓쳤는데 공중으로 튀어 오르는 바람에, 그런데 그게 내가 무척 애착하는 물건이라서, 아아, 음.

펜이라고요? 역 경비원쯤으로 보이는 여자가 말한다.

네. 남자가 말한다.

무분별하게 법을 어기고 철로로 내려가셔서 사망이나 적어도 위중한 상해와 정신적 외상을 초래하실 수도 있었어요. 여자가 말한다. 손님뿐 아니라 방금 떠난 저 기차의 승객 전부에게요. 여기서 일하는 저희야 말할 것도 없죠. 고용 상태에도 막대한 피해를 입을 수 있었어요. 게다가 이미 전국으로 퍼진 차량 연착 사태는 안중에도 없으셨겠죠. 그 모두가 펜 하나를 떨어뜨려서? 잘 들었고요. 그래, 그 펜은 어디 있나요? 손님의 생명과 제 생업을 모조리 끝장내 버렸을 그 펜이 어떻게 생겼는지 한번 보고 싶네요.

여기요. 플로렌스가 말한다.

남자에게 건네지는 볼펜은 어젯밤 묵은 호텔 방에서 브릿이 본 공짜 볼펜 중 하나다.

브릿이 웃음을 터뜨린다.

홀리데이 인 볼펜이네? 여자가 말한다.

멋져요. 남자가 말한다. 애착할 만하죠.

이분에게 의미가 있는 펜인 거예요. 플로렌스가 말한다.

남자가 다시 울기 시작한다.

그렇게 그분을 계속 붙잡고 있지 않아도 돼요. 이제 놓아드리세요. 플로렌스가 말한다.

그를 잡고 있던 남자 둘이 남자의 팔을 놓아준다. 그리고 역무원 세 사람은 자신들의 행동에 조금 놀란 얼굴이 되었다가 한꺼번에 엄포를 늘어놓기 시작한다. 그들은 남자가 범죄를 저지른 거라고 입에 거품을 문다. 여자는 경찰을 언급하며 전화기를 꺼낸다.

플로렌스가 그녀를 향해 다정한 표정을 짓는다.

범죄라기보다는 분실 사건에 가깝지 않을까요? 플로렌스가 말한다. 뭔가를 잃어버렸다가 되찾은 거예요. 일부러 해를 끼치려고 그런 게 아니고요. 피해도 전혀 없었잖아요.

여자는 플로렌스를, 이어서 우는 남자를 바라본다.

하지만 이번 경우 아무런 피해도 없었다는 생각이에요. 그녀가 말한다.

잠시 후 그녀의 얼굴에 자신의 입에서 나온 말에 당황한 표정이 떠오른다.

이게 어떻게 보이는지. 브릿은 생각한다. 이게 어떻게 느껴지는지.

역무원들은 하나같이 충격을 받은 얼굴로 역내 여러 구역으로 통하는 문 안으로 제각각 사라진다. 그녀와 플로렌스가 우는 남자를 역 밖으로 데려다 준다. 남자는 옷소매로 코를 풀고는 지저분한 짓을 해서 미안하다고 한다. 그는 역전 벤치에 앉아 언제나 역을 좋아했다고, 왜냐하면 역이란 사람들이 오가는 곳이고 그건 곧 감정으로 가득한 곳이기 때문이라고 말한다. 그러고는 어느 날 고향에서 자주 이용하던 역에서 나와 걸어가고 있었을 때의 이야기를 한다. 그곳에 가 본 지는 오래였지만 부모님이 돌아가신 뒤 임대 창고에 보관해 둔 물건들 때문에 다니러 간 길이었는데, 어쨌든 그날 역의 출입구에서 나와 걷는데 뒤에서 누군가가 웬 노래를 부르는데 무슨 노래인지 생각이 안 났고, 사실은 아는 노래인데 제목이 떠오르지 않았고, 그런데 목소리가 썩 괜찮다 싶다가 노래 제목이 「우리가 작별 인사를 할 때마다」인 것이 생각났고, 어쨌든 뒤에서 그 노랫소리가 들려서 발걸음을 늦추고 그 사람이 먼저 지나가게 했는데, 그 지나간 사람이 젊은 여자였으며, 노래를 부른 사람이 그 여자가 맞았다면 어쨌든 그녀는 더 이상 노래를 부르고 있지 않았으며, 그런 구식 노래를 알거나 그런 노래를 그렇게 감정을 살려 부르는 법을 알기엔 너무 젊고 어울리지 않는 옷을 입고 있었다는 것이다.

남자가 이야기를 멈춘다.

다행인 것이, 사실 상당히 따분한 남자이기 때문이다.

다시 그의 얼굴에 눈물이 흘러내린다.

브릿은 직장에서 동료건 디트건 사람들이 별관에서 울 때 사용하는 미소를 짓는다.

우리 이분께 커피 한잔 드리는 게 어떨까? 그녀가 말한다.

커피 드시고 싶으세요? 플로렌스가 남자에게 말한다.

취했어. 브릿이 말한다. 저기 커피 트럭이 있네.

안 취했어요. 그리고 저 트럭에선 커피를 안 팔아요. 남자가 말한다.

안 팔긴요. 브릿이 말한다. 옆에 커피라고 쓰여 있잖아요.

브릿이 트럭 쪽으로 간다.

돌아와 보니 남자는 감사하게도 울음을 그친 상태다.

영화감독이세요? 그녀가 그에게 말한다.

뭐 그렇다면 그럴 수도. 남자가 말한다.

영화감독이라는 거예요, 아니라는 거예요? 그녀가 말한다.

그는 대답은 하지 않고 이제 그 대신 울고 있는 플로렌스를 고갯짓으로 가리킨다.

재한테 무슨 짓을 했어요? 브릿은 갑자기 보호 본능이 폭발하여 남자에게 주먹을 날리고 싶은 욕망을 애써 억누른다.

이 할아버지가 그러는데 도서관이 문을 닫았대요. 플로렌스가 말한다.

남자는 사나운 표정을 한 브릿에게서 몇 발짝 물러선다.

음, 그래. 남자가 말한다. 사실이란다. 화요일에 휴관이니까.

괜찮아. 브릿이 말한다.

그리고 플로렌스를 팔로 감싸 안는다.

뭘 그런 걸로 울어. 그녀가 말한다. 다른 도서관에 가면 되지. 더 큰 동네 도서관을 찾아가자.

여기 도서관이 문을 열어야만 되는데. 플로렌스가 말한다.

전화기로도 원하는 건 뭐든 쉽게 찾을 수 있어. 브릿이 말한다. 주머니 속 도서관이지. 여기. 뭘 찾고 싶은 건데?

엽서에 나온 그곳에 가야 해요. 플로렌스가 말한다.

그리고 거기 도서관에도. 그것 말고 다른 메시지가 전혀 없어요.

브릿은 플로렌스의 어깨를 잡고 커피 트럭 쪽으로 돌려세운다.

저 안에 저 아주머니 보이지? 그녀가 말한다.

플로렌스가 눈을 비비고 바라본다.

너 아는 사람이야?

플로렌스가 고개를 젓는다.

흠, 저 아주머니는 널 알던데. 브릿이 말한다.

어떻게요? 플로렌스가 말한다.

나더러 단도직입적으로 플로렌스 아니냐고 묻는 거야. 브릿이 말한다.

누구래요? 플로렌스가 말한다.

신기한 게 말이야, 바로 그 똑같은 질문을 저 아주머니가 나한테 하더라고. 브릿이 말한다. 커피를 사러 갔는데 커피는 안 판다고 하고.

그러더니 저기 함께 온 남자 옆 저 소녀의 이름이 혹시 플로렌스 아니냐, 그러는 거야.

내가 아무 말도 안 하자 위아래로 훑어보고는 하는

말이,

영화감독님과는 이미 안면을 텄고 우리 SA4A 유니폼 아줌마는 집에서는 과연 누구실까, 이러더라고.

그래서 내가,

저기요, 커피 트럭이 아닌 커피 트럭 아줌마. 나는 지금 집에 있지 않거든요. 집에서 아주, 아주 멀리 떨어져 있죠. 그러므로 나는 누구나가 될 수 있는 걸요. 어느 누구나가 말이에요.

**3월.** 상당히 힘들 수 있다.

사자와 어린 양. 봄의 냉대.

아직 눈일 수도 있을 그런 꽃이 피는 달, 수선화 꽃송이의 얄팍한 껍질이 벗겨지는 달. 로마 신화의 군신 마르스에서 이름을 따온 병사들의 달. 게일어로는 동춘(winter-spring). 고대 색슨 말로는 바람이 거칠다고, 거친 달.

하지만 또한 낮이 길어지는, 늘어나는 달이기도 하다. 광기와 예기치 않은 온화함의 달, 새 생명의 달. 그레고리오 책력 이전에 새해는 1월이 아닌 3월에 시작됐다.

태양이 다시 북쪽을 향해 기우는 춘분, 그리고 천사가 동정녀 마리아 앞에 나타나서 숫처녀지만 성령으로 인하여 잉태하게 될 거라고 선언한 주님 탄생 예고 대축일을 경축하기 위한 것이었다.

서프라이즈. 해피 뉴 이어. 온갖 불가능했던 것들이 가능해진다.

공기가 고양된다. 시작, 입문, 문턱의 향기. 무언가 변했음을 공기가 정식으로 알려 준다. 담쟁이덩굴 속 앵초가 잎사귀를 활짝 펼친다. 색이 일상을 난도질한다. 무스카리의 짙은 파랑과 황무지의 밝은 노랑이 기차 승객들의 눈길을 붙든다. 새들이 이파리 없는 나무들을 찾는다. 이파리가 없어도 겨울나무와는 다르다. 가지들이 튼실해지고 잔가지 끝은 은은한 촛불처럼 빛난다.

비가 내리고, 늙은 나무의 가지가 벌어지며 새 꽃을 피워 낼 첫 징후들이 나타나고, 나무들 속의 빛이 눈에 보인다. 밤에 불 밝힌 가로등 아래서도 그 빛이 보인다.

3월의 화창한 날 새벽에 일어나면 봄의 정수에 흠뻑 취한 공기를 한 자루 얻을 수가 있는데 그걸 증류해 짜면 만병을 치유할 금빛 기름이 나온다.

1990년대 중반 프랑스의 부르주 국립 고등 미술 학교 일 년 상주 작가로 일 년을 보낸 다음 어려서부터 늘 해보고 싶었던, 구름을 잡아 간직하는, 어쩌면 나아가 구름 컬렉션을 제작하는 일을 할 때임을 결심한 서른 살 사진작가 터시타 딘의 목소리다.

그녀는 열기구를 타고 올라가 자루에 구름을 담아 가지고 내려올 계획을 세웠다.

하지만 물론 구름을 잡고 간직하고 소유한다는 것은 불가능한 일이다.

게다가 그녀도 알게 되듯 열기구란 하늘에 구름이 없는 봄철에만 비행할 수 있다.

그래서 그녀는 열기구를 타고 올라가 대신 안개를 잡기로 결정했다.

꼭 안개를 발견할 수 있게 그녀는 더 남쪽으로, 산간 전원 지대로, 아침 하늘에 항상 안개가 끼는 그르노블 근처의 랑상베르코르로 내려갔다.

열기구가 떠올랐다. 하늘은 청명했다. 그 지방 사람들이 기억하기에 그 계절에 그렇게 맑은 날은 없었다. 눈 덮인 산 위를 떠돌며 그녀가 담은 것은 순수하게 맑은 공기였다.

공교롭게도 그녀가 공기를 담기로 한 그날은 연금술사들에 따르면 지상에서 천상으로의 여행 중 이슬을 채집하기에 가장 좋은 날이었다. 고대 연금술에 의하면 온갖 종류의 것들을 더 좋게 만들어 줄 그런 묘약을 증류하여 만들어 내려면 천 일에 걸쳐 모은 이슬이 필요하다.

딘은 공기를 잡기 위한 자신의 여행을 삼 분도 안 되는 단편 영화로 만들었다. 제목은 「한 봉지의 공기」다.

거대한 커다란 열기구가 공중에 떠오른다. 땅 위에 드리워진 그림자는 점점 작아지고 열기구는 영화 프레임 안에서 점점 높아진다. 예술가의 손이 나온다. 투명한 비닐봉지 안으로 공기가 들어가고 그녀 손안에서 봉지는 비틀려 묶이며 하나의 풍선 같은 모습이 된다. 그녀는 같은 일을 한 번 더 한다. 새 봉지, 다른 공기, 붙잡혀 묶인다, 똑같이.

영화는 한 조각의 순수한 농담의 비전이다. 하지만 그 안에서 호흡은 비상한다. 연금술과 변환은 유쾌한 일이 된다. 무시할 만한, 우스꽝스러운 어떤 일이 — 그리고 보는 이가 허용한다면 마법이 — 눈앞에서 일어난다.

그리고 삼 분짜리 흑백 영화는 끝나고 인간들과 공기의, 우리가 좀처럼 알아차리거나 생각하지 않는 무엇인가의, 우리가 그것 없이 살 수 없는 무엇인가의 이야기만 남는다.

3

**이제 백사십 초간의 최첨단 리얼리즘.**

입 닥쳐 입 닥치란 말이야 누가 저 여자 입 좀 테이프로 틀어막아 무자비하게 학대당해 마땅할 잡년 같으니라고 여기서 꺼져 어디 가서 목이라도 매달아 죽어 못생긴 잡년아 전부 다 널 보고 웃는 거 안 보여 넌 하도 엉망진 창이라 아무도 너랑은 장난으로라도 자고 결혼하고 죽이기 게임조차 할 엄두가 안 날걸 그냥 바로 죽이고 말지 너는 탐폰이고 너는 극혐이고 너는 강간당하고 죽게 놔둬야 마땅해 네 딸년도 강간당하고 부엌칼에 찔려 죽어야 마땅하고 너는 깨진 레코드판 같고 약자에게 지나치게 무른 좌빨이니까 우리는 네가 지금 어디 사는지 네 아이는 어느 학교 다니는지 다 알아 주둥이 닥쳐 계속 입 안 닫으면 우리가 닫아 주지 암 닫아 주고말고 네가 무슨 지랄을 하는 건지나 알아 다 네가 자초한 일이야 이 염병 토 나오는 쓰레기 년아 너는 강간당해야 되고 아니 후장 강간을 당해야 되고 물론 후장 강간을 당해야 맞지 주둥이로도 강간당한 다음에 목매달아 자살이나 해야 맞아 이 뒤룩뒤룩 살이나 찐 더러운 잡년 너는 이따만한 딜도로 푹푹 쑤셔 대야 한다고 빤하고 지긋지긋한 이슬람 흑인 호모 새끼들 너희는 절대로 용서받을 수 없어 너희 같은 것들이 서구 세계를 작살내고 있다고 병원에서 지미 새빌한테 강간이나 당했어야 하는 것들* 하느님이 너희를 미워하시니 장애자나 똑같지 언제 어두운 밤에 한번 나와 봐 우리가 제대로 한판 해줄 테니 이민자 찌꺼기야 너희 자식새끼들도 조심해야 될 거야 증오 메일을 받아도 싸지 그래야 정신이 좀 들 테니 너희는 증오받아도 싸 이

* Jimmy Savile. 영국의 인기 방송인이었으나 사망 후 성 범죄자였음이 밝혀졌다.

불알주머니 똥구멍 같은 상판대기야 이 아동 성애자야 이 염병 이 지긋지긋한 쓰레기들 이 한심한 웃음거리들 너희한테는 난폭한 외국 침입자들을 한 무더기씩 재우고 먹이게 해야 맞아 얼마나 좋아하는지 한번 보고 싶네 이 저능아 비곗덩어리 창녀 쌍년 반역자 반역자 위선자들 너희 자식새끼들도 뒈질 거야 너는 실패한 인생이야 누구나 네가 쓸모없는 똥 덩어리라는 걸 다 알아 마루 청소제 살균제나 마셔 이 추잡한 호모 이민자 내 좆이나 빨아 못생긴 돼지 년아 꺼져

**모든 게 죽은 계절이었다.** 하도 다 죽어 아무것도 다시 살아날 것 같지가 않았다.

하늘은 커다란 닫힌 문이었다. 구름은 흐리멍덩한 쇳빛이었다. 나무들은 헐벗고 꺾였다. 땅은 매몰찼다. 풀밭은 죽었다. 새들은 없었다. 들판은 얼어붙었고 죽음은 그 아래로 수 마일을 뻗어 내려갔다.

어디서고 사람들은 두려워했다. 식량 재고가 바닥을 드러냈다. 곳간은 거의 비어 있었다.

먼 옛날 현자들과 장로들과 청년들과 처녀들과 아

주 늙은 사람들과 가면과 털가죽을 쓰고 흙에서 일어난 옛 조상 흉내를 내는 사람들이 세상에 생명이 돌아오게 할 단 하나의 방법은 춤을 추다 죽을 처녀 하나를 골라 신들에게 제물로 바치는 것이라고 결정했다는 철이었다.

전통에 따르면 신들은 죽음을 좋아했다. 무결한 죽음을 좋아했다. 그래서 흠 없는 처녀일수록 더 좋았다. 그리고 다리를 높이 올려 추는 희생 제의가 더욱 극적일 수 있도록 춤을 특히 잘 추는 처녀가 선택됐다.

그날이 왔다. 온 마을 사람들이 모였다. 현자는 희망을 나타내는 밝은 은빛으로 제 몸을 칠했다. 모두가 구경하러 왔다. 삼백 살 노파까지 놀리는 발의 고랑을 지팡이로 찍으며 나타났다. 모두가 주먹을 들어 올려 행사를 개시하는 춤을 추었다.

이어서 처녀들의 춤이 시작되었다.

넋을 빼놓을 정도였다. 한 치의 오차도 없었다. 춤추는 처녀들은 하나의 기계가 되어 움직였고, 그녀들 각각은 기계의 부품과도 같았다. 그 기계는 원을 만들었다 흩뜨렸고, 흩뜨렸다 원을 만들었다.

이윽고 원이 열리면서 선택된 처녀가 나타났다. 앞

날이 창창한 젊고 총명한 처녀였다. 춤은 그녀에게 길을 열어 주는 동시에 틀어막았다.

이제 일어날 일은 그녀가 땅바닥에 쓰러지는 거였다. 그리고 들짐승처럼 바닥을 손으로 긁은 다음 격렬하게 춤을 추다 쓰러져 죽는 거였다.

그러면 모두 환호성을 지를 것이었다. 이제 모든 것이 새로이 자라날 것이었으므로.

하지만 일어난 일은 이랬다.

정중앙의 처녀가 팔짱을 꼈다. 그녀가 고개를 흔들었다. 그리고 일어나서 톡톡 발을 굴렀다.

나는 상징이 아니에요. 그녀가 말했다.

춤이 멈추었다.

음악이 멈추었다.

마을 사람들이 헉 소리를 냈다.

그녀가 더 큰 소리로 말했다.

나는 상징이 아니에요. 이제 그만 꺼지고, 다른 이야기를 찾아봐요. 여러분이 어떤 이야기를 찾고 있는지 모르지만 나나 나 비슷한 누구에게 무슨 춤이나 추게 해서 찾지는 못할 거예요.

마을 사람들은 어찌해야 할지 모르고 세계 무대에서 있었다. 어떤 이들은 아연해 보이고, 어떤 이들은 따분해 보였다. 어떤 처녀들은 공포에 사로잡혀 허둥거렸다. 이 처녀가 아니면 자신들 중 하나가 죽음의 춤을 추어야 할 테니까.

이럴 필요가 없어요. 처녀가 말했다. 제발요. 우리가 머리를 맞대면 이보다 나은 길을 찾아낼 수 있어요.

마을 사람 중에는 성을 내는 이들도, 못 본 척 풍경만 바라보는 이들도 있었다. 기뻐하는 얼굴도 두엇 보였다. 조상 분장을 한 자 하나가 곰 가면을 벗고 이마의 땀을 닦아 냈다. 오래 입고 있기는 힘든 복장이었다.

훨씬 피를 덜 보고 봄을 기원할 방법들이 있어요. 처녀가 말했다. 기후와 계절에 사람들을 희생시키기보다 그것들과 손잡고 유익한 결과를 끌어올 수 있는 더 나은 방법들이 있어요. 그리고 어차피 그저 잔학 행위로부터 만족감을 얻는 사람들이 있어서 하는 짓이기도 하잖아요. 그런 사람들은 언제나 한둘은 있게 마련이죠. 저 혼자만 안 하면 이 행위에서 만족감을 얻는 사람들이 다음 희생자로 자신을 지목할까 무서워 따라 하는 거고요.

마을 사람들 뒤에 앉은 일반 관객들도 화가 나기 시작했다. 그들은 고전을 감상하러 온 것이었다. 값을 치르고 들어왔는데 이게 다 뭐람. 비평가들은 고개를 절레절레 흔들었다. 그들은 아이패드 펜과 손가락을 놀려 아이패드와 아이폰 화면에 맹렬히 글을 써 올렸다.

사람들은 흥미로운 소동을 좋아한다.

신들은, 그러나, 웃어 댔다.

그중 하나가 다른 신들을 향해 고개를 끄덕이더니 팔을 아래로 뻗어, 보이지 않는, 신답게 거대한 손으로 처녀를 집어 들고서 자신의 모습으로 바꿔 놓았다. 눈 깜짝할 사이에 일어난 일이라 마을 사람들도 구경꾼들도 알아채지 못했다. 그러나 신들은 처녀에게 그녀를 둘러싸고 보호할 갑옷을 주었으며, 처녀는 진정한 힘이 신의 숨결처럼 자신의 몸을 뚫고 지나가는 걸 느꼈다.

진정한 힘은 자신의 호흡보다 거대한 무엇이 자기 안에 살아 있음을 느끼는 데서 온 것이었다.

삼백 살 노파가 앞으로 나섰다. 어떻게 대처해야 옳은지 그녀는 알 터였다.

얘야, 네 이야기를 좀 해 주렴. 노파가 늙은 목소리

로 말했다.

처녀는 그냥 웃기만 했다.

잘 아시겠지만, 할머니, 그러면 나는 흔적 없이 사라질 거예요. 그녀가 말했다. 여러분이 내 이야기를 듣게 되는 순간 나는 더 이상 내가 아닐 테니까. 나는 여러분이 되기 시작할 테니까요.

사람들이 술렁거렸다.

엄마가 말했어요. 사람들은 너더러 네 이야기를 해 달라고 할 거야. 처녀가 말했다. 하지 말거라, 너는 어느 누구의 이야기도 아니란다, 라고요.

삼백 살 노파는 좀 더 꼿꼿이 서기 위해 초인적인 노력을 쏟았다. 뭔가 불쾌한 냄새라도 나는 듯 그녀의 콧구멍이 벌름댔다.

그래도 우리가 너를 희생 제물로 쓴다면? 그녀가 말했다. 네가 원하건 원하지 않건 상관없이 말이야.

처녀는 근심 하나 없이 하하 웃었다.

한번 해 보세요. 그녀가 말했다. 어쨌든 죽여 보세요. 분명히 그러겠죠. 하지만 할머니도 나만큼 아실 거예요. 나는 이렇게 젊고 할머니는 이렇게 늙었지만, 지금

이 순간 나는 할머니의 평생 어느 때보다도 경륜과 지혜가 넘친다는 사실을요.

무대 위 사람들과 무대 아래 사람들, 그리고 인터넷 상의 수백만 시청자가 모두 일제히 헉, 숨을 몰아쉬었다.

처녀는 더 크게 웃었다.

해 봐요. 처녀가 말했다. 최악의 짓을 해 보라고요. 그래서 상황이 더 좋아지는지, 한번 해 봐요.

**커피 트럭 대시 보드의 시계가 12시 33분을 가리킨다.** 하지만 누가 시간 따위 신경이나 쓰랴. 리처드는 시간으로부터 자유롭다, 어쩌면 난생처음으로. 그는 시속 30마일 구간을 60마일로 달리며 활짝 열린 만년이 마냥 신난다.(사실상 운전석에 앉은 것과 다름없어서 속도계가 보인다.) 그것도 양옆에 여자가 앉았으니 더 말할 나위도 없으리라. 가장 가까운 도시까지 차를 얻어 타고 가는 중이다. 이 사람들을 어딘가로 데려가고 있는 알다라는 여자가 태워 줄까 물어서 좋다고 대답했다. 선반이며 기계들 사이 리놀륨 바닥 외에 뒤에는 앉을 곳이 없어서 지금 그들은 전부 앞좌석에 앉아 있다. 그에게 펜을 줬던 소녀는 조수석 문에 옴짝달싹 못 하고 붙어 앉아 있다. 그 또한 양다리를 기어 스틱 양쪽으로 하나씩 나눠 놓고서 여자들 틈에 통조림 속인 듯 앉은 상태다. 그나마 트럭이 오토매틱이라 다행이지 아니었다면 상황이 복잡할 수 있었다.

연갈색 가죽을 씌운 좌석은 꽤 괜찮다. 이런 트럭들은 내부가 아주 호화롭다. 운전석 문도 일반 승용차나 트럭의 문과는 반대 방향으로 열리는 게 복고풍, 대륙풍이다. 하지만 운전대는 오른쪽에 제대로 있다. 잔술수가 많기는 하지만 그래도 인상적인 편이다.

저기 저게 뭐예요? 그가 말한다. 언덕 위에. 성인가?

성은 아니고요. 커피 트럭 여자가 말한다. 루스벤 병영이죠.

커피 트럭 여자의 이름은 알다 라이언스다. 역 앞에서 그들에게 알려 줬다. 그녀는 마을 사서 중 하나다.

자코바이트 반란이 끝난 그 장소예요. 그녀가 말한다. 컬로든 다음 날 곧장 불태웠죠.

뭐 다음 날요? 리처드가 말한다.

컬로든이요. 그녀가 말한다.

그렇게 들렸어요. 리처드가 말한다. 컬로든. 아주 좋은 영화죠.

영화 제목만이 아니에요. 알다가 말한다. 전투고, 장소죠.

그래요. 리처드가 말한다. 그리고 영화이기도 하죠. 그것도 아주 좋은 영화. 피터 왓킨스가 만들었고요. 스코틀랜드인들을 대상으로 한 잉글랜드인들의 마지막 전투.

뭐. 그녀가 (무척 사서답게) 말한다. 자코바이트들에 대한 하노버리언들의 전투지만, 사람들은 단순화하기를 좋아하니까요. 시간과 함께 많은 것들이 단순화되기도 하고요. 루스벤 병영은 1746년 4월에 전소됐어요. 남은 건 전투 이튿날 병영에 집결한 자코바이트 군대뿐이었죠. 그들은 이제 뭘 해야 하나 기다리고 있었고, 보니 프린스 찰리한테서 전투는 끝났으니 각자 알아서 자기 안위를 지키라는 전갈이 왔어요. 그래서 그들은 다른 군대가 사용하지 못하게 병영에 불을 지르고 떠났어요.

왓킨스는 핵 폭격 영화도 만들었는데 정부가 겁을

먹고 방영 허가를 내주지 않았어요. 리처드가 말한다. 제목이 「워 게임」이었죠.

나도 기억나요. 알다가 말한다. 그가 만든 「컬로든」도요.

컬로든. 리처드가 말한다. 컬로든.

이름이 너무 좋아 두 번을 썼나 보네요. 알다가 말한다.

그쪽의 발음을 따라 해 본 거예요. 리처드가 말한다. 내가 평생을 잘못 발음한 것 같아요, 쿨로든, 으로.

영화를 그렇게나 좋게 보셨다면서. 알다가 말한다. 사실이에요?

여기 내 옆의 카산드라는 말이죠. 경비원 유니폼 차림의 젊은 여자가 말한다. 핵 폭격에 대해 아는 게 많아요. 어제 어찌나 겁을 주던지.

영원한 핵가을. 여학생이 말한다. 앞으로 핵폭발이 다섯 번만 터지면 지구는 영영 가을밖엔 보지 못해요.

다섯 번? 그게 다야? 알다가 말한다.

어쩌면 그보다 적을 수도 있어요. 소녀가 말한다. 내가 열두 살이고 기후 변화로 세상이 망가지는 걸 막을 수 있는 시간이 십이 년밖에 안 남았다고 한다면, 내 나이가 그것을 멈추기 위해 뭔가를 해야 할 긴급성이 있다고 봐요.

이름이 플로렌스인 줄 알았는데. 남자가 말한다.

나는 여러 개의 이름을 가진 사람이 될 수 있어요. 소녀가 말한다.

나도 그래. 알다가 말한다.

전설 속의 예언자 카산드라를 말한 거예요. 경비원 여자가 말한다. 미래를 정확히 예언해 주는데 아무도 믿어 주지 않은 그 여자요.

경비원 여자는 소녀의 친구나 가족이다. 이름은 브릿이다. 에클란드처럼 말이야, 라고 남자는 짐작한다.

(그런데 브릿 에클란드와는 하나도 비슷한 구석이 없다. 안타까운 일이다.

성차별적인 발상이야. 정서 지능이 바닥을 치는군.

아무렴요. 그래도 스스로에게 너무 가혹하게 굴지는 마세요. 그의 상상 속 딸이 말한다.)

저기 루스벤 말인데요. 리처드가 말한다. 풍경이 아름다운가요? 장소를 좀 찾고 있어서요.

영화 찍을 장소요? 소녀가 말한다.

아니. 그가 말한다. 최근에 죽은 친구가 하나 있어. 아름다운 곳에서 그녀를 위해 하늘 속으로, 뭐랄까, 어떤 생각을, 어떤 감사의 말을 띄워 보낼 수 있는 그런 장소를 찾고 있단다. 사실 이렇게 북쪽으로 올라온 것도 어쩌면 그 때문이었을 거야.

그런 걸 할 만한 훨씬 좋은 장소가 많을 것 같은데요. 알다가 말한다.

친구분이 언제 돌아가셨어요? 소녀가 묻는다.

8월에. 그가 말한다.

얼마 안 됐네요. 알다가 말한다. 상심이 크시겠어요.

고마워요. 그가 말한다. 시나리오 작가였어요. 나랑 일을 많이 했고요. 내가 운이 좋았죠. 최고였으니까. 그 친구 작품들을 봤을 만한 나이는 아닌 것 같아요, 여기 있는 사람들 모두. 1960년대, 70년대, 80년대, 그 시기에 텔레비전을 봤다면 뭐라도 그녀가 쓴 것을 봤을 거예요, 틀림없이요. 그리고 만일 보았다면 결코 못 잊었을 테고, 혹시 잊었다 해도 내면 어딘가에 남아 있을 거예요. 굉장한 재능이었답니다. 재능에 비해 인정을 덜 받았고.

알다가 방금 지나친 유적 방향으로 엄지를 까딱해 보인다.

저기는 풍경만 보면 분명 아름다워요. 그녀가 말한다. 하지만 역사를 생각하면, 별로 아름답지 못하죠.

아. 그가 말한다. 그렇군요.

한 민족이 다른 민족을 조직적으로 통제했으니까요. 알다가 말한다. 싸움, 파괴, 패배.

할아버지의 친구분은 패배한 분이셨나요? 소녀가 말한다.

그녀를 그런 단어하고 연결 지을 수는 없을 것 같구나. 그가 말한다.

뭐, 그럼 거긴 아닌 거죠. 알다가 말한다. 이미 소실된 성터 위에 지은 병영이었는데요. 1746년 이래 그대로죠. 아마도 만일 거기에다 뭘 또 지었다면 누군가가 다시 태워 없앨 게 뻔해서였을 거예요. 새로 들어선 영국 정부가 연방법 제정 이후 병영을 지었어요. 새 땅으로 돈을 더 벌려는 속셈이었죠. 그래서 군용화했던 거고요. 한 세기 동안 여기는 군사 지역이었어요. 컬로든 이후에는 특히요. 그러다 레저 지구가 됐죠. 사슴 사냥터요.

사람이 살기에는 너무 험준한 산악 지대 같아요. 리처드가 말한다. 물론 그래서 스코틀랜드 고지가 그렇게 아름다운 거겠지만요. 황폐한 아름다움이 도처에 있군요.

커피 트럭 여자 알다의 목이 붉어지는 모양을 그는 바라본다. 붉은빛은 그녀의 재킷 칼라 밑에서 귀까지 퍼져 올라간다.

아니에요, 이곳은 번성하고 분주한 곳이었어요. 그녀가 말한다. 인구도 퍽 많았고, 지금보다 훨씬 번화했죠. 북부 다른 지역의 지독한 농민 축출(Clearances) 작업에 대면 이곳에서의 농민 축출은 영향이 적었지만요.

떨이(clearance). 리처드가 말한다.

농민 축출(Clearances)요. 알다가 말한다. 선생님 어휘 목록에 또 하나 추가됐네요.

문 닫는 가게들에서 하는 세일 말이에요? 소녀가 말한다.

그게 아니고 잉글랜드의 지배 계급이 부패한 씨족장(clan chief) 지주들의 지원을 받아 고지대의 인구를 조직적으로 쳐 낸(cut down) 사건을 가리킨단다. 알다가 말한다. 그게 겨우 이백 년 전이야. 역사의 눈으로 보면 방금 전의 일이지. 그리고 조직적으로 쳐 냈다고 했는데, 아닌 게 아니라 땔나무나 덤불을 치듯 쳐 냈어. 그러고는 신문에다가 지역을 개선하고 있다고, 거친 미개인들을 진정시키고 있다고 썼지. 그들은, 여기 살던 사람들은 영리했어. 그럴 수밖에 없었지. 농경이 몹시 힘든 지형임에도 역경을 이겨 내고 수백 년 동안 견디고 살아 낸 사람들이니까. 그 거칠고 난폭한 미개인들이 내 조상이야.

영화감독이라고 하셨죠, 그러니까 영화를 연출하시는? 경비원 브릿이 말한다.

그는 그녀 쪽으로 고개를 기울이고 빈정거리는 투로 말했다.

그래요, 영화를 연출하는.

그래요? 그녀가 말한다. 정말로?

주로 텔레비전이에요. 그가 말한다. 지은 죄가 많죠. 우리 때는요, 텔레비전에 뭔가 진보적인 게 나오면 약간 죄악으로 여겨졌어요.

그녀는 언젠가 텔레비전에서 본 후로 절대 잊히지 않는 영화에 대해 이야기를 늘어 놓기 시작한다. 하지만 리처드는 이야기를 듣다 만다. 낮게 틀어놓은 라디오에서 가느다란 목소리의 남자가 자기는 이제 곧 죽을 거고 그래서 모든 친구들에게 작별 인사를 하는 거라며 태양의 계절과 그 속에서의 기쁨과 즐거움에 관해 노래하는 옛날 팝송이 나왔기 때문이다. 리처드의 머릿속에서 이런 기억이 떠오른다.

1973년 아니면 1974년의 어느 날 밤, 자다가 패디의 전화를 받았다.

더블딕, 지금 당장 와 줘야겠어. 괜찮다면…… 괜찮아?

새벽 2시 45분. 그는 빗속에서 택시를 잡아탄다.

아직 사춘기가 안 된 쌍둥이 형제 하나가 현관문을 연다.

엄마 전화 받고 왔다. 그가 말한다. 무슨 일 있니?

벽 너머로 새벽 3시치고는 꽤 큰 음악 소리가 들려온다.

왔네. 패디가 말한다. 잘됐다. 어째야 할지 모르겠어. 내 방이 최악이지만 뒤쪽 아이들 방에서도 다 들려. 화장실만 좀 낫고. 하지만 우리가 다 화장실에서 잘 순

없잖아.

노래가 끝난다. 음악이 멎는다.

됐네. 리처드가 말한다.

패디의 눈썹이 올라간다.

노래가 다시 시작된다.

아. 리처드가 말한다.

패디와 쌍둥이 하나가 웃는다. 그들 뒤의 어느 방에서 다른 쌍둥이도 웃는다.

뭐야? 리처드가 말한다.

지금 차트 1위곡이에요. 쌍둥이가 말한다.

테리 잭스.「태양의 계절」. 다른 쌍둥이가 방에서 외친다.

전화는 좀 해 봤어? 리처드가 말한다.

'다이얼 어 디스크(Dial-a-disc)'*로요? 층계참 위의 쌍둥이가 말한다.

쌍둥이 둘이 함께 웃음보를 터뜨린다.

전화해 봤지. 패디가 말한다. 초인종도 누르고. 앞문,

---

* 1966년부터 1991년까지 영국 체신국에서 제공한 전화 음악 서비스. 전화번호 160을 누르면 최신 유행 팝 음악을 들을 수 있었다.

뒷문 다 노크해 보고, 벽도 쿵쿵 두드려 봤어. 유리창에 돌멩이를 던지기까지 했고. 암만해도 집에 없는 것 같아.

어제 오후 4시 30분부터 계속이에요. 방 안의 쌍둥이가 외친다.

결국 바늘이 다 닳겠지. 리처드가 말한다.

다이아몬드잖아요. 며칠은 갈 거예요. 첫째 쌍둥이가 말한다.

경찰은? 리처드가 말한다.

패디가 그를 사납게 노려본다.

엄마는 경찰에 신고 안 하고요, 우리한테도 못 하게 해요. 방 안의 쌍둥이가 외친다.

누가 죽은 거면 어쩌려고? 그가 말한다.

그래도 엄마는 경찰에 신고 못 하게 할 거예요. 다른 쌍둥이가 말한다.

저 집에 누가 있고 아직 안 죽었다면 제가 기꺼이 죽여 주고 싶어요. 방 안의 쌍둥이가 외친다.

노래가 끝났다가 다시 시작한다.

하드윅스 부부는 설령 죽었다고 해도요. 다른 쌍둥이가 말한다. 테리 잭스만큼은 불멸이네요.

그로부터 사십 년도 더 지난 지금, 리처드는 떠올리고 있다. 그는 아파트 지붕 위로 올라가 쇠지레로 창문을 열고 빈집에 들어간 다음, 음악 소리를 따라 라운지로 가 레코드플레이어의 암(arm)을 들어 올리고 턴테이블의 싱글 판을 꺼내서 패디에게 갖다줬다. 그녀는 새벽 4시라는 시간에도 아랑곳없이 판 가운데 구멍에 연필을 끼웠고, 그들 넷은 함께 앉아서 당시 다들 분유를 넣어 마시던 인스턴트커피를 즐기면서 쌍둥이 하나가 회구마다 죄다 켜 놓은 가스 불에 음반을 갖다 대는 모습을 함께 구경했다.

그리고 리처드는 다시 열어 뒀던 창문을 통해 그 집에 들어가 레코드플레이어 옆 카펫 위에 "태양의 계절이 과다했음."이라는 쪽지를 놓고 그 위에 반으로 접힌 음반을 놓았다.

그는 아무도 들어가지 않았던 것처럼 창문을 닫고 걸쇠를 걸었고, 문틀 위에서 발견한 열쇠로 뒷문을 열고 그 집에서 나온 뒤 같은 열쇠로 문을 잠그고 열쇠는 패디에게 주었다.

혹시 테리 잭스가 부활하면 써. 그가 말했다.

그 말에 쌍둥이들이 웃음을 터뜨렸다.

생판 모르는 사람들과 오른 이국땅의 여행길에서 지금 그는 웃는다.

마치 1960년대가 돌아온 것 같다.

그는 죽지 않았다.

하하!

그는 경비원 유니폼을 입은 여자에게 기쁜 낯으로 웃어 보인다. 그녀가 정말 괴상하다는 얼굴로 그를 본다.

수많은 세월이 흐른 후 떠올린 이 이야기의 놀라운 점이라면, 쌍둥이들에게 실제로 애정을 느낀다는 사실이다. 하하 웃는 귀여운 더멋. 손으로 얼굴을 가리고서 웃는 다정한 패트릭.

유니폼 차림의 여자는 그가 그녀에게 무슨 말을 해 주길 기다리는 게 틀림없다. 소녀도 기대에 찬 낯으로 그를 바라보고 있다. 하지만 누가 무슨 말을 하고 있었는지 짐작조차 안 간다.

때로는요. 그가 말한다. 우리는 사람들이 왜 어떤 일을 하는지 전혀 몰라요. 그렇더라도 할 수 있는 최선을 다하고 동시에 유머 감각을 잃지 않으려 노력할 수는 있죠.

그 상태에서 그가 유머 감각을 유지했을 가능성은 없다고 봐요. 경비원이 말한다. 나치가 머리에 총을 쏠 게 분명한 상황이잖아요.

나치?

아, 뭐야.

리처드는 뭔가 적당한 말을 찾으려고 애쓴다.

끔찍한 시대였죠. 그가 말한다. 정말로. 그 시대를 살아 내지 않아도 됐던 게 얼마나 다행인가 늘 절감해요. 이제 텔레비전에 항상 나오죠, 언제나 똑같은 끔찍한 화면들이요. 똑같은 얼굴들, 유대인들 물건을 팔아 주지 말라고 외치는 똑같은 깡패들, 슬로건이 페인트칠된 똑같은 상점들, 기차를 향해 또는 기차에서 내려 흙길을 걸어가는 학대받아 겁에 질린 똑같은 얼굴들, 고함치는 히틀러의 똑같은 모습. 마치 그 무서운 역사가 무슨 오락거리인 줄 알아요. 그 모든 독. 그 모든 분노. 그 모든 잔혹함. 그 모든 상실. 뭐라도 배웠겠지 싶지만, 배우기는 뭘 배워, 그냥 죽자고 틀어 대요. 방 한구석에서 그런 화면들이 반복 재생되고 있어도 우리는 아무 상관 없이 일상을 살아가죠. 무서운 시간들이 쉽사리 되살아나요. 뭐라고

쳐 넣으면 화면에 떡하니 나타나요. 방금 전 라디오에서 나온 그 노래랑 좀 비슷해요. 슈퍼마켓에서도 그 왜 수십 년 전 노래가 마치 이 시대의 배경 음악인 양 나오면 똑같은 생각이 들어요. 뭐, 이 시대의 배경 음악이겠죠. 착각도 자유니까. 그건 말의 두 다리를 묶는 거나 다름없어요. 아무런 방해 없이 전진하기가 힘들게 만들죠.

경비원 여자가 그에게 고맙다고 한다.

별말씀을. 그가 말한다.

그는 이렇게 장광설을 늘어놓게 만든 소녀에게 눈을 찡긋한다. 앞 좌석에 사람이 너무 많이 앉은 탓에 소녀는 문에 착 달라붙어 고개도 제대로 못 돌린다.

견딜 만하니? 그가 말한다.

괜찮아요. 소녀가 말한다. 제 상황에 맞서 최선을 다하고 있고요, 최대한 유머 감각을 유지하고 있어요.

모두 웃음을 터뜨린다.

그 순간 그들을 마주 향해 오다가 지나친 운전자라면 리처드가 필름에 담아 두고 싶었을 그의 모습을 목격했을 것이다.

너 네가 웃기는 줄 아는구나. 경비원이 말한다.

나 웃기는 거 맞거든요. 소녀가 말한다.

머릿속이 웃기지. 경비원이 말한다.

그리고 트럭 안은 조용해지고 라디오에서 나오는 「최후의 카운트다운」이라는 제목의 노래만 들린다. 알다는 손을 뻗어 라디오를 꺼 버린다.

됐어요? 그녀가 리처드에게 말한다.

미안해요. 그가 말한다. 불평할 생각은 없었어요.

그래도 뭐. 그녀가 말한다. 맞는 말이에요. 봐요, 이제 우리는 완전히 다리가 자유로운 거예요.

그녀가 가속 페달을 밟는다. 트럭이 속도를 낸다.

이 트럭들, 속도가 꽤 나요.

얼마나 멀었어요? 소녀가 다시 묻는다.

전쟁터 말이지. 알다가 말한다. 좀 기다려.

전쟁터에 가는 거예요? 리처드가 말한다. 그 전쟁터에?

얼마나 멀었어요? 소녀가 묻는다.

얼마나 먼지 대답해 줘요. 경비원이 말한다.

안 멀어. 알다가 말한다.

분, 시간, 날, 주 아니면 달 단위로 봐서요? 소녀가 말한다.

음, 어림짐작해서. 어디 보자. 알다가 말한다. 전설 하나, 그리고 옛날 노래 두어 곡쯤이면 되겠네.

노래? 브릿이 말한다. 노래를 부르려나 보네?

혹시 알았어요? 알다가 말한다. 슬로건이 본래 게일어였다는 거? 자기 남자 덕분에 생각났어요. 병사들의 고함 소리였던 '슬루아겜(sluagh-ghairm)'이 슬로건이 된 거고, 그래서 함성을 의미해요. 슬로건, 슬로건들 하는데 근원이 뭔지 확연히 드러나죠. 주권을 찾아오자, 탈퇴는 탈퇴일 뿐, 유대인들 물건을 팔아 주지 말자는 물론이고, 하다 못해 아임 러빈 잇(I'm lovin' it), 저스트 두 잇(just do it), 에브리 리틀 헬프스(every little helps)까지 모두 그런 성격인 거예요.*

내 남자 아닌데요. 경비원이 말한다.

어떤 언어로 시간이 흐르건 난 상관없어요. 소녀가 말한다. 흘러 주기만 하면.

* 각각 맥도널드, 나이키, 테스코의 슬로건이다.

**1976년 4월 1일.** 여느 날과 똑같은 보통의 가능성들로 가득했던 날. 몹시 우려할 만한 뉴스들이 터진 날. 서사 전략과 현실의 날. 공생적이라는 (그게 무슨 뜻이건) 단어의 날. 그리고 무엇보다도, 리처드가 마침내 깨달은 대로, 그런 것이, 통상의 몹시 우려할 만한 확률에도 불구하고 희망을 품고 다가가는 것이 사랑이므로 그가 늘 희망을 품고 다가갔던, 예상치 않게 아주 괜찮았던 섹스를 한 날.

왜 나를 더블딕이라고 부르지? 섹스가 끝난 다음, 그녀의 침대 위에서 그녀의 팔을 베고 그가 말했다.

뭐가 왜야, 자기? 패디가 말한다.

(바로 옆의 패디는 그녀의 표현대로 제정신이 아니다.)

내 비범한 솜씨에 경의를 표하는 표현인가? 그가 말한다.

뭐가? 그녀가 말한다. 아, 더블딕. 하.

나야 당연히 그렇게 생각하고 싶은데. 그가 말한다. 하지만 벌써 몇 년째, 처음 만난 날부터 그렇게 불러왔으니 오늘 처음으로 당신이 경험한 비범한 솜씨와는 무관할 거 아니야. 항상 속으로 그렇게 상상해 온 거라면 몰라도. 만약 그렇다면, 제발 아니기를. 당신은 지금 조금 실망했을 수도 있으니까.

그녀가 웃음을 터뜨린다.

자기 성기(dick)랑은 무관해, 딕. 그녀가 말한다.

그래, 어쩔 수 없군. 그가 말한다.

나 멋진 섹스라면 꽤 밝히는 사람인데, 더블딕, 방금 전 그거 꽤 멋졌어. 고마워. 그리고, 아냐, 더블딕은 찰스 디킨스의 옛 소설에서 따온 거야.

오. 그가 말한다. 나야말로 조금 실망인데.

별로 유명한 이야기는 아닌데. 그녀가 말한다. 자기

하고 이름이 똑같은 젊은이가 주인공이야.

리처드? 아님, 리스? 리처드가 말한다.

「리처드 더블딕의 이야기」. 패디가 말한다. 처음 만났을 때 이름이 리처드라는데, 현실에서 리처드라는 사람을 만난 게 처음이라 머릿속에서 그냥 자연스럽게 자기 이름 뒤에 더블딕이 따라붙었고, 앞으로도 항상 그럴 거야. 그러니까 자기는 언어에서 실체가 빚어진 셈이지.

시나리오 작가가 알몸의 남자에게 전하는 말이로군. 리처드가 말한다. 어떤 이야기야?

플롯이 좀 들쭉날쭉해. 패디가 말한다. 리처드 더블딕이라는 청년이 있는데 입대를 하게 돼. 훌륭한 병사는 아니야. 사실 아무것에도 훌륭하지가 않아. 인생 시작부터가 좋지 않았어. 끔찍한 유년기를 보냈고, 불행한 영혼이야. 삶의 방향도 없이 길을 잃었고, 말썽만 일으키는 자신이 한심하기만 해. 그런데 한 장교가 그에게 관심을 갖고 친구가 되어 도움을 주고 가족처럼 대해 줘. 덕분에 더블딕은 오래지 않아 일급 전투 기계로 성장해. 하지만 장교가 전사하고, 상심한 리처드 더블딕은 일생을 바쳐 무슨 일이 있어도 복수를 하겠노라 다짐을 하지.

그렇게 세월은 흘러가고…….

세월이란 그러지. 리처드가 말한다. 흘러가는 법이지.

……그는 사랑스러운 여인을 만나지. 패디가 말한다. 그녀와 사랑에 빠지고 결혼을 하게 돼. 처가에 인사를 드리러 가는데 도착하자마자 그 가문의 수장이 바로 그가 흠모했던 장교의 목숨을 빼앗은 장본인임을 깨닫는 거야.

아. 리처드가 말한다.

그러게 말이야. 그녀가 말한다.

그래서, 그는 어떻게 하지?

그게 문제지. 패디가 말한다. 바로 그게 문제야. 그가 어떻게 하느냐가 이 소설이 훌륭한 작품인 이유니까. 그는 원한을 내려놓아. 지난 일은 잊어버리기로 결심하는 거지. 한쪽 집안 아들과 다른 집안 아들이 한편이 되어 공동의 적과 싸우는 장면으로 소설은 끝나, 프랑스군과 영국군의 연합을 예언하듯 말이야. 전쟁은 사라지지 않아도 적의는 사라질 수 있음을 말해 주는 거야. 시간과 함께 상황은 변해. 지금은 얼어붙고 닫혀 있는 것들도 언젠가는 녹아내리고 열릴 수 있고, 지금은 상상할 수 없이 불가능한 것들도 언젠가는 거뜬히 해낼 만한 일이 될 수 있어.

어릴 때, 열세 살이 되면서 읽은 책이야. 학창 시절의 마지막 날이었지. 당시 내 삶에는 아무런 가능성도 없었어. 아버지가 막 돌아가셨고 집엔 돈이 없었어. 모두 다, 열한 살 여동생까지 일을 하러 나가야 했어. 우리는, 우리 중의 누구도 멍청하지 않았어. 아버지는 뛰어난 분이었지만 재능을 꽃피우지 못하고, 당신이 만든, 그러니까 당신이 작업 인부로 일했던 길 위에서 변사체로 발견됐어. 우리에게는 그야말로 승산이 없었어. 경찰은 무자비한 개자식들이었고. 참 잔혹한 시절이었지. 같은 해에 언니도 하나 죽었어, 결핵으로. 열아홉 살 매기 언니는 재미있는 사람이었고 눈치가 빨랐어. 무슨 일에 홱 돌아보며 별것 아니라 일축하던 모습이 지금도 눈에 선해. 춤추기를 좋아했고 남자애들 한둘과 키스도 했을 거야. 언니랑 나는 굉장히 비슷했어. 마을의 사진사가 우리 사진을 찍어 줬는데 그때는 손으로 사진에 색깔을 넣던 시절이야. 그런데, 가족들 중 딱 나만 골라내서 언니하고 똑같이 볼을 빨갛게 칠했어. 내게 승산이 거의 없다는 생각이 그래서 더 들더라.

도서관에 갔는데 난로 쇠살대 안이 텅 비어 있는 거야. 수녀들은 따뜻한 거 별로 안 밝히잖아. 혹시라도 아직 온기가 있을까 하는 희망으로 그 옆에 가 앉았지. 손에 책을 들고서 이런 생각을 했어. 오늘이 아마 이렇게 앉아 책을 들고 있을 수 있는 마지막 날일 거야.

우리는, 우리 집에는 책이 전혀 없었어.

서가에서 아무거나 책을 한 권 뽑아 들었어. 무슨 일이 있어도 처음부터 끝까지 책 한 권을 읽고 말겠다고 작정했거든. 책장을 넘기며 읽는데 내 인생이 저 난로마냥 텅 비었구나, 저 식은 재 같구나 싶었어.

하지만 시간의 공장이란 비밀스러운 장소지. 이것도 찰스 디킨스야.* 때로 행운이 찾아오거든. 약간의 도움과 약간의 운으로 우리는 역사가 지정해 준 그것 또는 아무것도 아닌 것 이상의 것이 되지. 우리가 여기 있는 건 오로지 다른 사람들의 은혜와 노력 덕분이야. 최소한 나는 그래. 도움을 준 다른 사람들에게 감사를. 잠들기 전에

* 『어려운 시절(Hard Times)』에 나오는 문장.

나는 기도해. 그리고 나 자신도 많은 이들에게 그런 다른 사람이 될 수 있기를.

당신 은혜로 내가 지금 여기 이렇게 있는 것만큼은 분명해. 리처드가 말한다.

자기가 더듬고 있는 곳을 은혜라고 부르진 않을 텐데. 패디가 말한다. 그럼 까짓것, 우리 한번 해 볼까, 더블? 딕?

평판은 지켜 줘야겠지? 그가 말한다.

섹스 후에 그들은 『어려운 시절』에 관해 농담을 나누고, 그녀는 더블디킨스(Doubledickens)라는 이름의 요절복통할 가상의 섹스 행위를 고안해 낸 뒤 그에게 아래층에 내려가 차 한 주전자를 끓여 오라 시킨다. 쟁반에 차를 얹어 돌아와 보니 그녀는 어느 틈에 샤워를 하고 옷도 입었다. 그들은 함께 차를 마신다.

그리고 그게 다다.

그는 한쪽 눈을 떠 시간을 확인한다. 속도계 옆 시계가 13시 04분을 가리키고 있다. 알다라는 여자는 잠재의식에 언어가 있고 노래할 능력까지 있다면 이렇게 들리겠다 싶은 언어로 무슨 노래를 부르고 있다.

그는 눈을 감는다.

책 한 권을 부적처럼 가슴에 안고 팔짱을 낀 열세 살의 패디가 텅 빈 난로 옆에 앉아 있다.

하도 말라서 투명하게 비쳐 보일 정도다.

그녀 뒤로 줄지어 선 아이들이 끝없이 이어진다. 모두 다 낙엽으로 만든 것 같은 넝마를 입고 있다. 그들의 손은 기계 안으로 집어넣어 기름이며 섬유 찌꺼기를 닦아 낼 수 있을 만큼 작은 것이기에, 그들의 폐는 그런 오물로 가득하다. 하지만 어떤 손도 그들의 폐 안으로 들어가 그것들을 닦아 줄 수 없다.

그런 시대가 끝나 참 다행이지. 그가 생각한다.

이제 세상이 한결 나아졌으니 참 다행이야.

정보 좀 업데이트하지. 소녀 패디가 말한다.

그의 상상 속 딸과 무척 비슷한 목소리다.

지금도 아이들은 탄광에서 일을 해. 그녀가 말한다. 13시 04분 지금 이 순간에도. 자기도 잘 알잖아. 그 아이들은 환경 친화적인 전기 자동차에 쓸 코발트를 캐고 있어.

지금도 아이들은 헬로키티 넝마를 입고 노예 노동

공장에 앉아 폐기 배터리들에 망치질을 하면서, 만지는 순간 중독되고 말 금속을 뽑아 내고 있어.

아이들은 쓰레기 매립지에서 쓰레기를 먹고 있어.

성 착취에 이용되기 좋은 다양한 연령대의 아이들이 이용당하고 촬영되고 교환되고 또 촬영돼. 13시 04분 지금 이 순간에도 그 아이들의 머리 위로 돈이 오가고 있어. 부모가 어디 있는지, 살았는지 죽었는지 언제 다시 보게나 될지조차 모르는 수천 명의 아이들이 미국 땅의 차디찬 창고에 갇혀 있어. 세상이 한결 나아졌다는, 지금 이 시대에도. 혼자 사는 아이들이 온 나라에 가득해. 세계를 건너 여기 왔다가 사라지는 아이들이. 여기서 태어나 살지만 먹을 게 없어 굶주리는, 새로운 버전의 옛 영국 빈곤층의 수십만 아이들도 빼놓을 수 없지.

수십, 수백만의 우리가 재봉틀을 늦게 돌리면 말이야. 소녀 패디의 뒤로 줄지어 선 아이들이 그를 향해 말한다. 공장을 돌리는 사람들은 우리 손을 바늘 아래 대고 우리 발로 발판을 밟게 만들어 우리 손을 박아 버리지. 우리 손이 안 간 티셔츠나 흔해 빠진 초콜릿 바는 세상에 없어. 우리가 돈에 이용 안 된 역사도 없고. 우리는 공장이야. 우리는 산 채로 잡아먹혀. 그래서 우리는 배고픈 아귀가 되었지. 그리고 당신들은 우리가 뜯어먹고 살 앙상하고 가련한 존재들이고. 이것이 사실이야.

이건 분명히 패디의 목소리다.

그렇다면 지금껏 그의 상상 속 딸은 소녀 패디였을까?

이런 생각을 하고 있는데, 머릿속의 넝마 아이가 그에게 불을 뱉는다. 소녀의 손이 불타고 있다. 소녀는 그 손을 흔들어 그의 주의를 일깨운다. 소녀의 손가락들에서 잉걸불이 떨어지더니 소녀의 발치에서 갈라져 작은 불티들로 타오른다.

항상 모든 걸 자기 본위로 만들지 좀 마, 더블딕. 그녀가 말한다. 제발 좀 깨어나라고.

**눈을 뜨니 13시 05분이다.**

이상한 흡인력의 노랫소리가 멈추자 눈이 떠진 것이다.

산비탈을 달리는 중인데 아래로 아름다운 풍경이 펼쳐진다. 물, 다리, 반짝이는 도시.

여기가 어디예요? 그가 말한다.

그러는 선생님은 어디 가 계셨어요? 알다가 말한다.

노랫소리가 자장가 같았어요. 그가 말한다. 무의식에 나름의 언어가 있어 말할 줄 아는 것 같았죠. 무의식,

잠재의식, 대체 차이가 뭔지 모르겠지만. 어쨌든 그들 중의 하나가 노래하듯 들렸다는 뜻이에요.

좋은 의도겠지만, 의식적이고 일상적이고 무척 진솔한 언어예요. 알다가 말한다. 어쨌든…… 음, 뭐라 불러야 하나, 선생님의, 아마도, 낭만에 감사 드려요.

마음을 진정시키는 노래네요. 경비원 여자가 말한다. 인터넷에서 팔아도 되겠어요. 돈도 많이 버시고.

고맙다고 해야겠죠? 알다가 말한다.

여기가 어디냐면, 거기 거의 다 왔죠? 소녀가 말한다.

다급한 아이로구나. 리처드가 말한다. 세상에서 가장 큰 원동력이지.

두어 가지 볼일이 있어서 마을에서 잠깐 쉬어 가야 해요. 알다가 말한다. 오늘 이렇게 많은 분을 태우게 되리라고는 예상치 못했거든요.

그녀가 리처드를 향한다.

그리고 돌아가신 친구분 말씀을 하셨는데요. 그녀가 말한다. 여쭤보고 싶은 게 있어요. 여러 해 전 텔레비전에서 방영한 연극과 선생님이 혹시 관계가 있지 않으신가 해서요. 「앤디 호프눙」이라는 거였는데요. 맞아요?

리처드는 이마를 문지르고 손바닥 끝을 한쪽 눈에 댄다.

혹시 이거 꿈이니? 그가 소녀에게 묻는다.

게일어에 대한 말씀으로 알다 아주머니를, 아이라는 호칭으로 저를 불쾌하게 만드실 만큼 정신이 말똥말똥하세요. 소녀가 말한다.

그럼 내가 여기 있는 건 분명하구나. 그가 말한다. 하지만 그래도 자고 있는 건지도 몰라. 나로 말하면 자면서도 충분히 사람들을 불쾌하게 만들 수 있으니까.

그가 알다를 향해 고개를 돌린다.

「앤디 호프눙」 내가 만들었어요. 그가 말한다.

리처드 리스 감독님이라고요? 그녀가 말한다.

그래요. 그가 말한다.

!

그녀의 말에 하도 놀란 나머지 그는 늘 덧붙이는 '지은 죄가 많아 놔서.'라는 말도 빠뜨린다.

「고통의 바다」. 그녀가 말한다.

그래요! 그가 말한다.

「판하르모니콘」. 그녀가 말한다.

「판하르모니콘」. 그가 말한다. 세상에.

어렸을 때 좋아한 작품이에요. 알다가 말한다. 뭐, 십 대 때요.

요즘 「판하르모니콘」을 기억하는 사람은 하나도 없어요. 리처드가 말한다. 나조차 그건 잊어버렸는데.

아주 많이 좋아했어요. 그녀가 말한다. 작가가 최근에 돌아가셨다는, 좀 전에 말씀하신 그 친구분이시죠? 신문에서 봤어요.

네, 죽었어요. 그가 말한다. 내 친구고요.

정말 상심이 크시겠어요. 그녀가 말한다. 신문에서 기사를 보고 그 연극들을 썼던 여잔데, 생각했어요. 퍼트리샤 힐.

맞아요. 그가 말한다. 사실 「판하르모니콘」 아이디어도 「앤디 호프눙」 작업을 하던 중에 나온 거예요. 도서관에서 줄창 베토벤 자료를 찾아 읽고 음악을 듣다가 베토벤에게 자동 합주용 기계를 위한 곡을 써 달라고 요청하는 남자의 이야기를 발견한 거죠.

판하르모니콘이요? 소녀가 말한다. 마법의 칼라데시 카드 덱 같은 건가요?

리처드가 눈을 껌벅인다.

베토벤은 18세기, 19세기 작곡가였단다. 그가 말한다. 그리고…….

네, 네, 베토벤이 누군지는 나도 알아요. 소녀가 말한다. 뮤직 박스에 대해 여쭤보는 거예요. 남동생의 카드 덱 안에 같은 이름의 그림이 있거든요. 어쨌든 말씀 계속 하세요. 베토벤은 18세기, 19세기 작곡가였고, 그리고요?

이렇게도 다양한 주제를 망라하여 내가 사람들을 불쾌하게 만들고 있는 걸 보면, 꿈이 아닌 건 분명하구나. 리처드가 말한다.

그는 「판하르모니콘」에 대해 기억나는 이야기를 해주었다.

베토벤에게는 메트로놈을 발명하고 오케스트라 전체를 모방할 줄 아는 기계를 만든 친구가 있었는데, 그가 대중 앞에서 이 기계의 시범을 보일 만한 곡을 하나 써 달라고 베토벤에게 청했고 그래서 베토벤의 그 청을 들어주었다는 것이었다.

약 십오 분 길이의 곡이었는데요. 리처드가 말한다. 「웰링턴의 승리」라는 제목으로 프랑스 곡조와 영국 곡조가 서로 다투는 모습을 보여 주었어요. 당시 엄청난 인기를 모았다고 하는데 지금은 기억하는 사람도 별로 없어요. 「지배하라 브리타니아여」와 영국 국가를, 「그는 근사한 친구니까」의 곡조와 맞붙게 했죠. 「그는……」은 본래 영국 노래가 아니라 프랑스 노래로, 전쟁터에 나갔다 전사한 유명한 공작의 무덤에서 나무 한 그루가 자라나고 그 나무 위에 새 한 마리가 앉는다는 내용이에요. 뭐 그런 식으로 진행돼요.

리처드는 베토벤이 발명가 친구가 기계가 낼 수 있는 소리뿐 아니라 초창기 스테레오 효과까지 보여 줄 수 있도록 그 곡을 썼다고 말한다.

말하자면 음악이 편을 드는 거예요. 그가 말한다. 사실이 그런 게, 왼쪽에서 나오는 소리도 있고 오른쪽에서 나오는 소리도 있고 그러니까요. 어느 편이 이겼는지를 그렇게 알려 주죠. 대포 소리를 흉내 낸 북소리가 오래 이어지는 쪽이 승자예요.

내 친구 패디는, 모두 다 패디라고 불렀고 본인도 그랬어요. 어쨌든 이걸 아주 좋아했죠. 그래서 그걸 바탕으로 어느 영국 마을에서 일어난 분쟁에 대한 이야기를 셨어요. 가운데 주차할 수 있는 잔디밭 가두리를 놓고 길 양편 사람들이 서로 자신들에게 우선권이 있다고 우기는, 그리고 어느 한쪽이 이른바 통제권을 행사했을 때 무슨 일이 일어나는지에 대한 이야기였어요.

학살이죠. 알다가 말한다. 자동차 학살. 훌륭했어요. 불타는 아이스크림 트럭. 지금 바로 재방영해야 돼요. 그렇게 시대를 초월하는, 아니 그보다 시의적절한 작품도 없거든요. 작가가 마치 미래를 내다본 것 같아요.

정말 뛰어난 작가였어요. 리처드가 말한다. 정말 뛰어난 작가예요.

소년 역이 참 좋았어요. 알다가 말한다.

그 배우는 그 후 여러 영화에 나왔어요. 리처드가 말한다. 「중개자」, 「에쿠스」, 「미드나잇 익스프레스」 같은. 그러고는 할리우드로 갔는데 어떻게 됐는지 모르겠네요.

참 훌륭했어요. 알다가 말한다.

데니스. 리처드가 말한다.

데니스, 맞아요. 알다가 말한다. 첼로를 했는데, 괴롭히는 불량한 아이들이 무서워 더 이상 학교에 가져가질 못하죠.

그러고는 서로 좋아하는 길 맞은편 집 소녀 엘레오노라와 함께 동산 위에 올라가 앉아요. 엘레오노라네는 이탈리아계인데 그 집 아이스크림 트럭에 사람들이 불을 지르죠. 리처드가 말한다. 불타는 차들에서 피어오르는 연기를 바라보며 둘은 왜 자기네 편이 잔디밭 가두리의 정당한 통제권을 갖고 있다고 생각하는지 진지하게 의견을 나눠요. 싸우기 직전이죠. 그때 레오가, 소년은 소녀를 레오라고 부르거든요, 갑자기 웃음을 터뜨려요. 그러면서 이렇게 여기 올라와 내려다보니 저 아래서 일어나는 일들이 너무 어리석어 보이지 않느냐는 거예요. 그러자 소년도 그래요, 웃음을 터뜨려요. 그리고 결말은, 이 둘이 그들이 사는 길 한쪽 끝에 서서 이웃 사람들이 서로에게 돌을 던지는 모습을 바라보고, 소녀가 노래를 부르기 시작하고 소년은 다른 노래를 연주하다 결국 두 선율이 조화를 이루어 하나가 돼요.

그리고 그 한순간. 알다가 말한다. 기적 같은 한순간, 절묘하게 만나 어우러진 노랫소리에 사람들이 돌 던지기를 멈추고 일제히 돌아서서 그들을 보며 노래를 듣죠.

그러다 금방 다시 서로의 집들을 향해 돌을 던지고요. 리처드가 말한다. 이어서 두 아이의 부모가 군중 속에서 나와 그 둘을 각자의 편으로 끌고 들어가요.

불탄 자동차들과 벽돌 조각들이 널린 콘크리트 바닥에 첼로가 덩그러니 놓여 있지요. 알다가 말한다.

결말이 아주 선명해요. 리처드가 말한다.

그게 결말이 아니에요. 알다가 말한다.

결말 맞는데. 리처드가 말한다.

결말은요, 이 둘이서 기차에 올라 있어요. 알다가 말한다. 마을을 떠나 세상 속으로 나아가는 거예요. 둘이 함께요.

오. 리처드가 말한다. 아, 맞다. 그래요. 그랬어요.

좌석이 여섯 개인 허름한 객차. 알다가 말한다. 문이 닫혀 있어서 그 둘이 무슨 말을 하는지 창 너머로 들리지 않아요. 이제 그 둘만의 공간이죠. 그들은 누가 따라오는 건 아닌지 창밖을 내다봐요. 이윽고 기차가 출발하고 둘은 서로의 품에 안겨 우스꽝스러운 춤을 추고 그래요. 이윽고 카메라는 기차 밖, 하늘에서 바라본 마을, 그곳을 떠나는 기차를 담다가 계속 위로, 위로 위로 올라가 하늘을 나는 새의 눈으로 내려다본 마을이 얼마나 작은지 보여 줘요.

리처드가 미소를 짓는다.

신의 장면이었죠. 그가 말한다. 다른 장면들을 다 합친 것보다 더 돈이 많이 들었어요. 그야말로 피땀으로 얻은 숏이었어요. 어떻게 그걸 다 잊어버렸을까. 나보다 더 잘 아는군요. 내가 만든 건데도.

레오 역을 했던 소녀는 어떻게 됐어요?

이름이 트레이시 뭐였는데. 그가 말한다. 「계속해 이매뉴얼」에 나왔고 퍼실 세제 광고도 했는데, 그 뒤로는 모르겠어요.

우리 문화, 풍성도 하군요. 알다가 말한다.

경비원 여자가 「그는 근사한 친구니까」 곡조에 맞춰 노래를 부르기 시작한다.

곰이 산을 넘어갔다네. 그녀가 노래한다. 곰이 산을 넘어갔다네. 곰이 산을 넘어갔다네. 하지만 시간 낭비였어. 거긴 산밖에 없었거든. 거긴 산밖에 없었거든. 거긴 산밖에 없었거든. 그래서 곰은 그냥 집에 남았지.

커피 트럭 안의 사람들이 모두, 가사를 어림짐작해

가며 따라 부른다.

트럭이 대형 슈퍼마켓 주차장에 정차한다.

다 왔어요? 소녀가 말한다. 여기예요?

아니야. 알다가 말한다.

뭐, 누구 말씀대로 아이처럼 굴려는 건 아니지만요. 거의 다 온 건지, 얼마나 더 남았고 얼마나 더 걸릴 건지, 그런 질문들이……. 소녀가 말한다.

얼마나 더 남았고 얼마나 더 걸릴지 얘한테 좀 알려 주시죠. 경비원 여자가 알다에게 말한다.

얼마나 걸릴지는 며느리도 모르지만, 당신들 둘을 내던지고 싶은 거리만큼 남았어요. 알다가 여자에게 말한다.

그녀가 문을 연다. 그리고 조수석 쪽으로 돌아와 문을 열고 튕겨 나오는 소녀를 받아 준다.

그들은 모두 주차장 위 커피 트럭 주위에 선다.

리스 씨, 인버네스에 오셨어요. 알다가 말한다. 저기 마을로 들어가는 버스가 있으니 걷고 싶지 않으면 그걸 타시고. 더 데려다드리지 못해 죄송하네요. 「오늘의 연극」을 만든 분을 만나다니 믿기지 않아요. 최고의 날을 만들어 주셨어요.

내게는 최고의 해였어요. 그가 말한다. 아니, 최고의 십 년이었죠.

짐작도 못 할 일이었죠, 그렇죠? 그녀가 말한다.

그녀는 수줍게 그를 포옹한다. 그도 수줍게 그녀를 포옹한다.

그는 경비원 여자에게 작별 인사를 한다.

안녕히 가세요. 여자가 말한다.

그는 소녀를 힐끗 본다.

내가 너한테 빚을 졌구나. 그가 말한다.

사실은요. 소녀가 말한다. 전통에 따르면 이제부터 저는 할아버지를 평생 공식적으로 책임져야 해요. 하지만 저는 어떤 전통은 무시하는 편이고, 그러니 운 좋으신 거예요.

널 만난 게 행운이었다. 그가 말한다.

그리고 주머니에서 홀리데이 인 볼펜을 꺼낸다.

이걸 갖게 해 주면 대가로 그 책임에서 놓여나게 해 주마. 그가 말한다.

하지만 소녀는 이미 그 자리를 떠 미래를 향하고 있다.

그들은 그를 남겨 놓고 슈퍼마켓으로 향한다. 낯선 도시의 주차장에서, 자기 인생의 이야기 안에 내던져진 채, 그는 홀로 서 있다.

**슈퍼마켓 정문 위 시계가 1시 33분을 가리킨다.**

한 남자가 레몬들을 유심히 살펴보고 있다.

우툴두툴한 레몬 껍질이 살짝 소름이 돋아 있거나 거친 살갗과 비슷하다.

레몬 꼭지는 로마 박물관들에 전시된 완벽한 미인상들의, 손이 잔가지로 변하는 보르게세 공원 안 조각상 젖가슴의 유두를 연상케 한다.

변해 버린 여자의 모습이라고, 아버지가 그러네요. 멋진 시간을 보내는 중. 아주머니도 여기 있다면 좋을 텐데요.

난 늙은 성차별주의자야. 그가 생각한다.

젊은 성차별주의자기도 했죠. 그의 상상 속 딸이 말한다. 재미있는 시절이었죠?

어쩔 수 없었다고. 그가 말한다. 비난 좀 그만해라.

비난하는 거 아닌데요. 그녀가 말한다.

뭘 모르던 때였어. 그가 말한다.

그건 다 핑계죠. 그녀가 말한다.

조용히 해. 그가 말한다. 나 지금 바쁘다.

뭘 하느라 바빠요? 그녀가 말한다.

레몬의 레몬성에 접근하려는 중이야. 그가 말한다.

죽었을 수도 있지만 죽지 않고 슈퍼마켓 과일 코너에 서서 어디선가 재배되어 어디론가 출하됐다 여기로 실려 온 뒤 매대에 올라앉아 썩기 전에 팔리기를 기다리고 있는 레몬의 외관을 살펴보는 남자 이야기의 어딘가에 교훈이 있을 것이기 때문이다.

하지만 그럼에도 다다르지 못한다.

통 안에 놓인 것들에서 노란 그물망 안에 담긴 레몬들로 그의 눈길이 옮겨 간다. 그는 통 안에 놓인 레몬을 하나 집어 손안에서 무게를 느껴 보고 코에 갖다 대 본다. 아무 느낌도 없다. 엄지손톱을 왁스를 바른 껍질 속으로 두어 번 밀어 넣는다. 단맛과 쓴맛이 동시에 퍼지며 진한 레몬 향이 뿜어져 나온다.

한 알의 레몬 옆에 있는 것만으로도 시각, 후각, 촉각 등 여러 감각이 다시금 살아난다. 바로 이것이 지금 그가 느끼고 있어야 하는 것이다.

그러나 지금 그의 머릿속에 떠오른 것은 전처의 친구 하나가 전처에게 거의 끝 무렵, 그러니까 그들이 그를 떠나기 직전 크리스마스에 준 조그만 레몬 나무이다. 그 가냘픈 것에 웬 뻐꾸기만 한 레몬이 하나 달려 자라고 있었는데, 그것을 만들어 낸 가느다란 줄기에 비해 너무 크고 무겁고 밝은 나머지 결실이란 개념이 어쩐지 괴물처럼 느껴졌다.

그 나무는 들어온 날부터 황홀한 향기를 내뿜었다. 그러더니 꽃을 다 잃고 잎도 잃고 다시 잎이 자라나는가 싶다가 다시 다 잃고 그중 몇 개만 다시 자랐다. 하지만 무척 강인한 나무였다. 그들이 떠난 이듬해 겨울에야 완전히 죽었는데, 생각해 보니 여러 달 동안 물 한번 주지 않았었다.

본래 뜨거운 불모의 땅에서도 자라는 나무 아니던가. 물이 필요한 나무가 아니어야 옳았다.

이런 것들은 그가 지금 생각하고 싶은 것이 아니다.

그가 생각하고 있고 싶은 것은, 그렇다! 삶이고! 열의*다!

그리고 한 여자다! 그를 알아봐 준! 그가 누군지 알고 최고의 날을 만들어 주었다고 말해 준! 그가 세상에서 한 일과 그의 작품을 그 자신보다 더 잘 알고 그를 포옹해 준 난생처음 만난 여자 말이다!

그런데 웬걸.

그가 생각하고 있는 건 잎이 다 떨어진 나무다.

이 레몬들이 슈퍼마켓 레몬이 아니었다면 이 경험이 달라졌을까? 거대한 온실에서 온갖 화학 물질로 범벅이 되어 대량 생산된 공장 레몬이 아니라, 아직 잎이 그대로 달린 유기농 시칠리아산 레몬이라면? 그가 진짜 시칠리아에서 따뜻한 하늘 아래 아직 나무에 달린 레몬을 바라보고 있었다면 이 경험이 달라졌을까?

---

* '열의'를 뜻하는 영단어 zest에는 '오렌지·레몬 등의 껍질'이라는 의미도 있다.

그는 자신 때문에 죽은 과일나무를 생각한다.

도대체 뭘 하고 있는 걸까?

무엇보다도, 지금, 도대체 그는 여기서 무엇을 하고 있단 말인가? 길을 걷고 그를 스쳐 지나가는 사람들이 기묘한 단모음 영어로 말하는 이 이방의 땅에서 말이다. 그는 인생 최악의 바닥을 치고 올라갔다가 도취감을 느끼고 다시 내려오는 중인데, 그 바닥이란 몇 가닥 메마르고 시든 가지들로 위장한 모습으로 아직 거기 존재하고 있고, 그 바닥 아래에 친구는 아직 죽어 있고 가족은 돌아오지 않고 있고 작업은 엉망진창이며 과일나무는 영영 죽어 버렸고 그의 삶은 겨울 사막과도 같다.

슈퍼마켓 시계가 1시 34분을 가리킨다.

슈퍼마켓 안 모든 사람들의 머리 위로 모두들 별을 따고 높은 산에 오르라는 노래가 흘러나온다.

이보세요, 미스터 드라마. 그의 상상 속 딸이 말한다. 소위 예술의 왕이란 분이 여기서 뭘 하고 있는 거예요? 대체 뭘 하고 있냐고요?

그는 손에 든 레몬을 바라본다.

손 너머로, 이름이…… 브릿이라던 그 경비원 여자

가 보인다.

그녀는 과일 코너 통로를 이리저리 헤매고 있다. 입구 밖으로 달려 나갔다 급히 도로 들어와 계산대 뒤편과 셀프 계산대 구역을 혼비백산 뛰어다닌다.

그녀는 미친 사람처럼 뛰고 있다. 모두의 머리 위로 흘러나오는 노래만큼 수선을 피운다. 그녀가 그를 본다.

그녀가 그에게 달려온다. 뭐라고 소리를 질러 댄다.

그 사람들은요? 그녀가 말한다.

뭐라고요? 그가 말한다.

선생님하고 같이 있나요? 그녀가 말한다. 그 사람들이 선생님하고 같이 있어요?

누구요? 그가 말한다.

어디 있지? 그녀가 말한다. 그들이 어디로 갔는지 봤어요? 마지막으로 본 게 언제였어요?

아가씨하고, 주차장에서. 그가 말한다. 십 분 전에요.

거짓말이죠? 그녀가 말한다. 같이 짠 거죠?

뭐라고요? 그가 말한다. 짜긴 뭘 짜요? 트럭 안에 있을 거예요.

그는 그녀와 함께 주차장으로 나간다. 그의 기억에

커피 트럭이 주차 되어 있던 곳으로 간다. 하지만 맞는 구역을 찾을 수가 없다. 또는, 사라져 버렸다.

여기 있었어요. 그녀가 소리를 지른다.

그녀는 사륜구동 차 두 대 사이에 선다.

여기 있었다고요. 그녀가 소리친다. 바로 여기에요.

그녀는 거의 울부짖다시피 하며 분홍색 더플백을 트럭이 있던 자리의 허공에 휘둘러 차의 옆면을 반복적으로 친다. 경보음이 울리지만 그녀는 깨닫지 못한다.

선생님은 몰라요. 그녀가 말한다. 아이의 책가방을 제가 갖고 있어요. 가방이 필요할 거예요. 이건 신뢰의 문제예요. 걔가 이런 짓을 하다니 믿을 수가 없어요. 이런 짓을 할 줄은 정말로 몰랐어요.

멀리는 못 갔을 거예요. 그가 말한다. 전화를 해 봐요.

걘 전화가 없어요. 그녀가 울부짖는다.

전쟁터로 간다고 했어요. 그가 말한다. 택시를 타요. 택시 회사에 전화해요.

경비원이 휴대 전화를 꺼낸다.

그녀는 그에게 전쟁터의 이름을 묻는다.

그날 오후 한참 뒤에야, 전쟁터와 SA4A 트럭과 고

성과 경찰까지 모두 끝난 뒤, 눈앞에서 일어난 일도 인지하지 못하는 자신에게 놀란 채 머릿속을 정리해 보려 애쓰며 재킷 주머니에 손을 넣고서야, 그는 슈퍼마켓 과일 코너에서 모종의 교훈을 찾아내려 손에 들고 있었던 레몬을 발견한다.

**그게 10월이었다.**

지금은 이듬해 3월이다.

「백만 명의 사람들」이라는 제목을 붙일 새 영화 프로젝트를 위해 인터뷰를 하느라 여러 차례, 이곳 사람들 말버릇대로, 들고 난* 탓에 이제 리처드는 인버네스와 컬로든 사이의 길을 안다.

친애하는 마틴에게,

---

* back and forth 대신 back and fore를 쓴다고 쓰여 있어 '드나드는' 대신 '들고 난'으로 옮겼다.

미안해요.

그 영화는 못 하겠어요.

세최얼

R.

익명성을 보장하기 위해 인물들을 실루엣으로, 그리고 분위기를 살리기 위해 전쟁터 주차장에 세워 둔 커피 트럭 실내에서 촬영하는 중이다. 그가 먼저 도착해 소형 카메라를 스틱 위에 장착하고 기다리면 인터뷰 대상들이 트럭 안에 들어와 팔지도 않는 커피 가격표 아래 낮은 걸상에 앉고, 그는 절대로 초상권이 누군가에게 이용되는 일이 없도록 조명을 조정한 뒤 버튼을 누른다.

녹화.

이런 마을, 소도시에서 낯선 얼굴은 주목을 받을 텐데 그러면 빼돌린 사람들이 금세 눈에 띄지 않나요? 그가 첫 번째 인터뷰 대상에게 묻는다.

우리 네트워크는 전국 규모예요. 이렇게 말하는 실루엣은 알다, 그가 여기 온 첫날 커피 트럭을 몰았던 여자의 형상이다. 하지만 여기도 좋아요. 관광업이 대세고, 사람들도 대체로 친절하지요. 혹시 불친절한 사람이 있대도 뭐, 이미 세상을 헤매다 살아남아 무슨 문제로든 여기까지 들어왔다면, 지역민들의 불친절쯤은 대단치 않게 받아들이지 않을까요?

알다는 그녀의 본명이 아니다.

그녀는 그에게 본명을 말해 주지 않는다.

올드 얼라이언스(Auld Alliance) 네트워크 안의 사람들은 모두 알다 라이언스(Alda Lyons) 또는 알도 라이언스(Aldo Lyons)로 불린다.

그가 킹유시의 도서관을 통해 원조 알다 앞으로 첫 이메일을 보내자 누군가가 그것을 그녀에게 전송했고, 그녀는 그들의 네트워크가 왜 그런 이름을 갖게 되었는지 회신을 통해 그에게 알려 줬다.

열다섯 살 때 텔레비전에서 선생님의 「앤디 호프눙」을 봤는데 너무 좋았어요. 그녀가 썼다. 그래서 베토벤의 「안 디 호프눙」 가곡 카세트테이프를 찾아 들었죠. 도서관에 가서 독일어 사전을 뒤져 가며 그 독일어 말들이 무슨 뜻인지 알아보기까지 했어요. 그다음에는 기차를 타고 애버딘으로 가서 《리스너》 지에 실린 선생님 친구 패디 씨의 「앤디 호프눙」 관련 인터뷰 기사를 읽었어요. 제목을 그렇게 붙인 이유도 소개되어 있더군요.

노래 제목을 남자의 이름으로 쓴 것이 정말 좋았어요. 희망에 바침이란 말을 실제 사람에게 갖다 붙임으로써 그 말에 인간의 형상을 부여한 거였으니까요.

지금까지 이백삼십오 명을 도와 수용소를 탈출하거나 따돌리게 했다고 하셨는데요. 인터뷰에서 그가 말한다. 그건 과장인가요?

사실 이백삼십오 명보다 훨씬 많다고 생각해요. 실루엣이 말한다.

다른 사람들처럼 스스로를 알다 라이언스라 부르는 실루엣은 올드 얼라이언스가 최초로 도움을 준 사람 중 하나로, 이제 본인도 다른 이들을 돕는 올드 얼라이언스를 위해 일하고 있다.

절대 쉬운 일이 아니에요. 그녀가 카메라를 향해 말한다. 정말로 몹시 어려운 일이에요.

그녀는 어렵게 익힌 영어로 신중하고 아름답게 말한다.

어떤 점에서 그런가요? 그가 말한다.

이런 거예요. 그녀가 말한다. 우리는 하나의 보이지 않는 존재에서 다른 보이지 않는 존재로 이동해요. 나한테는 아무런 권리도 없었어요. 지금도 똑같이 아무런 권리가 없어요. 나는 공포를 어깨에 지고 세상을 건너 당신들이 당신들 것이라고 부르는 이 나라에 왔어요. 나는 아직도 공포를 어깨에 지고 살아가요. 공포는 나의 소지품이다, 나는 이렇게 봐요. 내 평생 공포는 어딜 가든, 무슨 일을 하든, 언제나 나의 소지품의 일부일 거다. 이렇게요. 나는 당신들 나라에 오기 위해 힘든 싸움을 했어요. 그런데 내가 도착하자 당신들이 처음 한 일은, 당신이 환영받지 않는 나라에 온 것을 환영합니다. 이제 당신은 환영받지 못하는 지명 인물로 우리 뜻대로 취급될 것입니다, 라고 쓰여 있는 편지를 건네준 것이었죠. 여기 오기까지 했던 수백 번의 싸움 따위는 안중에도 없었어요. 그때가 내 영혼이 밑바닥까지 떨어진 시점이었죠. 그리고 바로 그때 내 싸움이 진정으로 시작됐어요. 하지만 나는 운이 좋았어요. 도움을 받았으니까요. 아무도 아닌 자가 되는, 보이지 않는 존재가 되는 방법에는 여러 가지가 있어요. 어떤 사람들은 다른 사람들보다 더 평등하죠. 이건, 당신들 영국인들의 표현으로, 말[馬]의 입에서 곧바로 나온 말이에요.*

하지만 악순환이잖아요. 원조 커피 트럭 알다와의 인터뷰에서 리처드가 말한다. 이미 그들을 실종시킨 시스템으로부터 사람들을 실종시키고 있는 거예요.

알다가 웃음을 터뜨린다.

바꿔 말해 보죠. 그녀가 말한다. 우리는 사람들에게 그들 자신의 헤게모니에 대한 통제권을 되찾도록 해 주는 거예요.

어떻게요? 그가 말한다.

서소에서 트루로까지, 온 나라에 걸쳐 보이지 않는 존재로 지명된 사람들에 맞서서가 아니라 그들을 위해서 일하는 올드 얼라이언스 네트워크의 시스템을 통해서죠. 그녀가 말한다. 그래요, 순환은 맞겠네요. 하지만 거기에 악은 없어요.

현실 세계의 시나리오에서는 불가능한 일 아닌가요? 리처드가 말한다.

인간이잖아요. 그녀가 말한다. 그보다 더 현실적인

---

* speak from the mouth of the horse. '정확하다', '신뢰할 만하다'의 뜻의 관용어구.

시나리오는 없어요. 그야말로 현실 세계의 인간들에 관한 일이에요.

긴급 원조로군요. 알도라는 남자의 실루엣에게 그가 말한다. 네언 해안가의 모래를 커피 트럭 안까지 묻히고 들어와서는 모은 앞발에 머리를 얹고 엎드려 인터뷰 내내 바닷물에 젖은 개 냄새를 풍기는 스프링어 스패니얼과 함께 온 남자다.

영구적 지원이 아니고요. 리처드가 말한다. 좋은 점만큼이나 해악도 분명히 있을 것 같아요.

어떤 도움이든 도움이죠. 개의 머리를 쓰다듬으려 손을 뻗으며 알도가 말한다. 그렇지, 알도?(개조차도 가명을 쓴다.)

그건 그렇지가 않아요. 리처드가 말한다.

이다음에 본인이 도움이 필요해지면 어떤가 판단해 보세요. (사람) 알도가 말한다.

그러면, 리처드가 말한다. 지금까지 수용소 탈출을 도와준 사람들은 현재 어디 있나요?

모든 익명의 알다와 알도 들은 이 질문을 받고 어깨를 으쓱하거나 고개를 젓는다.

이 일에 어떤 금전적 혜택이 있나요? 그가 한 명 한 명에게 묻는다.

모든 알다와 알도 들은 재미있는 이야기라도 들은 듯 크게 웃는다.

무슨 돈으로 이런 네트워크를 유지하고 있나요? 그가 한 명 한 명에게 묻는다.

그들은 그림자 같은 머리를 젓는다.

어느 날 저녁 카메라가 돌아가지 않는 가운데 원조 알다가 그에게 말한다. 말이 되는 소리를 하세요. 눈 크게 뜨고 한번 보시라고요. 우리는 자원봉사자예요. 다들 각자가 할 수 있는 일을 해요. 모두 뭔가 유용한 일들을 할 수 있으니까요. 우리는 서로 재능을 공유하고 있어요. 엄청난 것이 필요하지도 요구되지도 않죠. 항상 자원은 충분해요. 수완도 있고요. 언제든 방법은 있어요. 선생님만 봐도 과거의 물건들을 팔아 이 영화를 만들 돈을 만드셨잖아요. 중국 자기 접시며 태피스트리 덕에 「백만 명의 사람들」이 나오는 셈이에요.

리처드는 그녀에게 이 영화의 제작비는 충분히 확보되었으며 이전 프로젝트 위약금은 창고 안 나무 상자에 보관된 채 십 년간 햇빛 한번 못 본 부모님의 옛 유물들을 뒤져 사람들이 기꺼이 돈 주고 살 것들을 찾아내 갚겠다고 말한 바 있다.

자원이 말라붙어 버리면 어쩔 건가요? 그가 말한다. 오래 지속될 만한 운영 모델이 못 돼요.

완벽하게 성공하지 못할 때도 있어요. 그녀가 말한다. 아예 잘못될 때도 있죠. 그러면 차근차근 풀어 나가요. 대개 다른 자원을 찾아내고요. 누군가는 최근 사는 집의 담보 설정을 변경했어요. 그러면 좀 여유가 생기죠. 그게 바닥나면 다시 궁리하는 거예요. 우리가 얼마나 운이 좋은지 우리는 잘 알아요. 그 운을 나누려는 거예요. 우리는 결속되어 있어요.

경찰은 어쩌고요? 그가 말한다. 보안 회사들은요?

우리는 범법 행위를 하고 있지 않아요. 그녀가 말한다. 도움이 필요한 이들에게 도움을 주는 것은, 어쨌든 아직까지는 법에 저촉되는 일이 아니에요. 설령 그 사람들이 언젠가 우리가 하는 일이 위법이라는 구실을 찾아낸다고 해도 달라지는 것은 없어요. 우리는 계속할 거예요. 자원봉사자들이 온 나라에 포진해 있어요. 전국적으로 우리는 한 발 한 발 나아가 불가능을 가능으로 바꿔 놓을 거예요. 틀림없어요. 우리를 도울 준비가 되어 있는, 선생님의 제목을 빌리자면, 백만 명의 사람들이 있거든요.

좀 더 정직하게 말하면, 그가 말한다. 백만 명이 아니라 서른다섯쯤 아니에요?

뭐, 아직 신생 조직이죠. 그녀가 말한다. 이제 막 출발한 셈이에요. 하지만 이 사람들을 취급하는 방식에 반대하는 사람들이 많아요. 그걸 개선하고자 뭔가를 하고 싶어 하는 사람들이 많아요.

이제 법망을 피해 살아갈 수 없는 시대예요. 그가 말한다.

그런데도 그런 사람들이 무척 많죠. 그녀가 말한다.

이제 기록되지 않는 삶을 살 수 없어요. 그가 말한다.

우리는 삶을 기록하는 행위를 바꾸기 위해 일하는 거예요. 그녀가 말한다. 아시잖아요. 선생님도 그러고 있고요. 그래서 여기서 이렇게 촬영도 하는 거잖아요.

그가 고개를 젓는다.

그렇다 해도, 지금 그 일은 불가능한 거예요. 그가

말한다. 당장 깨져 버릴 몽상이라고요. 이건 어린아이들 이야기예요. 동화 같은 거예요.

그래요. 그녀가 말한다. 옳은 말이에요. 동화 맞아요. 설화예요. 웬 허황한 소리냐고 생각하지 마세요. 그 이야기들은 무척 진지하게 변화를 말하고 있어요. 우리가 상황에 의해 어떻게 변하는지, 또는 변하게 되는지, 또는 변하기 위해 학습해야 하는지요. 바로 그게, 변화가 우리의 일이에요. 우리 또한 진지하고요.

봄의 석양 아래서 커피 트럭 바닥에 그와 마주하고 앉은 그녀가 선반에서 위스키 병을 내려 그에게 다시 한 잔을 따라 준다.

우리가 여기로 올라왔던 그날도 트럭에 이 위스키 병이 있었나요? 그가 말한다.

본 점포가 취급하는 유일한 음료랍니다. 그녀가 말한다.

그런 줄 알았다면 그날 잘 써먹었을 텐데. 그가 말한다.

굉장한 날이었죠. 그녀가 말한다. 우리에게 선생님처럼 접근하는 사람들은 드물어요. 그 여자아이의 엄마.

시스템에 삼켜진 다음 다시 나오는 사람들도 드물죠. 일종의 이변을 그날 경험하신 거예요. 그런데 일을 하다 보면 그렇게 있을 법하지 않은 상황이 발생하기도 해요. 모든 악재에도 불구하고 문이, 손톱만큼, 열리는 거예요. 그 아이가 구조한 여자 여럿을 우리가 도왔어요. 그 애는 대체 어떻게 그럴 수 있었을까요. 아니, 가망이 있는 일이냐고요. 그런데 말이에요, 그들이 곧 가망이에요. 바로 그래요. 그걸 놓치지 않으려고 애를 써야죠. 하나의 가망을 놓치면 하나의 인생이 망가지니까요.

그런데 당최 모르겠어요. 어떻게 그 아이가 제 엄마나 다른 여자들을 어딘지 모를 거기서 빼낸 건지. 이해가 안 돼요. 특히 죽었다 깨난대도 이해할 수 없는 건 — 아마 나뿐이 아닐 걸요. — 그렇게 SA4A를 데려올 생각은 왜 했을까예요. 공공연한 희생양처럼.

나는 그 둘이 친구나 가족이겠거니 했어요. 그가 말한다. 그리고 댁은 그저 그들을 친절하게 대해 주는 걸로, 나한테나 마찬가지로 그냥 차 좀 태워 주는 걸로 생각했고요. 다음 질문은…….

맘껏 물어보세요. 그녀가 말한다.

어떻게 된 건지 이젠 좀 아나요? 그가 말한다. 아이랑 엄마한테? 나는 아무 영문도 모른 채 아이를 만났어요. 나 자신의 드라마에 온통 사로잡혀 있었거든요. 그런데 그 아이는 그토록 무거운 짐을 지고 있었던 거예요. 그런 사연에도 불구하고, 가던 길을 멈추고 힘겨워하는 나를 도와줬어요.

알다가 고개를 젓는다.

그 이야기의 끝은 우리도 몰라요. 그녀가 말한다.

그의 재킷 안주머니에는 홀리데이 인 볼펜이 있다.

그는 그것을 재킷이나 코트 안주머니에 평생 지니고 살 것이다.

지금부터 오 년 후 마침내 소녀, 아니 이제 젊은 여인이 된 플로렌스를 찾아낸 그가 처음으로 할 일은 안주머니에서 그것을 꺼내 그녀에게 보여 주는 것이다.

그러나 먼저 찾아가야 할, 보다 가까운 미래들이 있다.

이를테면 이런 것.

리처드의 아파트에 봉투 하나가 도착한다. 변호사

사무실에서 온 것이다. 안에는 티슈페이퍼로 포장한 낡은 책 한 권이 들어 있다.

편지에는 동봉된 물품이 고 퍼트리샤 힐이 마지막 유언장을 통해 그에게 남긴 것이라고 쓰여 있다.

『캐서린 맨스필드 단편선』. 1948년, 콘스터블 출판사. 파란색의 양장본. 색이 바래고 군데군데 벗겨진 책등의 금박 글자들. 전후 배급 시기의 누렇고 얇고 거친 감촉의 종이. 속표지에 보이는 소녀의 글씨. 퍼트리샤 하디먼.

두어 주 테이블에 그대로 놔두고 방 안을 지나다니며 바라보는 것만으로도 충분하다.

어느 날 오후 그는 첫 부분 아무 데나 펼쳐 본다. 중산층의 만찬회에 관한 우습고도 신랄한 이야기를 읽는다. 사람들은 어처구니없고 허약하고 자만과 허세로 가득하다. 한편 집 안의 정원에는 만개한 배나무가 있다. 꽃이 흐드러지게 핀 황홀하게 아름다운 이 나무는, 나무를 바라보거나 찬탄하거나 나무에 대해 뭐든 생각하거나 나무가 있는지도 모르는 사람들과는 아무 상관이 없다. 그들의 현실과 망상, 그들의 정복과 실패, 그리고 스스로 나무의 주인이 될 수 있다고 생각하는 사람들의 지식과 천진함 따위와는 아무 상관이 없다.

얼마나 멋진 이야기인가.

책을 덮고 뒤집어 보자 마지막 몇 페이지에 손으로 쓴 글자들이 처음으로 눈에 들어온다.

패디의 손 글씨다.

그는 그녀의 목소리로 제 이름을 본다.

안녕, 더블딕.

만년의 필체다. 책의 뒤표지 안에서 시작하여 마지막 이야기의 마지막 페이지에 대문자로만 쓰인 THE END 직후까지, 비어 있는 여섯 페이지 정도 이어진다.

그는 자리에서 일어선다. 술을 한 잔 따른다.

그는 자리에 앉아 책 뒤표지를 연다.

안녕, 더블딕.

맙소사, 아일랜드랑 런던이랑 눈 천지네.

발이 차다고, 오늘 나가면서 그랬지.

(이래도 내가 자기 말을 안 들어?)

1948년 런던 필름스에서 「보니 프린스 찰리」라고 흥행에 참패했던 영화 작업에 말단으로 한 주 참여한 다음 첫 봉급

봉투를 받아들고 곧장 채링크로스 로드의 포일스로 갔어.

처음으로 내 돈을 갖고 나 자신을 위해 산 게 이 책이야.

이제 자기가 가져.

「4월」 관련해서 조사를 좀 했어.

당연히, 캐서린 맨스필드 먼저. 그녀는 친구이자 충직한 동반자였던 아이다 베이커에게 약속을 하나 했어. 내가 죽으면 사후 세계라는 건 없다는 것을 네게 증명해 줄게. 아이다가 어떻게? 하고 묻자 캐서린은 대답했어. 죽은 다음에 관 속의 구더기를 성냥갑에 담아 보내 줄게.

마음 여린 친구가 비명을 지를 거라는 예상대로 아이다는 구더기를 보내지 말라며 꺅꺅 소리를 질러 댔고 그러자 캐서린 M은 말했어. 알았어, 구더기 안 보낼게, 약속해. 대신 집게벌레를 보내 줄까?

하여, 몇 달 후 캐서린 맨스필드는, 우리가 다 그러듯, 죽었어. 아이다는 슬픔에 잠겨 어느 오두막에 처박혀 지내. 캐서린 M이 죽은 지 서너 주가 지났어. 기진맥진하고 슬프고 추운 아이다는 차라도 끓일 생각으로 가스 불을 켜려 성냥갑을 여는데 성냥이 하나도 없는 거야.

그런데 뭔가가 분명 있네.

그녀는 열어 보았지.

집게벌레였어.

뭐, 릴케도 내세에 관해서라면 뒤지지 않아.

릴케의 후기 비가들을 독일어에서 영어로 옮긴 노라라는 백작 부인이 있었어. 그가 죽기 전(죽은 후가 아니고, 하하) 몇 해 동안 영성에 관해 그와 편지를 주고받기도 했지. 그래서 꽤 이름난 영매의 도움으로 죽은 릴케를 직접 만나 보는 것도 좋겠다 생각했대.

여기 누가 있냐고 영매가 묻자 점괘 판 글자들이 움직여 RIL을 보여 주더래. 맞아, 죽은 자가 지하 세계에서 찾아와 노라 백작 부인의 번역 작업을 도와주고 싶다고 전했던 거야.

그렇게 죽은 릴케와 백작 부인은 교령회를 통하여 몇 번 만났고 단어와 어구들을 어떻게 바꾸면 좋겠다는 의견을 주고받았지.

릴케는 그녀에게 영역본이 원본과 굉장히 가깝다는 축하 인사와 함께 그동안 함께 일할 수 있어 영광이었다고 그랬대.

흠.

나는 이런 기괴한 방향이 더 맘에 들어. 그들이, 캐서린 M과 그가, 서로 근거리에 살면서도 만난 적이 없었고 설령 만났다 해도 그 사실을 몰랐을 거라는 이야기를 조금 전 나눴잖아. 그런데 자기가 가고 나서 자기를 위해 인터넷을 뒤져 봤더니 릴케의 편지가 하나 있더라고. 그는 아직 스위스 시에르에 있었고, 날짜가 1923년 1월 10일이었어. 캐서린 M이 프랑스 퐁텐블로에서 사망한 바로 그다음 날이야.

친구에게 쓴 그 편지에서 그는 D H 로렌스의 『무지개』를 독일어로 일부 읽고 큰 감동을 받았다고 썼어. 아주 좋았다고, 그 책이 자신의 삶에 완전히 새로운 장을 열어 주었다고 말이야.

이미 알고 있었던 건데, 캐서린 M은 로렌스와 그의 아내 프리다와 친한 사이였거든. 그들에게 과거의 성애 경험담을 털어놓은 적도 있었어. 그런데 그녀 자신의 이야기와 아주 비슷한—그러니까 책을 읽은 그녀가 격노할 만큼 비슷한—이야기가 『무지개』의 한 등장인물의 이야기로 소설에 들어가 있는 거야.

그런데 릴케가 마침내 누구를 만났게? 픽션의 형태로나마 말이야.

자기에게 들려줄 사후 세계 이야기는 이제 하나 남았어. 이건 더블딕, 자기한테 짜증스러운 이야기일 게 분명해. 나는 가끔 내가 채플린 이야기를 할 때 자기가 귀엽게 아무렇지 않은 척하는 모습을 보고 싶어서 그냥 그 이야기를 꺼내기도 하거든.

그런데 찰리 채플린과 릴케 사이에는 사후 세계에 관한 기묘한 연관성이 있어. 캐서린 M도 모종의 연관이 있지. 기르는 고양이를 찰리 채플린이라 불렀고, 그 고양이가 새끼를 두어 차례 낳는 바람에, 특히 첫 번에는 많이 놀라기도 했거든.(그리고 찰리 채플린의 첫 번째 새끼들 중 하나에게는 마침 에이프릴이라는 이름을 붙여 줬을 거야.)

1930년대에 찰리 채플린이 스위스의 생 모리츠를 방문한 일이 있어. 거기서 한 부유한 이집트인 사업가와 그의 총명하고 아름다운 아내 니메트하고 친교를 맺지. 어느 날 저녁 식사를 하다 채플린은 테이블에서 냅킨을 하나 집어 아름다운 니메트의 머리 둘레에 묶어. 지독한 치통을 앓는 사람에게 하듯이. 그리고 이를 뽑는 치과 의사 시늉을 하지. 설탕 그릇에서 집어 낸 각설탕을 뽑은 이처럼 들어 올리고.

이 니메트가 릴케가 장미를 꺾어 선사했던 바로 그 아름다운 이집트인 여인이 틀림없다고 봐. 손가락이 장미 가시에 찔리며 동화 같은 현실적 결과를 불러왔던 그날 말이야.

나의 사랑하는 채플린. 그는 1950년대에 스위스로 영구 이주해. 「모던 타임스」에서 기계 시대에 대한 일말의 진실을 노동자들에게 전했다는 이유로 미국 정부가 노골적인 볼셰비키로 몰아세워 내쫓았기 때문이지. 그는 당시로부터 삼십 년 전 릴케와 맨스필드가 살던 곳으로부터 지금이라면 한 시간밖에 안 될 거리에 저택과 토지를 구입했어. 그는 이따금씩 집에서 나와 인근 계곡과 산중에서 포화 훈련을 하는 스위스 군대를 향해 주먹을 흔들어 보이곤 했지.

그는 세상을 떠도는 유령도 한둘 갖고 있어. 할리우드의 한 술집 주인은 그가 아직도 생전의 지정 좌석을 곧잘 찾는다는 주장으로 손님을 끌어 돈을 긁어모으지.

하지만 나는 그의 사후 세계 이야기 중에서 그가 죽고 육신의 유해가 겪은 모험이 가장 마음에 들어.

그의 묘지가 파헤쳐지고 관이 도난당한 사건 기억하지? 사십 년 전, 우리가 아직 젊었을 적 일이야. 12월에 매장된 시신이 3월에 사라졌어. 경찰은 기자들에게 무슨 성경 글귀마냥, 묘지가 비었다! 관이 사라졌다! 이렇게 발표했어. 5월까지 시신은 찾지 못했어. 수많은 사기꾼들이 채플린의 유가족에게 시신 반환을 대가로 돈을 요구했지. 그러다 찢어지게 가난한 정치 난민 출신의 정비공 둘이 경찰에 잡혔어. 그들은 그의 무덤을 파고 진흙투성이 관의 사진을 찍은 다음 낡은 차 뒤에 싣고 덜컹덜컹 달려 내려가 그가 죽기 전까지 살았던 곳으로부터 1마일 떨어진 옥수수밭에 다시 묻었대.

무성 영화 스타의 유해는 그렇게 침묵했어.

무덤 아닌 무덤 속에서 무덤만큼 고요히. 여든아홉 살 생일이었을 1978년 4월 중순, 차가운 봄 하늘 아래, 그 공기 아래, 새들의 지저귐 소리 아래, 초록 새싹 아래, 그 대지 아래에서.

사후 세계란 예측 불가능함을 잊지 마, 더블딕. 삶은 계속된다는 것을.

오늘은, 글쎄, 자기가 그 젖은 양말과 신발을 말리기를 바라고. 내일은, 자기 발이 항상 따뜻하길 또한 바랄게, 정든 내 친구.

언제나,

변함없는,

당신의 집게벌레,

P.

그렇게 그녀의 손 글씨는 책의

THE END

근처에서 끝나고, 그 바로 위에 책에 수록된 마지막 이야기는 이렇게 끝나고 있다.

"세상에! 당신은 참으로 굉장한 여자야." 남자가 말한다. "엄청나게 자랑스러워……. 사랑하는 내 사람……. 정말…… 정말로!"*

그리고 패디는 이 마지막 문장들에 화살표로 주석을 달아 놓았다.

자기가 자랑스러워, 더블딕. 새로운 길을 열어. 자기의 영화를 만들어, 그자의 영화 말고.

패디가 떠난 후 맞은 첫 봄, 해도 비치고 비도 오는 어느 날, 그는 인터뷰들 중간에 짬을 내 전쟁터 주차장에서 1마일 내려가면 나오는 클라바(Clava)라는 곳까지 걸어간다.

클라바 그곳에는 사천 년 전의, 한때는 10피트 높이에 지붕이 있고 어두웠다는 고대 돌무덤들이 있다. 이제

* 캐서린 맨스필드가 1911년에 발표한 첫 단편집 『독일 하숙에서(In German Pension)』에 실린 단편 「불꽃(A Blaze)」의 마지막 부분.

무덤은 하늘을 향해 열린 환형의 돌무더기일 뿐이다. 크고 작은 돌들이 둥글게 쌓여 있고 그 둘레에 커다란 돌들이 묘지기마냥 세워져 있다.

봄이어도 춥다. 그는 별이 가장 좋은 묘를 하나 고른다. 통로를 따라 내려간다. 묘 안쪽에 서서 구름을 올려다본다.

언젠가 여기 묻혔을 누군가의 자취는 하나도 남아 있지 않다. 돌무더기, 걸을 만한 길, 데이지와 클로버가 군데군데 돋은 잔디밭, 아직 이파리는 없지만 습기와 이끼 때문에 줄기가 연둣빛을 내는 봄의 나무들, 그리고 머리 위로 이따금 들리는 새소리뿐이다.

리처드는 묘 바깥으로 나간다.

(매일 같이 일어나는 일은 아니다.)

오늘 클라바를 찾은 사람은 그뿐이다. 잘됐다. 운이 좋다. 몹시 붐비는 날이 있다는 경고를 받은 적이 있다.

어느 벨기에 관광객이 몇 해 전 돌을 하나 집어 가져갔다는 말도 들었다. 그로부터 몇 달 후 인버네스 관광국은 돌 하나와 그가 그걸 훔쳐 간 지점의 지도를 우편으로 받았다. 이 돌을 제자리에 돌려놓아 주세요. 편지에는 그렇게 쓰여 있었다. 딸아이는 다리 골절상을 입었고 아내의 건강도 몹시 안 좋아요. 나 또한 일자리를 잃고 팔이 부러졌어요. 내가 이 돌을 훔친 그곳의 영혼에게 사죄의 뜻을 전해 주세요.

존중.

리처드는 기울어진 큰 돌 옆 잔디와 흙바닥에 선다.

알려 줄 게 생겼어, 패드. 그가 말한다. 당신이 채플린을 무척 좋아하잖아. 이곳 사람들이 그러네. 여기서 조금 내려가면 집이 하나 있는데, 그게 그가 만년에 소유했던 집이래. 명절이면 가족들하고 와서 지냈다더군. 그가 여기도 나타나서 이곳을 지키고 있을지도 몰라.

그리고 또 하나, 나는 신체 증상화가 나타나고 있어. 이 프로젝트 덕에 몸이, 괜찮아. 사실 아주 괜찮아. 낯선 곳에서 많은 시간을 보내는데도 집에 있는 것처럼 편안해. 위험을 무릅쓰는 사람들을 자꾸 만나면서 그들의 자신감이 내 안을 채워 주고 있어. 나는 국외자고, 그 사람들도 그걸 알아. 그런데 동지 의식이 느껴져. 환영받는 느낌이야.

예상치 않게 멋진 시간을 보내는 중. 당신도 여기

있다면 좋을 텐데.

그 시가 주머니에 있다. 그는 그것을 꺼내 쨍쨍한 햇빛 아래 펼친다. 퍼시 비시 셸리의 「구름」, 그 마지막 연이다.

> 나는 대지와 물의 딸이며
> 그리고 하늘의 귀한 자식
> 나는 대양과 해안의 세공(細工)으로 들락거린다
> 나는 변하나, 죽지 않는다.
> 비 온 후 한 점 티가 없으면
> 하늘의 궁전은 드러나기 때문이다,
> 그리고 바람과 볼록한 광채를 발하는 햇살이
> 하늘에 푸른 돔을 짓는다.
> 나는 나 자신의 기념비를 향해 소리 없이 웃는다,
> 그리고 비의 동굴에서 나와,
> 자궁 속에서 나온 아이처럼, 무덤 속에서 나온 유령처럼,
> 나는 일어나 그것을 다시 부순다.

해체하는, 사라지지 않는, 형체를 바꿔 가며 하늘을 가로지르는 무지(無知)의 구름.

예상치 않은 사후 세계.

그의 삶이 다시 시작되기 위해 끝났던 그 가을날 이래, 퍽 자주, 리처드는 그 구름과 산 그림을, 왜 있잖은가, 2018년 초여름 런던의 로열 아카데미에서 본 석판 위에 백묵으로 그려진 그림을 돌아보게 된다.

크리스마스 무렵의 어느 날, 한 신문에서 정리한 올해 최고의 전시회 특집에서 그는 '터시타에게 보내는 엽서'라는 제목의 기사를 읽는다.

기사는 두세 살쯤 된 꼬마가 전시된 그림들 중 하나에 뛰어들어 온몸에 백묵 얼룩을 묻힌 어느 날의 사건을 이야기하고 있다.

화가는 기자에게 자신은 그림과 그걸 관람하는 사람 사이에 장벽을 세우기를 싫어하는데 그것은 비단 사람들이 걸려 비틀거리기 쉽다는 이유 때문만이 아니라고 말한다. 사람과 그림 사이에 아무것도 없기를 원하기 때문이라는 것이다. 그런데 간혹 사람들과 그림들이 문자 그대로 충돌하기도 한다. 그림이 훼손된다 해도요, 화가가 말한다. 거기 부딪치거나 문대진 것이 젖은 것만 아니면 수선이 가능해요. 뉴욕에서 누군가 우산을 흔들어 턴 일이 있었지만요. 그림에 내려앉은 빗방울들은 그림이 존재하는 한 그림의 일부로 남겠죠.

리처드는 그림에 뛰어드는 아이 생각에 큰 소리로 웃음을 터뜨린다. 그렇게 아이가 얼싸안은 그림이 산 그림이었으면 좋겠다 싶다.

이어서 그날 화랑에서 산을 들여다보며 한 삼십 초쯤 나란히 서 있었던 젊은 여자가 떠오른다.

젠장.

저 역시 젠장.

딸이 이제 그 여자 나이일 게다.

그의 딸은 그가 1987년에 마지막으로 본 소녀다. 2월의 그날, 무릎에 앉히고 책을 한 권 읽어 주었다. 비어트릭스 포터. 착한 토끼의 당근을 나쁜 토끼가 훔쳤는데 사냥꾼이 나쁜 토끼를 쫓아 결국 남은 건 벤치 위의 토끼 꼬리뿐이었다.

딸은 벤치 위의 복슬복슬한 흰 꼬리를 보면서 한참을 웃었다.

그는 일요일판 신문을 재활용 통 안에 넣는다. 그리고 테이블로 돌아가 앉아 노트북을 연다.

그는 검색 엔진에 딸의 이름을 입력한다. 한 글자 한 글자 천천히 쳐 넣는다.

처음 하는 일이다.

엄두도 못 냈었다.

아이가 원하지 않을 거라 스스로를 타일러 왔다.

약간 드문 이름이다. 제 엄마 이름과 똑같이, z 대신 s를 쓰는 엘리자베스(Elisabeth)이고, 엄마 성을 계속 쓰거나 아직 미혼이라면, 그것도 꽤 독특한…….

곧바로 결과가 올라온다. 그 아이일 여자의 사진과 함께.

확실히 그 아이다.

틀림없이 그 아이 맞다.

사진이 몇 개 된다. 하나는 제 엄마를 닮았고, 다른 하나는 그의 어머니를 닮았다.

런던의 대학교에서 근무한다. 이메일 주소도 있다.

해 볼까?

안 돼.

아이가 원하지…… 원할 리가 없어.

그가 방을 나간다.

아파트 안을 뱅뱅 돈다.

다시 방으로 돌아온다.

여태 그 세월 동안 죽었다고, 내게는, 내 세계에서는 죽은 거나 같다고 생각해 왔어. 그날 밤 그는 한밤중에 말똥말똥 깨어서 그렇게 그 집에 오래 살고도 지금껏 한 번도 알아챈 적 없는 실링 로즈*를 노려보며 속으로 말했다.

그의 상상 속 딸이 하하 웃는다.

아빠는 어떤 사람이에요? 그녀가 그의 머릿속에서 말한다.

너는 어떤 사람이니? 그가 머릿속에서 진짜 딸에게 말한다.

침묵.

* 늘어지는 조명을 설치할 때 천장의 구멍이나 전선 등을 감추기 위해 설치하는 둥근 모양의 장식적 요소.

**영화감독에 대한, 러셀이라면 하품 나오는 이야기라 불렀을 이야기는 이만하면 충분히 했고, 10월의 브릿에게로 돌아가자.** 플로렌스와 생판 낯모르는 사람 둘과 트럭을 타고, 적어도 그녀 생각으로는 더 북쪽으로, 어딘지도 모를 시골길을 달리는 여섯 달 전 브릿에게. 그녀는 텔레비전 드라마 속의 형사 또는 납치 피해자처럼 나중에 중요할지도 모른다는 생각으로 지명들이 박힌 이정표들을 바라본다.

이 여자는 정말 세계 최악의 운전자다.

현재 이 트럭 앞 좌석은 좌석 벨트가 두 개인데 네 사람이 앉아서, 가짜 외제 럭셔리 인테리어로 적정 적재 하중이 있다는 사실을 무마할 수 있다는 듯 이 엉터리 트럭에 이렇게 많은 사람을 쑤셔넣고도 아무렇지도 않아 보이는 누군가에게 몸을 맡기고 있다.

브릿은 문에 붙어 짓눌린 플로렌스에게 최소한 안전벨트라도 채우려고 자기 벨트를 양보했다. 충돌 사고가 나면 브릿과 남자가 앞 유리를 뚫고 나갈 것이다.

남자의 이름은 리처드다.

스코틀랜드인 여자의 이름은 가게 이름 알디와 비슷한 알다다. 그녀와 브릿은 주유소에서 격렬하게 싸웠다.

—내 차에 SA4A를 태운다고? 그렇게는 못 하지.

—아이가 가면 나도 가요.

—(플로렌스에게) 대체 SA4A 깡패는 왜 여기 데려왔니? 무슨 생각인 거야? 이건 장난이 아니라고.

—왜 애는 위협하고 그래요? 그리고 누가 깡패라는 거예요?

—이 언니는 SA4A가 아니라 브리터니예요. 내 친구고요.(플로렌스)

플로렌스는 그녀를 신뢰한다. 하지만 2018년 세계 최악의 운전자는 운전석을 회전시켜 가며 바깥 풍경을 바라보고 그것들을 가리키는 등 더욱더 무시무시한 운전을 하는 중이다. 그녀는 영화감독 친구를 위해 이 지역의 무슨 역사 관광 성격의 이야기를 재잘대고 있는데, 상당한 전문가인 듯하다.

브릿이 대화를 피하는 건 아니다.

그녀는 무식하지 않다. 역사도 조금 알고 영화에 대해서도 아는 게 많다.

죽은 사람들에 대해서도 알고, 아버지를 비롯하여 아는 사람이 죽기도 했다.

그녀는 어제 찾아보았던 전설적인 점쟁이, 맞는 예언을 해도 하등의 다른 결과도 초래하지 못하도록 신들에게 저주받았던 카산드라의 이야기를 살짝 떨구어 본다.

그녀는 어리석지 않다.

대화에 끼어들어?

아무도 허락하지 않을 것이다.

영화감독이세요? 마침내 그들이 잠시 이야기를 멈춘 틈을 타 브릿이 남자에게 말한다.

젊었을 때 텔레비전 쪽에서 일하며 사람들이 그다지 좋아하지 않은 작품을 많이 만들었다고 그가 말한다. 백 년 전 시인들에 관한 영화를 만들고 있는데 배경이 스위스인 시대극이라 한다. 차 안의 그들은 너무 젊어서 자신이 만든 영화를 보았을 리 없고 혹시 보았다 해도 까맣게 잊어버렸을 거라고 한다. 그럼에도, 만약 봤다면 그건 그들 안에 있다고, 우리가 보는 모든 것은 우리 기억 속 어딘가로 들어가는 법이고 설사 인지하지 못한다 해도 거기 남게 되어 있다고 그는 말한다.

정말 맞는 말씀이세요. 브릿이 말한다. 가장 잊을 수 없는 영화를 텔레비전에서 봤는데요, 아직까지도 가끔씩 밤에 그게 머릿속으로 들어오는 거예요. 누워 있어도 잠을 잘 수가 없어요. 뜬눈으로 밤을 새우는 거죠. 사실 그렇게 끔찍하지도, 묘사가 노골적이지도 않아요. 그보다 훨씬 노골적인 묘사를 텔레비전과 영화에서 자주 봐 왔고요. 실생활에서도 그래요. 선생님이라면 이보다 더 평생 못 잊을 건 없을 거다 싶은 것들을 저는 직장에서 날마다 대하거든요. 실제도 아닌, 영화에서 보신 것들 중에도 그런 건 없을 거예요.

그런데 그렇지가 않아요. 이것만큼은 아니에요. 잊히지가 않아요. 선생님은 알지도 모르겠네요. 법정에 선 남자의 이야긴데요. 실화, 실제로 일어난 이야기예요. 그냥 드라마가 아니라.

판사가, 거물 나치 판사가 방청객들이 지켜보는 가운데 법정 앞에 선 이 남자에게 고함을 질러 대요. 정말이지 호되게 비난을 퍼부어 대요. 병사인 이 남자는 군복 대신에 헐렁한 바지를 입었는데 허리끈도 없어서 흘러내리지 않게끔 손으로 붙잡고 있어요. 그래서 경례를 한다든지 책을 집는다든지 아무튼 팔과 손을 써야 할 때 영 불편한데 자꾸만 그런 지시가 떨어지는 거예요.

웃기려는 장면이에요. 남자를 보고 웃으라고요. 판사는 그를 반역자라 부르고 그의 배신행위에 대해 고래고래 악을 써 가며 조롱해요. 남자는 더듬더듬, 혹시라도 설명하면 도움이 될까 싶어 항변을 하죠. 말하자면 얼간이예요. 그는 사태 파악이 통 안 돼요. 계속 뭐라 뭐라 말을 해요. 이러면 안 되는 것이었다, 우리는 그냥 서서 사람들에게 총을 쏘아 우리가 판 구덩이 속으로 쓰러뜨렸는데, 이건 전투도 아니고, 옳은 일이 아니고, 잘못된 일이었다, 이렇게 말이에요.

판사는 그를 좀 더 조롱한 다음 사형 선고를 내리고, 아마도 그는 곧장 안뜰로 끌려 나가 머리에 총을 맞고 총살당했던 것 같아요.

내가 충격을 받은 것은, 아직도 그걸 생각하면 충격이 느껴지는 것은, 그들이 이걸 다 영화로 찍었다는 사실이에요. 결국 카메라에 다 잡혔거든요. 전부 다요. 정의에, 또는 정의의 부재에 관한 게 아니에요. 뭐, 어떤 점에서는 그렇겠네요. 정의가 누구의 손에 달렸는가, 그것을 누가 규정하게 되는가에 관한 영화니까. 하지만 사실은요, 이 영화는 그걸 지켜보는 사람들을 위해 만들어진 거였어요. 법정의 방청객도 그렇고 곳곳에서 영화로 보게 될 사람들까지, 그걸 보고 우스워하는 동시에 두려워하도록 말이에요. 지금 우리가 그럴 수 있듯, 오 저건 너무 너무 부당해라거나 저 남자가 이용당하고 처우받는 방식을 좀 봐 같은 생각을 하라고 만들어진 게 아니었어요. 뭐, 그러기도 하겠지만, 그런 일이 그들에게도 일어날 수 있다는 차원에서만 그랬어요. 하지만 무엇보다도 그의 꼴을 보고 웃으라고, 어떻게 행동할 것인지 어떤 짓은 하면 안 되는지 배우라고, 그리고 그들 또한 해선 안 되는 일을 하면 어떤 일이 일어나는지 깨달으라는 취지였어요.

그걸 봤을 때가 이 아이 나이쯤이었어요. 며칠 밤을 못 잤죠. 그 영화 혹시 아세요? 보셨어요?

하지만 그녀 옆의 영화감독은 그냥 웃기만 한다.

최선을 다하고 유머 감각을 유지하자, 그는 그런 말을 시작한다.

머리에 총알을 박아 넣으려는 나치 앞에서 유머 감각을 유지할 가능성은 희박하지 않을까요? 브릿이 말한다.

영화감독은 텔레비전에 나치 이야기가 이렇게 많이 나와선 안 된다고 하더니 라디오에서 옛 노래들을 많이 트는 게 어째서 나쁜지 한참을 떠든다. 그리고 웬 말들에 관해서 이야기하기 시작한다.

어쨌든 감사해요. 선생님의 그 진부하기 짝이 없는 감상들에 대해서요. 브릿이 말한다.

뭘요. 남자가 말한다.

브릿은 상시 감시 대상을 볼 때 보는 눈길을 그에게 던진다.

그는 플로렌스에게 트럭 가장자리에 그렇게 끼어 있는데 괜찮으냐고 묻는다.

나쁜 상황에서 최선을 다하고 있고요, 유머 감각을 유지하고 있어요. 아이가 말한다.

모두 웃음을 터뜨린다.

너 네가 웃기는 줄 알지? 브릿이 말한다.

나 웃기는 거 맞거든요. 플로렌스가 말한다.

머릿속이 웃기지. 브릿이 말한다.

그녀는 플로렌스를 쿡 찌르면서 영화감독 쪽으로 고갯짓을 해 보인다.

**머릿속이 웃기지, 라는 말을 내뱉은 즉시 그녀는 그런 말을 한 것이 찜찜해진다.**

자신의 모든 언행에 대해, 그 옳고 그름에 대해 하도 돌이켜 보다 보니, 약간 미쳐 가는 게 아닌가 의문이 들기 시작한다.

그때 그들을 태워 주는 여자가 낯선 언어로 노래를 불러 그들 전부를 미쳐 버리게 만들 작정을 한다.

먼저 그녀는 이제 부를 노래의 이야기를 먼저 해 준다. 호숫가의 빈집, 예전에 거기 살았으나 지주들이 불태워 버려 떠날 수밖에 없었던 이들의 유령들이 벽난로와 침대가 있었던, 지금은 눈이 쌓인 바닥에 앉아 사라져버린 지붕 너머로 별도 달도 없는 하늘을 보고 있다.

그런데 알고 보니 그들은 유령이 아니라 목숨이 붙어 있는 사람들로, 지금은 바다 건너 캐나다에서 살지만 한때 그들의 집이었던 그곳의 눈밭에 앉아 있던 시절 생각을 좀체 멈출 수 없다.

그녀는 이어서 외국어로 이 이야기의 노래를 부르기 시작한다.

조시라면 기막힌 상황의 연속이라고, 러셀이라면 정신 실종이라고 불렀을 만한 국면이다. 듣는 이를 어루만지는 동시에 비난하는 것 같은 이상한 방식으로 여자가 노래하는 동안 그녀는 플로렌스를 본다. 그리고 괴상하지? 하는 얼굴을 만들어 보인다.

그런 행동에 역시 후회가 된다.

영화감독은 잠이 들어 브릿에게 아주 기대고 있다. 여자는 슬픈 곡조의 노래를 또 하나 부르기 시작한다. 그녀는 그나마 그중 하나는 자느라 듣지도 않는 차 안의 사람들이 아니라 어딘가의 무슨 청중에게 하듯 말한다.

다음 곡은 산비탈로 산책을 나갔다가 자신의 발소리에, 그런데 눈 위를 걸을 때 자기 장화가 내는 소리보다 훨씬 크고 요란한 소리에 쫓기기 시작하는 사람에 관한 노래라고. 노래 속 주인공이 주위를 둘러보니 '그레이 맨'이라 불리는, 눈 속에서 셔츠 바람으로 돌아다니다 산 위 구름이 이동하면 감쪽같이 사라지는 커다란 회색 사내가 쫓아오고 있다.

유령 같은 거네요. 플로렌스가 말한다.

자신의 그림자야. 브릿이 말한다.

여자는 노래를 반쯤 부르다 말고, 산책이나 등산을 하러 저기 저 산 위에 올라가는 사람들은 정말로 등 뒤에서 누군가의 발소리를 듣는 일이 많은데…….

퍽도,

그러겠죠,

……그래서 이 노래가 만들어진 거라고 설명한다. 그리고 떠도는 소문에 따르면 그게 이 지방 시인이자 철학자, 그리고 밀렵꾼이던 윌리엄 더 스미스의 유령이라는데, 노래가 암시하는 바는 그게 이 세상에서 부당한 대우를 받은 모든 사람들의 발소리라는 것이고, 이제 곧 부

를 마지막 절은 우리는 모두 어디를 가든 이 발소리에 쫓기지만 산속이나 전원으로 가 도시의 야단법석과 우리 자신의 소음으로부터 멀어질 때 비로소 스스로의 발소리 뒤에 깔린 그 소리가 얼마나 큰지 진정으로 깨닫게 된다는 내용이라고 그녀는 덧붙인다.

그러니까 오히려 다행스러운 것은 이거네. 브릿은 생각한다. 비밀스러운 언어로 부르는 노래라 이따위 잘난 척하는 쓰레기 같은 메시지를 영어로 듣고 일 초라도 그것에 대해 생각해 볼 필요가 없는 것 말이야.

여자는 여기가 무슨 끔찍한 구닥다리 선술집쯤 되는 듯 다시 노래로 돌아간다.

윌리엄 더 스미스. 플로렌스가 말한다. 이제부터 나도 시인이자 철학자이자 밀렵꾼 플로렌스 더 스미스라고 불러 주세요. 근데 밀렵꾼(poacher)이 뭐예요?

수란을 만드는(poaches eggs) 사람. 브릿이 말한다.

사슴과 물고기들을 한번 쳐다만 보면 홀려서 자기 것으로 만들 수 있는 사람. 여자가 말한다.

브릿이 소리 내어 웃는다.

플로렌스 더 스미스. 말 잘했다. 딱 너네. 플로렌스

더 스미스 맞아, 정확해. 브릿이 말한다.

늙은 남자 냄새를 너무 많이 풍기는 영화감독의 팔베개 노릇도 이제 신물 난다. 그녀는 마치 트럭이 모퉁이를 도는 것처럼 팔과 어깨를 세게 움직여 그를 밀친다.

그가 잠에서 깬다.

몸을 돌린다.

원했던 결과다.

그러더니 그는 또다시 운전하는 여자하고만 대화를 시작한다. 둘 사이에 뭔가 있나 싶을 정도다. 그런 건 이미 졸업하고도 한참 지났을 나이로 보이는데. 남자는 딱 그레이 맨, 노인이다. 여자도 쉰은 돼 보인다. 나잇값을 해야지, 참으로 부끄럽고 격 떨어지는 짓이다. 이건 뭐 이 트럭 안에 브릿과 플로렌스는 없는 거나…….

여자: 친구분에게 작별 인사를 하기 정말로 좋은 곳을 아는데 어쩌고저쩌고 정말 아름다운 고대 돌무덤이

남자: 꼭 맞는 장소일지 모르겠네요

여자: 「아웃랜더」 제작이 시작된 후로 좀 붐비는 경향이 있긴 한데

남자: 「아웃랜더」가 뭐죠?

여자: 시간 여행에 관한 텔레비전 시리즈예요 그런데 「아웃랜더」를 모르세요 「아웃랜더」는 다 아는 드라마인데 어디 동굴에 사시나 클라바에서 영감을 얻은 거고 어쩌고저쩌고 차가 너무 많아서 집에 돌아가기 힘들 때도 있어요 집 앞에 주차하기도 힘들 수가 있고요 사람들이 「아웃랜더」에서 죽은 사람들을 교령회를 통해서 불러내려고 하고

남자: 죽은 허구의 인물들과 접촉하려는 교령회라니

여자: 그러게 말이에요

(웃음소리)

남자: 그래서 효과가 있나요 허구의 인물들이 천국의 인물들로부터 전달받은 메시지를 보내 주나요

여자: 모르겠어요

남자: 그녀는 아주 좋아했을 거예요 이 모든 것을요 깔깔 웃으며 인간 본성에 대한 아주 철학적인 이야기를 한 다음 자기가 질문하고 싶은 인물들의 명단을 만들어 거기 가서 어쩌고저쩌고 놀라운 교령회를 통해 죽은 허구의 인물들에게 말을 걸고

여자: 고지대에서나 가능한 일이죠 그렇죠 누구나 환영받으니까요 십만의 환영이 우리의 모토니까 상상 속의 유령들

에게도 따뜻한 환영을

남자: 당신들은 굉장히 다재다능하군요

여자: 지당한 말씀

(웃음소리)

남자: 잊히지 않을 아름다운 노래들이에요 원어민 맞죠

여자: 아니에요 저녁 강습에 나가 배웠어요 두 세기 전에 우리 조상이 썼는데 더 이상 쓰지 못하게 금지됐던 언어를 배우고 싶었어요 죽은 언어가 아니에요 아직도 번성하는 언어죠 어쩌고저쩌고 학교에서 선택하지 않았던 건 너무 공부가 많고 험난한 오 년 코스고 그런데 이제 그 언어로 노래는 부를 수 있으니 시작은 한 셈이죠

……적어도 브릿으로서는 평생 들어 본 적도 없는 이상한 언어로(수많은 언어가 난무하는 스프링 하우스에서조차 못 들어 본 언어인 데다, 그 모르는 언어를 말하는 사람에 대한 통제권이 있거나 우월한 위치인 것도 아니어서 되는 대로 지껄이고 있을지 모르는데도 무슨 소린지 도통 알 수가 없고 그렇다고 입 닥치라고 명령하거나 무시할 수도 없는 입장이라 여간 꺼림칙한 게 아니다.) 부르는 소름 끼치는 노래가 끝나서 천만다행이다.

적어도 우리 자신의 발소리가 어디든 쫓아오고 그게 또 우리 자신보다 훨씬 크다는 등의 노래만큼은 끝난 것이다.

이런 촌구석에서 태어나 그런 것들을 듣고 자라는 아이들은 늘 기겁할 것이 틀림없다.

그렇지 않다면, 믿기 어려운 일들이 일어나도 기막히게 적응을 잘할 게 확실하다.

적어도 브릿은 자신의 언행에 대한 찜찜한 후회에서 이제는 벗어났다.

자신이 별생각도 없이 다른 사람들에게 얼마나 불쾌하게 굴 수 있는지, 그리고 다른 사람들에 대한 자신의 불쾌한 존재감이 지금 스스로에게 어떤 느낌을 갖게 하는지에 그녀는 상당히 놀랐다.

그러나 이 트럭 안에서 진정으로 플로렌스를 보호하고 있는 건 그녀뿐이다. 브릿이 여기 있어서 다행이다. 브릿 말고는 아무도 눈치조차 못 채고 있다. 여자가 노래를 부르는 동안, 플로렌스의 전 존재는, 바짝 긴장한 사람들을 가리켜 토크가 사용하는 동성애자 특유의 말버릇을 빌리자면, 용수철처럼 잔뜩 조여져 있었다. 이제 그들은 웬 옛날 음악 기계에 대해 이야기할 뿐, 점점 더 불안해지는 플로렌스에게는 아무 관심도 없다.

그럼에도 플로렌스는 남자가 그 기계를 발명한 사람에 대해 이야기할 때 그녀에 대해 좋은 말을 해 준다. 이렇게.

브리터니 언니도 발명가예요. 정말 훌륭한 발명 아이디어를 많이 갖고 있어요.

그들은 플로렌스의 말에 귀를 기울이지 않는다. 아예 들리지도 않는다. 하지만 브릿에게는 플로렌스가 하는 말이 들린다.

**어젯밤 홀리데이 인에서** 자기 방으로 가기 전, 브릿은 복도 자판기에서 산 초콜릿을 떼어 주며 플로렌스가 제 방에서 혼자 괜찮을지 꼼꼼히 점검한다.

뭐 필요한 거 있어? 옛날이야기라도 해 줘? 그녀가 말한다.

농담만은 아니다. 아이를 잠자리에 들게 하려면 그래야 하는 것 아닌가.

사춘기 직전의 청소년을 위한 프로그램을 제공해야죠, 언니. 플로렌스가 말한다.

네 손해다. 브릿이 말한다.

뭐가 손핸데요? 어떻게요? 플로렌스가 말한다.

내가 해 주는 옛날이야기 못 듣는 거. 내가 어떤 이야기를 해 줬을지 영영 모를 거잖아. 브릿이 말한다.

사실은요, 내가 언니에게 해 줄 이야기가 있어요. 플로렌스가 말한다. 아니, 이야기랄 것도 없고 질문에 가깝지만.

말해 봐. 브릿이 말한다.

난민풍 시크(refugee chic)가 뭐예요? 플로렌스가 말한다.

몰라. 브릿이 말한다. 뭐, 함정 질문이니?

아니에요. 플로렌스가 말한다. 정말 뭔지 궁금해서 물어보는 거예요.

밴드 이름이야? 브릿이 말한다.

버스 바닥에서 본 건데요. 플로렌스가 말한다. 주말판 신문에 끼어 오는 잡지들 있잖아요. 그 잡지의 표지에 옷을 입은 사람들 사진이 있고 그 아래 '난민풍 시크'라고 쓰여 있더라고요. 그래서 생각하게 됐어요. 나도 당장 내일 아침 일어나 입을 새 속옷도 없는 형편이잖아요. 그러니, 바로 코앞에 무슨 일이 생길지 모른다는 게, 또 하루가 시작되기 전 몸을 씻을 수도 없고 쉴 수 있는 깨끗한 장소가 있을지 없을지도 모른다는 게 어떤 것일까.

너 지금 이런 좌파 과장 논리로 나를 설득하려는 거니? 브릿이 말한다.

플로렌스가 눈빛으로 어깨를 으쓱한다.

아니면 혹시 나를 꼬드겨 네 빨래를 하게 하려는 거야? 브릿이 말한다. 야, 넌 열두 살이야. 잠자리에서 옛날이야기를 들을 나이도 한참 지났고, 이제 자기 빨래는 자기가 할 나이라고. 지금 빨아서 저기 라디에이터 위에 수건들이랑 함께 널어. 아침이면 말라 있을 거야.

그냥 물어보는 거예요. 그게 뭐예요? 플로렌스가 다시 말한다. 난민풍 시크가 뭐냐고요?

브릿은 아이에게서 돌아서서 텔레비전이 놓인 서랍장에 기대고 뭔가를 보지 않으려는 듯 두 손으로 얼굴을 감싼다.

내가 도대체 여기서 뭘 하고 있는 거지? 그녀가 말한다.

언니는 내 개인 보안 요원이에요. 플로렌스가 말한

다. 나를 안전하게 지켜 주는 SA4A! 당신과 함께하는 SA4A, 당신을 위한 SA4A, 우리 모두 SA4A!

그건 SA4A의 표어였다. 성별, 인종, 종교와 무관하게 누구나 동등하게 처우한다는 SA4A 정책을 선전하는 이 표어는 센터 곳곳에 붙은 포스터에도 찍혀 있었다.

넌 지금 날 갖고 장난치고 있어. 아직도 손으로 얼굴을 감싼 채 브릿이 말한다. 그만해. 어디서 감히 나를 놀려?

그런 거 아니에요. 플로렌스가 말한다. 내가 그럴 리가요. 나는 우리의 한 언어를 말하고 있을 뿐이에요.

그리고 네가 개인 보안 요원은 또 왜 필요한데? 브릿이 말한다. 이 세상에서 너는 잘 지내고 있어. 다 괜찮다고. 그냥 네 할 일 하면 만사형통할 거야. 나 같은 사람도 필요 없어.

필요해요. 플로렌스가 말한다. 모르겠어요? 더없이 명백한 사실인데.

아니. 브릿이 말한다. 모르겠어. 모르겠다고.

브리터니 언니, 우리는 머신을 인간화하고 있는 거예요. 플로렌스가 말한다. 그러니 머신 인간화 프로그램에 동참하세요.

우리가? 브릿이 말한다.

그래요. 플로렌스가 말한다. 언니 없이는 못 해요. 아무도요.

브릿은 아직도 두 손으로 얼굴을 감싸고 있다.

설명해 봐. 손 뒤에서 그녀가 말한다.

알았어요. 그러니까, 플로렌스가 말한다. 머신이 작동할 수 있는 건 한편으로는 인간이 그럴 수 있게 만들어서, 다른 한편으로는 인간이 그러게 허용해서예요. 맞죠? 동의하죠?

응. 브릿이 말한다.

그래서 직접 고용을 해 보자는 생각이 들었어요. 이번에는 나를 위해서 작동해 달라고 요청하자고요. 플로렌스가 말한다. 그랬더니 알았어, 하는 거예요. 언니가요, 알았어, 라고.

오. 아직도 얼굴을 덮은 두 손의 손바닥만 보면서 브릿이 말한다. 그러면 내 미래에 도움이 한 개도 안 될 이 고용이란 것의 대가로 넌 내게 뭘 줄 거니?

내 존중을 줄게요. 플로렌스가 말한다. 언니의 몫이

에요. 사회에 대한 우리의 부채고요.

말솜씨 좀 있다 이거지? 브릿이 말한다.

그래요. 플로렌스가 말한다. 나는 소설을 쓸 거예요. 내가 언니에 대해 쓴 책을 읽게 될 날이 올 거예요.

그거 약속이니, 위협이니? 브릿이 말한다.

플로렌스가 깔깔 웃는다.

머신인 언니가 맞혀 봐요. 아이가 말한다.

마침내 브릿이 돌아서서 얼굴에서 손을 거두고 플로렌스를 정면으로 바라본다.

근데 내가 정말로 이해가 안 되는 건 말이야. 그녀가 말한다. 왜 나를 골랐지? 기차에서 내리는 수많은 사람들 중 왜 하필 나였냐고? 다른 SA4A 직원들도 많이 타고 있었어. 교대 근무 시간에 맞춰 출근하고 있었고, 다들 함께 내려서 그날 아침 네 앞을 지나갔어. 그런데 왜 꼭 나를? 내 어디가 특별했니? 나를 한번 쓱 보자마자 '맞아, 그래, 이 사람이야, 저 사람도 아니고 저 사람도 아니고, 이 사람.'이라고 생각하게 만든 게 뭐였어?

브리터니 언니. 플로렌스가 말한다.

응? 브릿이 말한다.

겔프(Gelf). 플로렌스가 말한다.

겔프가 뭐야? 그녀가 말한다.

잘난 척 그만해요.(Get over yourself.) 플로렌스가 말한다.

브릿이 한숨을 내쉰다.

우리가 내일 거기 가게 되어 다행이구나. 그녀가 말한다.

어디요? 플로렌스가 말한다.

나한테 보여 준 엽서의 그곳 말이야. 그 겔프 코스. 브릿이 말한다.

이러고도 내가 왜 언니를 택했냐고 물어요? 플로렌스가 말한다.

아이가 텔레비전 어린이 코미디 프로그램 진행자처럼 양팔을 치켜든다.

자기 방에 돌아간 브릿은 합법적인 안락사를 당하느냐 아니면 구제되느냐의 기로에 선 핏불들에 대한 프로그램과 출연을 수락한 천치들이 오로지 방송 후반부에 의례적인 굴욕을 당하기 위해 아무도 돈 주고 사먹을리 만무할 맛의 도넛을 만드는 「어프렌티스」를 돌려 보며 침대에 누워 있다.

아침에 일어나면 플로렌스가 종적도 없이 사라져 있지 않을까 하는 생각도 든다.

아닐 것임을 그녀는 안다.

플로렌스가 방에 그대로 있을 것임을 그녀는 안다.

호텔 옆 동물원의 어느 동물이, 이제는 실생활에서 아무도 쓰지 않고 역사나 옛날 노래 속에서나 보이는 단어를 쓰자면, 웅얼대는(lowing) 소리를 낸다. 그녀만 해도 이 단어를 써야 할 필요가 여태껏 한 번도 없었다. 하지만 적합한 말이다. 과연 낮다, 저 소리.

그녀는 바로 옆에 있을 갖가지 동물들에 대해 생각한다.

이런, 제기랄. 생각은 금세 젠장맞을 들소나 펭귄이나 뭐 그딴 동물로 산다는 것이 정말 어떤 것일까, 로 이어진다.

나 자신에게 옛날이야기를 들려주는 꼴이군. 그녀는 생각한다.

예전에 무슨 일인가를 꾸미던 수감자 유치 관리관이 하나 있었어. 그런데 무슨 일이었을까? 그것은 불가사의하면서도 동시에 아주 단순한 일이었어. 일자리를 잃게 할지도 몰랐어. 아니면, 더 나은 일자리로의 이동을 뜻할 수도 있었지. 일을 완전히 바꿔 놓을 뭔가일지도 몰랐고. 하지만 단순히 일보다 거대한 것일지도 몰랐어. 인생을 바꿔 놓는 그런 것.

어쨌든 안 할 수는 없었지. 안 하고 말 수는 없었어.

그녀에겐 선택의 여지가 없었던 거야.

이제 매음굴 이야기가 충분히 사실이고도 남는다는 걸 알 것 같다. 복도를 따라가면 있는 저 방의 저 소녀는 간단히 매음굴에 걸어 들어가 그들 얼굴에 대고 그들이 평생 경험해 보지 못한 방식으로 느끼고 행동하게, 그래서 결국 해 오던 일을 그만두고 닫힌 문과 창 들을 열어 여자들이 뛰쳐나가도 못 본 체하게 만들었던 것이 틀림없다.

어안이 벙벙해진 그들의 얼굴이 그려진다. 전형적인 플로렌스 뇌진탕의 효과가 얼마간 가신 뒤 자신들이 누구고 방금 현찰 얼마가 문밖으로 새어 나갔는지 깨달았을 때 느꼈을 분노도 짐작된다.

하지만 대규모 사설 경호대의 보호 없이, 강간이나

살해를 당하지 않고 저 아이가 그 일을 어떻게 완수할 것인지는 브릿도 전혀 모르겠다.

그런가 하면 업소를 운영하는 자들이 그 일로 인해, 아이로 인해 변했을 수도 있다. 단순히 한 시간쯤 멍해졌다가 평소대로 돌아가는 게 아니라, 제대로, 인생의 차원에서 변했을 수도 있다.

몸을 단정히 하고, 불결한 방들을 청소하고, 악취에 찌든 침구들을 버리고, 아직 남은 소녀들과 여자들을 부드럽게 다루어 내보내 주는 그들을 브릿은 상상한다. 그 여자들을 씻게 해 주고 그녀들에게 용서를 빌고 그녀들이 번 돈의 정당한 몫을 떼어 준 다음 그녀들이 이곳에 처음 왔을 때 갖고 있다고 생각했을 자유랄까 하는 것을 다시 얻어 세상에 나가도록 해 주는 그들을.

그녀는 텔레비전을 끈다.

호텔 침대에 몸을 눕힌다.

그리고 생각한다. 어둠 속에서, 동물의 웅얼대는 소리 속에서. 사실 불쾌한 소리도 불안한 소리도 아닌, 그저 그녀가 들어 본 일이 없는, 그녀에게는 새로운, 한 마리의 동물이 사람들과 동물들에게 자신이 동물원에 간혀 있음을 알리고 근처에 자신의 언어를 말하는 다른 누군가가 있을지 궁금해하는 소리일 따름이다. 동물원에 갇혀 사는 일에 대해 말하고 싶을 것이다. 여기 이것 말고 다른 삶이 내게도 가능할까? 라고 묻고 싶을 것이다.

소녀는 무슨 전설이나 한편으로는 현실의 삶에 대한 것이 아니면서도 다른 한편으로는 현실의 삶에 대해 뭔가를 정말 이해하려면 이 방법밖에 없을 어떤 이야기에서 나온 사람 또는 무엇 같다.

소녀는 사람들이 더 나은 다른 세상에 살고 있다는 듯, 마땅히 해야 할 행동을 하게 한다.

잘난 척 그만해요.

어둠 속에서 브릿이 웃음을 터뜨린다.

난민풍 시크가 뭐예요?

이 아이는, 음, 그게 뭐더라?

실생활에서 사람들이 더 이상 쓰지 않는, 역사나 노래에서나 듣는 또 하나의 단어.

이 아이는 선하다.

**그러나 바로 여기가 결국 소녀가 감쪽같이 사람을 속이는 대목이다.**

그러고 보면 그건 선함이 아니고, 아니었다.

설령 선함이 맞다 해도 그것은 결코 브릿에 관한 것은 아니고, 아니었다.

그러니 개소리는 집어치우자.

그들은 테스코에 가는 길이다. 여자가 주차장에 차를 세우고 엔진을 끄자 모두 차에서 내려 영화감독과 작별 인사를 나눈 뒤 가게로 들어간다. 여자는 자기 어머니의 수프 이야기를 늘어놓으며 사야 할 물건들을 읊어 댄다. 리크, 셀러리, 당근, 큰 감자 한 알, 마늘, 타임 조금.

우리 어머니의 수프, 여자는 그 말을 여러 차례 했다. 플로렌스의 어머니를 가리킨 일종의 암호이거나, 아니면 그저 정말로 자기 어머니가 만드는 무슨 수프에 대한 따분한 정보였는지도 모른다.

잉글랜드에 있는 것들과 똑같은 테스코다. 자체 우체국까지 갖춰져 있는 대형 테스코. 안으로 들어가면 앞쪽에 이 지역 사진들을 실은 그림엽서들이 걸려 있다. 브릿은 멈추어 서서 만화로 그린 로흐 네스 괴수가 실제 호수에 들어가 있는 엽서를 뽑아 든다. 엽서를 보내 볼까 하는 생각이 잠시 든다. 하지만 누구에게 보내지? 어머니? 스텔? 토크? 조시?

무슨 휴가라도 온 것처럼.

그러자 평상시의 삶이 살아 있는 죽은 물체처럼 그녀를 덮친다. 무거운 마음으로 고개를 돌려 보니 야채 코너에 서 있는 플로렌스가 보인다. 그녀도 돌아서서 봉지 샐러드들을 바라보는데 어깨가 마치 죽은 사람 것처럼, 옛 영화에서 과학자가 시체 조각을 조립해 만들어

낸 인조인간의 것처럼 크고 감각이 없는 것처럼 느껴진다.

이제 눈 깜짝할 사이에, 아직 브릿은 모르지만, 여자와 플로렌스는 그녀를 따돌릴 것이다.

두 사람은 함께 여자 화장실로 향하고, 갑자기 그 뒤로 여러 명이 길게 줄을 서서 브릿은 들어가지 못하고 기다릴 수밖에 없게 될 것이다.

그들은 들어가서 나오지 않을 것이다. 브릿이 들어가서 찾아보지만 두 칸 어느 쪽에도 그들은 없을 것이다.

그녀는 슈퍼마켓 통로들을 뛰어다닐 것이다. 그녀는 주차장에도 나가 볼 것이다.

소녀는 책가방도 없이 사라졌을 것이다.

다급히 책가방을 전해 줘야 할 것만 같을 것이다.

그러다 스스로를 경멸하게 될 것이다. 속았기 때문이다. 이것은 결코 그녀에 관한 것이 아니었기 때문이다. 그녀는 한 번도 이야기의 요체가 아니었기 때문이다.

그녀는 한낱 단역일 뿐이었다.

그녀는 도우미였다.

그녀는 트럭이 세워졌던 주차장 자리에서 영화감독

과 함께 망연자실 서 있을 것이다. 사실 브릿은 소녀 나이에 아버지를 잃었던 때를 빼고는 여태 경험하지 못했던 상실감을 느낄 것이다. 세상이 기우뚱할 것이다. 그녀는 어쩔 줄을 몰라 하며(at a loss) 서 있을 것이다, 마치 상실(loss)이 배의 난간이고 상실된(lost) 것은 배가 떠 있는 바다 어느 깊은 곳에 있는 것처럼.

택시를 불러요. 영화감독이 말할 것이다.

잠깐만요. 그녀가 말할 것이다.

에라, 모르겠다. 그녀는 생각할 것이다.

그녀는 SA4A의 이십사 시간 전국 핫라인 번호로 전화를 걸 것이다.

그 전쟁터 이름이 뭐였죠? 신호음을 들으며 그녀는 말할 것이다.

**그건 지난가을의 브릿이었다.**

지금은 봄이다. 여기 이것은 스프링 하우스 IRC에서의 DCO 브리터니 홀의 봄을 보여 주는 창(이것은 열리는 종류다.)이다. 3월 하순, 평범한 화요일 오후를 고르자.

그녀는 러셀과 한 조로 근무하고 있다.

단식 투쟁 중인 쿠르드족 사내의 방 앞에 누가 빈 그릇을 갖다 놓은 것을 보고 러셀이 폭소를 터뜨린다. 그는 브릿이 쿠르드족 디트를 괴롭히려고 뭔가 먹고 빈 그릇을 거기 둔 것처럼 군다.

그녀는 그게 우습지 않다.

너 아니면 누구라는 거야? 러셀이 브릿에게 말하고 있다. 네가 그런 거잖아, 이 탐욕스러운 잡년 같으니.

브릿은 러셀을 건드리고 싶지 않아 아무 말도 않는다. 러셀은 얼간이다. 하지만 여기서는 그녀의 친구이고(아마도), 이 안에서는 친구가 필요하다.

승진은 없었다.

경영진으로부터 아무것도 내려온 게 없었다. 그녀가 전화를 해 준 것에 대해 SA4A 최고위층이 무척 감사하고 있다는 말을 사무실에서 들었다고 스텔이 말해 준 게 전부다. 소녀의 얼굴에 안면 인식 기술을 적용할 수 없었기에 더욱 그랬다는데, 각도와 나이, 민족 때문이기도 했고—스텔은 흑인들에게 안면 인식 기술이 잘 통하지 않아 엉뚱한 사람들이, 때로는 심지어 엉뚱한 성별의 사람들이 체포되곤 하는 걸 항상 언짢아했다.—무슨 이유에선지 시스템이 그냥 작동하지 않아서이기도 했다.

또한 스텔은, 경영진도 같은 의견인데, SA4A와 HO가 불법 이득을 위해 전국에 뻗어 있는 철로 시스템을 이용해 불법 이민자들을 방조한 냉소적인 운동가들의 네트워크인 모종의 지하 철로 조직의 주모자들을 식별하고 해체를 추진할 수 있었던 것은 브릿 덕분이고, 이 사실은 그녀의 근무 기록에 남아 승진 심사에 반드시 반영될 거라고 말했다.

여자는? 전해지는 말로는, 추방되었다고 한다.

하지만 이런 말도 있으니, 그녀는 잡혀 두 달 수감된 뒤에 언론의 관심에 대한 우려로(기삿거리가 충분했다.) 무기 방면되었고 관심이 잦아들면 언제라도 다시 잡아들일 수 있다고 한다.

소녀는? 18세가 되어(합법적인 신분이 있느냐 없느냐에 따라) 합법적인 시민이 되거나 또는 못 되기 전까지는 법적으로 체포도 추방도 할 수 없다.

브릿도 그 이상은 모른다.

작년 10월에는 도합 세 번이나 여자 화장실에서 여러 별관 직원들에 둘러싸여 대체 무슨 일이 일어났던 건지 질문 공세를 받기도 했다.

택시를 타고 전쟁터로 달려간 덕분에 SA4A 트럭들이 주차장에 도착하는 순간을 볼 수 있었다고 그녀는 말했다.

유니폼의 물결이 퍼져 나가는 걸 보고는, 휴가 여행을 온 관광객들과 견학 온 방문객들을 뚫고 통로와 잔디밭을 건너 반대편으로 달려가 '실천하는 보존' 표지판 옆에서 허리를 굽히고 구역질을 해 댔다는 말은 하지 않았다.

대신 이런 식으로 말했다.

정말 최면술 같았다니까. 나뿐만 아니라 기차 역무원 몇 명하고 홀리데이 인 프런트 여자까지. 그게, 다른 사람들한테 일어나는 건 눈앞에 보이는데 나한테도 그 일이 일어나고 있는 건 깨닫지 못하는 거야. 텔레비전에서 데런 브라운*이 사람들에게 자기들이 뭘 하고 있으며 왜 그러고 있는지 까맣게 모르는 가운데 무슨 일을 하게 만드는 것처럼 말이야. 전혀 딴사람이 된 느낌이었어. 그 애는 안면 인식 시스템에도 최면술을 걸었을 거야. 사람에게 할 수 있는 거면 기계에게도 할 수 있지 않겠어? 기계라는 것들이 사람 말을 듣도록 설계된 거잖아. 그러니까, 그것들이 정말로 사람들의 말을 듣고 있는 거라면?

---

* 영국의 유명한 멘털리스트, 마술사.

이어서 진보주의 엘리트 토스터, 약자에게 너무나 무른 헤어드라이어, 정치적으로 옳은 세탁기 운운하는 농담들이 쏟아졌다.

출근 사흘째에는 이미 알 만큼 알았다고 생각했는지 더 이상 관심을 보이는 사람들이 없었다. 나흘째에는 디트들조차 더 묻지 않았다.

어느 겨울밤, 그녀는 노네임이라는 사람의 「셀프」라는 노래를 들었다. 소녀가 가장 좋아한다고 했던 그 노래였다.

가사 일부가 몹시 외설적이라 놀랐다. 상소리가 많이 들어 있다. 열두 살 소녀가 이런 음악을 듣고 있으면 못쓴다. 잘못된 자녀 교육이다.

그다음에는 니나 시몬의, 이제 다 나아질 거라는 내용의 노래를 들었는데, 뭐랄까, 브릿의 머릿속에 이미지 두 개가  떠올랐다. 하나는 옛날 영화 「아리스토캣」에 나오는 것 같은 디즈니 고양이, 또 하나는 브릿 자신이 열두 살이었을 때 공원 건너에 살던 남자아이가 강력 접착제로 나무에 붙여 놓은 진짜 고양이였다.

노네임 노래 한 구절도 브릿의 머릿속에 들러붙었다. 여성 성기가 식민주의에 관한 논문을 쓴다는 대목이었다.

브릿은 정확한 의미를 되새겨 보려고 인터넷 사전에서 식민주의란 단어를 검색했다.

한 민족의 다른 민족에의 예속을 수반하는 지배 행위.

여성 성기(cunt)가 대학에서 논문을 쓴다니, 웃기는 이미지다. 대학에 다니는 것들은 죄다 잡년(cunt)들이란 뜻인가 보다, 호호호.

하지만 그 소녀는 정상이 아니다 싶게 똑똑했다. 학교 다닐 때 전교에서 가장 영리한 아이 중 하나였을 것이다. 브릿은 아직도 핫 에어 북을 갖고 있다. 아니, 사실은 책가방이 통째로 옷장 속 점퍼 더미 아래 있다. 그 안에는 색색의 펜들로 가득한 필통도 있다. 인터넷을 누비지 않는 밤에는 노트의 글들을 소리 내어 읽어 본다. 사람들이 실제로 하거나 트위터에 쓴 몹쓸 말들을 옮긴 이른바 리얼리즘 코너. 글을 배치한 방식을 보니 어떤 꼭지들은 일종의 대화처럼 함께 가도록 구성되었다는 걸 알 수가 있다. 우파의 주장에는 대지(大地)나 시간이나 소녀가 가장 좋아하는 계절 등 보다 큰 목소리가 응답하고, 얼굴 없는 사람의 이야기는 사람들이 자신이 이용하고 있다고 생각하는 기술에 실은 이용당하는 현실에 응답하며, 사람들이 트위터에서 주고받는 몹쓸 말들에는 춤을 추다 죽으라는 사람들의 요구를 거부하는 처녀 이야기가 응답하는 식이었다.

브릿은 특히 그 마을 사람들의 이야기를 읽기 위해 노트를 자주 꺼내 든다.

하지만 핫 에어 북을 바라보면 언제나 결국 기분이 언짢아진다.

표지만 해도 그런 것이, '나의 딸아 솟아오르렴' 아래 그보다 더 오래된 손 글씨로 이렇게 쓰여 있는 것이다. 네가 사는 동안 사람들은 네 말을 쉽사리 흰소리로 치부하곤 할 거야. 사람들은 서로를 깎아내리기를 좋아하기 때문이지. 하지만 나는 네가 이 노트에 네 생각과 견해를 써 나갔으면 좋겠구나. 그러면 이 노트와 네가 이 안에 쓴 것들이 네 두 발을 땅에서 떠오르게 해 줄 거야. 뜨거운 공기는 솟아올라 우리를 실어 나를 뿐만 아니라 더 높이 솟아오르도록 도와주기도 하니까.

이 손으로 쓴 글귀는 브릿을 정말 짜증나게 한다.

그녀의 어머니는 이런 노트를 만들어 준 적이 없거니와 그 비슷한 것을 사 준 적도 없다.

이따금 학교를 찾아볼까 하는 생각도 든다. 노트를 책가방에 넣어 학교로 발송해도 될 것이다. 어쩌면 학교는 전달해 보낼 주소를 갖고 있지 않을까.

소녀에게는 남동생이 있다고 했다.

그 소년은 어디 있을까도 궁금해진다. 그 아이를 찾아서 누나에게 전해 주라며 노트를 줄 수도 있을 텐데.

Vivunt spe.

아니면 그냥 노트는 불태우고 책가방은 내버려?

어떤 선택을 하게 될지 그녀는 아직 모르겠다.

그녀가 기차에서 보낸 문자에 조시는 일주일이 지나서 회신을 보내왔다.

희망에 살다, 희망을 갖고 산다, 그런 뜻이야. 뭐 아무튼 그 비슷한. 동사 활용이 좀 특이해. 구글에서 이미 찾아봤겠지만. 잘 지내 브릿 jx. 끝에 그렇게 그녀의 이름을 붙인 것이 아랫사람을 대하는 것처럼 느껴졌다.

3월까지 조시를 다시 보는 일은 없을 것이다.

스코틀랜드에서 돌아와 처음으로 토크와 한 조로 근무한 날, 그녀는 그의 고향에 갔다 왔다고 말했다.

들었어. 그가 말했다. 최신 뉴스는 내가 꽉 잡고 있잖아. 정확히 어디였어, 브리타니아?

그녀는 전화기 화면에 지도를 띄웠다.

여기. 그리고 여기. 그리고 여기.

그는 그녀가 들른 곳들 중 한 곳과 꽤 가까운 지점을 가리키면서 뭔가 녹아내리는 것 같은 그곳 언어로 그녀가 못 알아들을 말을 했다.

Fàsaidh leanabh is labhraidh e faclan a theanga fhèin, faclan a dh'fhoghlamaicheas na h-uibhir den t-saoghal dha nach eil nam faclan ann. Ach, dhan leanabh 's gach fear is tè a dham bheil a dhàimh, tha brìgh sna faclan sin agus is eòl dhaibh am brìgh. Éist rium, bi an leanabh sin is greim aca, bhon fhìor-thoiseach. Air gach sian, dorch is soilleir, trom is eutrom, a thig an rathad.

듣기만 해도 그녀는 왠지 모르게 화가 났다. 눈물이 쏟아질 것 같았다. 괴롭힘을 당하던, 똑똑하지 않은 척하던 학창 시절에 느꼈던 그 기분이었다. 말도 안 되게 들리는 소리를 내며 그녀를 향해 다정한 미소를 짓는 토크를 보니 더욱 속이 상했다.

울음을 그치려고 애를 쓸 때처럼 목구멍이 아리기 시작했다. 목구멍이 아리게 만드는 것은 언어였다.

내가 방금 한 말은. 그가 말했다. 원문의 아름다움을 희생하며 대충 번역하면 이런 거야.

온 세상이 말이 아니라고 하는 말을 하며 자라는 아이가 있어. 하지만 그 아이와 아이가 소중하게 여기는 사람들은 다 그게 뜻이 있는 말이라는 걸 알고, 또 무슨 뜻인지도 알아. 그렇게 그 아이는 첫 출발부터 무장이 되어 있는 거야. 어두운 것에도 밝은 것에도, 무거운 것에도 가벼운 것에도, 삶이 아이에게 가져다줄 모든 것에 준비가 되어 있는 거지.

그러라지. 브릿이 말했다. 그렇다면 그런 거겠지.

「살아 있는 언어」. 토킬이 말했다. Smior na cànain. 시야, 브리타니아, 내 마음에 새겨진. 칼레(Calais), 그리고 스코틀랜드의 여왕 메리처럼.

네 말은 정말이지 대부분 무슨 소린지 통 알아먹을

수가 없어. 그녀가 말했다.

그래. 그가 말했다. 하지만, 이봐. 나는 그것에 대해서도 준비가 되어 있어.

거기서 리얼리 채널이니 「귀신 들린 집」이니 그런 것들만 보고 자라서 뇌가 죄다 망가진 거야. 복도를 걸어가는 그를 향해 외치는 그녀의 목 안에서 뭔가가 꿈틀거렸다.

그녀가 자신의 뜻에 반해 연주되는 악기의 현이 된 것처럼 그것은 절로 꿈틀거렸다.

잉글랜드에서 다른 언어는 허용될 수 없어.

영국. 그녀가 말하고자 했던 건 영국이었다.

그날 이후 그녀는 주로 러셀과만 어울렸고 교대 근무도 러셀이랑만 하기를 희망했다.

단식 투쟁하는 사람들이 불쌍하기는 하다.

하지만 그녀도 어쩔 수가 없다.

그녀는 그릇을 집어 들고 주방 근무 디트에게 가져가라고 준다.

근무 시간 종료.

IRC 건물 밖의 산울타리들은 이제 한 몸의 산울타리가 됐다. 본래 어떻게 갈라져 있었는지 분간할 수가 없다.

무릎을 꿇고 앉아 가지를 꺾고 있는데 스텔이 지나간다.

브릿, 뭐 해? 뭐 잃어버렸어?

아, 방금 찾았어. 브릿이 말한다. 고마워.

이제 일광 절약 시간이 시작되니까 다음 주에는 이 시간쯤이 환하고 아름다울 거야. 스텔이 말한다.

브릿이 고개를 끄덕인다.

그래, 아름답겠네.

그녀는 가지 쥔 손을 주머니에 넣는다. 기차 안에서 잎새 하나를 으깨 초록의 냄새를 코에 갖다 댄다.

이 회양목 가지들은 다 뭐라니? 이튿날 아침 어머니가 들어와 브릿의 방 테이블에 놓인 말라붙고 시들고 윤기 없고 푸르고 싱싱하고 반짝이는 잔가지 더미를 보고 말한다. 알람이 울릴 시간이 한참 지났는데도 브릿이 일어나지 않자 깨우러 들어온 것이다.

회양목.

산울타리가 어떤 종인지 어머니가 알 줄 누가 짐작

했겠는가.

그녀의 어머니는 뭐든 안다는 걸 내비치는 법이 없었지만 사실 알았다, 그것도 아주 많이.

매일 그렇듯 이십사 시간 BBC 뉴스 채널은 벌써 켜져 거실에 쩌렁쩌렁 울리고 있다. 늘 똑같은 파국. 대체 무슨 일이 터지려고 이러는 건지, 기타 등등. 늘 똑같은 소음. 늘 매일 똑같이 반복되는, 아무 의미도 없는 많은 소음. 학교에서 배운 구절이다. 윌리엄 셰익스피어. 수업 시간에 돌아가며 읽었다. 한 남자가 옳지 못한, 부정한 수단으로 나라를 빼앗는다. 그러나 그는 귀신에 붙들리고, 나무들이 군대를 이루어 그를 잡으러 온다.* 그녀는 일어난다.

옷을 입는다.

그녀의 어머니는 산울타리 잔가지들을 쓸어 담아 주방 쓰레기통에 버렸다. 티백을 버리던 브릿의 눈에 그것이 들어온다.

일을 집까지 가져오면 안 되겠지. 그녀는 생각한다.

---

* 「맥베스」를 가리킨다.

**그렇다면 지금은?** 여전히 10월이다.

전국이 겨울에 진입하기까지는 아직 좀 더 남았다.

옛 전쟁터에서는 가을 관광객들이 각 군대가 있던 자리에 꽂아 놓은 깃발들 사이로 들어가고 있다.

그들은 '죽은 자들의 우물'을 지나쳐 걸어간다. '기념 돌무덤'의 사진을 찍는다. 지금까지 남은 유일한 오두막을 찾아가 본다.

그들은 허리를 굽히고 받침돌에 새겨진 씨족들의 이름을 읽는다. 진눈깨비와 우박이 쏟아지는 가운데 '스코틀랜드의 프랑스인 찰리'가 이끄는 자코바이트군이 그의 사촌 동생인 '영국의 독일인 빌리'의 정부군에 맞서 싸웠던 그날, 지난 몇몇 전투에서 하이랜드 군대에 참패한 빌리의 병사들이 총검과 대검 측면 공격법과 무릎을 꿇었다 일어나며 소총을 발사하고 재장전하는 신기술을 숙련한 덕에 마침내 승리를 거둔 그날, 전투가 끝난 다음 인근의 남녀노소가 모두 나와 컬로든과 인버네스 사이에 난 길 위의 시신을 헤아리다 자신들 또한 처참하게 난자당한 송장이 되지 않기 위해 붉은 군복을 피해 숨어야 했던 그 추운 봄날에 여기 또는 저기서 스러진 씨족들의 이름이다.*

역사의 눈으로 보면 눈 깜짝할 사이일 이백칠십이 년이 흐른 지금.

---

* 명예혁명 후 스코틀랜드로 망명한 제임스 2세와 그 자손들을 영국의 정통 군주로 지지하는 세력인 자코바이트가 일으킨 '자코바이트의 반란'을 진압하는 과정에서 벌어진 컬로든 전투에 대한 설명이다. 독일 하노버 왕조 출신인 컴벌랜드 공작 윌리엄 오거스터스('영국의 독일인 빌리')가 이끄는 정부군은 제임스 2세의 손자인 찰스 에드워드 스튜어트('스코틀랜드의 프랑스인 찰리')가 이끄는 자코바이트군을 잔인하게 처단해 '도살공 컴벌랜드'라는 별명을 얻었다.

오늘의 전쟁터는 이렇다.

아이 하나가 죽은 자들의 유골 위에 자란 잔디밭을 달려가 젊은 여자의 품에 안긴다.

심장이 뛰어오르는 것을 상상할 수 있다면 바로 이런 모습이리라.

젊은 여자가 아이를 껴안는다.

그들은 그렇게 거기 서 있고, 그런 그들과 세상이 한 덩어리로 합쳐지지 않기란 불가능할 것 같다.

그때 유니폼 차림의 한 무리가 잔디밭을 가로질러 그들을 향해 뛰어간다. 그 많은 사람들이 그렇게 맹렬하게 여자와 아이에게 달려가다니, 멀리서 보면 무성 영화 「키스톤 캅스」 같은 코미디 영화를 찍는 것처럼 보일 것이다.

유니폼들이 두 사람을 간단히 둘러싼다. 그들은, 아이와 여자는 도망치지 않는다. 그들은 둘이 아닌 한 사람처럼 서로 부둥켜안고 거기 서 있다.

유니폼을 입은 사람들이 여자와 아이를 떼어 놓는다.

여자와 아이는 서로 떨어져서 가장 큰 주차장으로 이동된다.

아이는 호송차 뒷좌석에 앉혀지고, 여자는 수갑이 채워진 채 다른 호송차에 태워진다.

호송차들이 시동을 걸고 떠난다.

이 장면을 본 관광객 몇이 여자와 아이와 공무 집행 중인 사람들을 다소 거리를 두고 주차장까지 따라간다. 주차장에 모여든 더 많은 사람들이 그들이 호송차에 태워지는 모습을 지켜보는데, 그중에는 옛날 사람 분장을 해서 좀 유령 같은, 전투에 참여했던 양측의 유령 같은 모습으로 방문객 센터에서 나온 연기자들도 있다.

연기자 중 하나가 의상 밑에서 전화기를 꺼내 사진을 찍기 시작한다. 다른 사람 몇몇도 전화기를 꺼낸다. SA4A 유니폼을 입은 사람들이 팔을 흔들며 다가오면서 사진을 찍지 말라고 고함친다.

그래도 사람들은 계속 사진을 찍는다. 그들은 출발하는 호송차들을 찍는다.

호송차들이 떠나자 이제 그들은 길 한복판에 서서 호송차들을 향해 외치는, 그런들 뭐가 달라지는지 뭐라고 외쳐 대는 백인 여자를 카메라에 담는다. 경찰차에 실리는 그녀의 사진을 찍는다. 여자를 태운 경찰차가 출발하는 모습을 찍는다.

그들은 그 장면을 보고 그들에게 다가와 각자 전화기로 뭘 찍었는지, 그들의 연락처를 줄 수 있는지 묻는 남자의 모습을 또 찍는다.

그들은 그에게 묻는다. 무슨 일이에요? 무슨 사고라도 났나요? 도대체 무슨 일이 일어난 거죠?

그리고 다들 돌아간다. 전쟁 기념 묘지로, 방문객 센터로, 한데인 여기보다 따뜻한 곳으로. 360도 컴퓨터 생성 화상으로 재연한 영국 땅에서 벌어진 마지막 전투는 대단히 실감나고 괜찮다는 평가를 받는다. 단 삼 분 만에 칠백 명의 스코틀랜드 고지대인들이 죽고, GPS로 무료 음성 안내도 제공되는데 요금도 비싸지 않고, 트립어드바이저 이용자 대부분이 별점 다섯 개를 줬을 만큼 평도 좋다.

그게 다다, 어쨌든 지금은.

이야기도 끝났다.

뭐, 거의.

**4월.**

그것은 우리에게 모든 것을 가르쳐 준다.

한 해의 가장 춥고 궂은 날이 4월에 올 수도 있다. 그래도 상관없다. 4월이니까.

영어로 4월을 가리키는 에이프릴은 로마 시대의 아프릴리스(Aprilis)에서, 그리고 열다, 덮였던 것을 걷다, 접촉할 수 있게 해 주다, 또는 접촉을 막는 것을 제거하다라는 뜻을 지닌 라틴어 아페리레(aperire)에서 유래한다. 또한 그리스 신화 속 사랑의 여신으로, 여러 신들과 행복하고도 변덕스러운 연애를 하는 모습이 마치 비가 내리다가도 금세 해가 나는 4월과 비슷하다고 할 아프로디테에서 유래한 것인지도 모른다.

희생의 달과 유희의 달. 복원의 달, 다산 축제의 달. 벌써 대지와 꽃봉오리가 열리고, 겨울잠에서 깬 동물들이 그새 번식에 들어가고 새들이 이미 둥지를 튼, 그리하여 지난해 이맘때는 존재하지 않았던 새들이 내년 이맘때 저희를 대체할 새들을 잉태할 달.

봄 뻐꾸기의 달, 풀잎의 달.

게일어로 4월은 바보들이 5월로 착각하는 달이라는 뜻이다. 만우절 역시 예전에 새해 축하가 끝난 시점을 가리켰을 것이다. 겨울에는 예수 공현 대축일이 있다. 봄이 주는 선물은 다르다.

죽은 신들이 부활하는 달.

프랑스 혁명력에서는 3월의 마지막 날들이 제르미날이 된다. 근원으로, 씨앗으로, 만물의 출발점으로 돌아가는 달. 아마 그래서 졸라는 희망 없는 희망에 대한 소설에 이처럼 혁명적인 제목을 붙였을지 모른다.

위대한 연결체인 봄의 혼란한, 마지막 달 4월.

꽃 피는 덤불이며 나무를 지나칠 때, 어찌 듣지 않을 수 있을까. 시간의 공장 안에서 윙윙 발동을 걸며 어느새 새 생명이 솟아나는 소리를.

# 감사의 말

누구보다도 말로, 혹은 편지로 영국의 이민자 추방 센터에 무기 수감된다는 것이 어떤 것인지 알려준 난민들과 수감자들에게 큰 빚을 졌다. 이 나라의 IRC 안에서의 일상에 대해 말해 준 익명의 친구에게 특히 감사 드린다.

사이먼, 애나, 허마이어니, 엘리, 레슬리 B, 레슬리 L, 세라 C, 그리고 해미시 해밀턴사와 펭귄사의 모든 분께 감사 드린다.

앤드루, 트레이시, 그리고 와일리사의 모든 분께 감사 드린다.

터시타 딘에게 큰 감사를 드린다.

줄리 파울리스와 래그네이드 샌딜런즈에게 감사 드린다.

레이철 포스, 게리 킴버, 앤드리아 뉴베리, 하워드 넬슨에게 감사 드린다.

케이트 톰슨과 루시 해리스에게 특별히 감사 드린다.

메리, 고마워.

잰드라, 고마워.

세라, 고마워.

**옮긴이 김재성**

서울대 영어영문학과를 졸업한 후 미국 캘리포니아에 거주하며 출판 기획 및 번역을 하고 있다. 『밤에 우리 영혼은』, 『푸른 밤』, 앨리 스미스의 『가을』, 『여름』 등을 우리말로 옮겼다.

# 봄

1판 1쇄 찍음 2022년 10월 27일
1판 1쇄 펴냄 2022년 11월 7일

지은이 앨리 스미스
옮긴이 김재성
발행인 박근섭·박상준
펴낸곳 (주)민음사

출판등록 1966. 5. 19. 제16-490호
서울시 강남구 도산대로 1길 62(신사동)
강남출판문화센터 5층(06027)
대표전화 515-2000 | 팩시밀리 515-2007
홈페이지 www.minumsa.com



ISBN 978-89-374-7286-2 (03840)

**이 책에 쏟아진 찬사**

이 현기증 나는 순간, 소설은 시의적절한 동시에 심오할 수 있는가? 오늘날 시의성은 빠른 속도를 요한다. 책이 나올 때쯤 담론은 이미 다른 곳으로 옮겨가 있기 일쑤다. 하지만 스코틀랜드의 경이로운 작가 앨리 스미스는 이 법칙을 누구보다도 제대로 깨뜨린다. 『봄』은 오늘 아침의 미친 트윗만큼이나 생생하면서도 『율리시스』만큼이나 영속적이고도 중대한 작품이다. **《뉴욕 타임스 북리뷰》**

앨리 스미스는 거장의 경지에 이른 이야기꾼이다. 『봄』은 정치적인 소설이지만, 스미스는 엘리트들의 권모술수보다는 정치 사회적인 사건들이 인간에 미치는 영향에 더 큰 관심을 기울인다. 소설 속에 그려지는 믿기 힘든 우정을 통해 작가가 전면에 내세우고자 하는 것은 인간의 가치다. 음미하기를. **《이브닝 스탠더드》**

세상의 불의에 대한 앨리 스미스의 노골적인 공격과 예술에 대한 열정의 표현을 나는 사랑한다. 그녀는 아웃사이더들에게 자연스레 이끌리고, 상실과 애도를 제대로 이해한다. 그녀는 나이 든 사람들과 우리가 그들에게서 배울 수 있는 것에 진정으로 관심을 기울이며, 명민한 젊은이들에게서 미래의 희망을 본다. 나는 스미스의 영리한 언어유희, 삶을 드높일 사랑과 품위의 가능성에 대한 그녀의 고집, 그리고 인간의 마음과 비통함을 동시에 노래하는 그녀의 빼어난 문학을 사랑한다. **《NPR》**

정치와 미학, 시의성과 영원성 사이를 유연하게 오간다. 장난기 넘치는 구조에 쾌활한 스타일. 빛나는 새 소설이다. **《보스턴 글로브》**

놀라운 성취, 그리고 모든 계절을 위한 책. **《인디펜던트》**

앨리 스미스는 귀 기울일 수밖에 없는 목소리로 이야기한다. **《더 타임스》**

지금까지 작가의 최고 작품. 앨리 스미스는 우리 시대의 버지니아 울프다. **《옵서버》**